Zum Buch:

Wie viel Schmutz verbirgt sich unter der seidigen *Crema* des italienischen *Caffè*? Ein italienischer Bestsellerautor im Visier der Mafia. Ein Kaffeefabrikant und ein Journalist, beide tot. Politische Morde? Wirtschaftsverbrechen? Und mitten in der Schusslinie Kommissar Hummel von der Münchner Mordkommission in seinem sechsten Fall.

Zum Autor:

Harry Kämmerer, Jahrgang 1967, lebt in München und arbeitet in einem Buchverlag. Er ist Autor zahlreicher Kurzgeschichten und hat zwei Hörspielserien fürs Radio geschrieben und produziert. Zu seinen Kriminalromanen zählen die Bände mit dem Ermittlerteam rund um den Münchner Kriminalrat Karl-Maria Mader, die mit »Isartod« beginnen. Weiterhin gibt es die Krimireihe »Mangfall ermittelt« und die Romane »Drachenfliegen« und »Oh, Mama!«. Harry Kämmerers Liebe zu Musik und Kabarett prägt seine Bücher und seine Lesungen mit Livemusik.

HARRY KÄMMERER

KALTER KAFFEE

Kriminalroman

HarperCollins

Die Originalausgabe erschien 2018 unter dem Titel
Kalter Kaffee bei Heyne Verlag.

1. Auflage 2024
© 2024 by Harry Kämmerer
Neuausgabe
© 2024 HarperCollins in der
Verlagsgruppe HarperCollins Deutschland GmbH, Hamburg
Umschlaggestaltung von Hauptmann & Kompanie, Zürich
Umschlagabbildung von Alfred Strobel / bridgeman Images
Gesetzt aus der Berling
von GGP Media GmbH, Pößneck
Druck und Bindung von CPI books GmbH, Leck
Printed in Germany
ISBN 978-3-365-00642-9
www.harpercollins.de

Druckprodukt mit finanziellem
Klimabeitrag
ClimatePartner.com/15109-2009-1001

MIX
Papier
FSC FSC® C083411

Für Hummel

Nach *Isartod, Die schöne Münchnerin, Heiligenblut, Letzte Halbzeit, Harte Hunde* ist *Kalter Kaffee* der sechste Kriminalroman mit dem Ermittlerteam um den Münchner Kriminalrat Karl-Maria Mader und seinen Dackel Bajazzo.

Karl-Maria Mader: Chef der Mordkommission I in München. Mitte fünfzig, geschieden, Dackelbesitzer, wohnhaft im betonierten Neuperlach, liebt Frankreich und Catherine Deneuve (Fernbeziehung, einseitig).

Klaus »Soulman« Hummel, fantasievoller Kriminalbeamter mit einer Schwäche für Soulmusik der Sechzigerjahre. Unsterblich verliebt in die Schwabinger Kneipenwirtin Beate. Mit der es wieder groovt nach seiner Zwischenbeziehung mit der alleinerziehenden Karla, die aber nicht wirklich mit ihm und seinem unsteten Berufsleben harmoniert hat. Jetzt alles wieder cool, denn alte Liebe – *Oh, Beate!* – rostet nicht. Als Hobbyautor hat Hummel endlich seinen ersten Kriminalroman am Start. Er hat sich dabei stark von Dosis und Zankls letztem Auswärtseinsatz in den Tiefen des Bayerischen Walds inspirieren lassen. Der Roman ist allerdings nicht ganz so geworden, wie er sich das vorgestellt hat. Seinen Brotjob hat Hummel natürlich weiterhin – als Ermittler bei der Mordkommission.

Frank Zankl hat seine großen Testosteron-Reserven weitgehend aufgebraucht. Zumindest privat ist er domestiziert. Zu Hause haben Frau Jasmin und Tochter Clarissa die Hosen an. Der frisch geschlüpfte Sohn Angelo trägt noch Windeln.

Doris »Dosi« Roßmeier ist nach wie vor die niederbayerische Seele der Münchner Mordkommission: loses Mundwerk und fintenreich. »Klein, stark, rothaarig – das Sams« (Zitat Zankl). Ihr Freund Fränki liebt sie abgöttisch.

Rechtsmedizinerin Dr. Gesine Fleischer kümmert sich mit Hingabe um Tote und Verletzungen aller Art.

Dezernatsleiter Dr. Günther ist wie immer besorgt um das gute Ansehen der Polizei. Will Mader inzwischen nicht mehr wegloben, sondern ist ganz froh, ihn in München zu haben. Dr. Günther hat diesmal sogar Gelegenheit, seinen Laden von außen zu betrachten – ungeplant, aber sehr erhellend.

Literaturagentin Gerlinde von Kaltern ist happy. Endlich hat Hummel geliefert. Mit dem Resultat ist sie durchaus zufrieden, auch wenn sie heftig intervenieren musste. Was ihr mit starken Nerven und ausreichend Cognac gelungen ist. Sie hat Hummel einen erfahrenen Krimiautor an die Seite gestellt.

Die beiden **Eventbestatter Andi** und **Diego** von der *Trauerhilfe Miller* in München-Giesing sind auch wieder mit von der Partie. Sie üben ihren Job nicht nur im schönen München aus.

Bajazzo ist und bleibt der klügste Dackel Münchens. Teilt mit Mader so manche Ansicht und Brühwürfel. Bajazzo versteht sein Herrchen blind. Meistens. Bajazzo ist momentan etwas irritiert, dass Mader ihn so oft der Obhut seiner Kollegen überlässt. Na ja, der Boss braucht auch mal Zeit nur für sich, denkt Bajazzo. Er behält den Überblick und zieht die Fäden im Hintergrund.

München, Munich, Monaco
O sole mio, sowieso!
München, Munich, Monaco
Wenn nicht hier, dann sag mir, wo?

ENTSPANNT

Nur dem beherzten Einsatz des Münchner Polizeibeamten Klaus H. ist es zu verdanken, dass die Bombe in der Sporttasche des Attentäters nicht an ihrem Bestimmungsort explodiert ist – auf den Zuschauerrängen der Allianz Arena. Noch schlimmer als die Sprengkraft der drei Kilo TNT wäre die damit verbundene Panik in dem mit 75 000 Besuchern ausverkauften Stadion bei dem Freundschaftsspiel Deutschland – Kroatien gewesen. Der Schaden an der Kläranlage Großlappen, wohin der Beamte die Tasche mit der Bombe entsorgte, hielt sich in Grenzen, auch wenn der Klärschlamm Pkws, Busse und Lkws auf der Autobahn mit einer zähen braunen Schicht überzog. Es kam nur deshalb zu keinen Kollisionen, da sich der Verkehr gerade in beiden Richtungen staute. Ein Cabriofahrer erstattete Anzeige.
Polizist Klaus H., der mit Freunden und Kollegen im Stadion war, verhinderte durch seinen mutigen Einsatz eine Katastrophe. Der Beamte lehnte es ab, zu seiner riskanten Aktion ausführlich Stellung zu beziehen. »Das hätte doch jeder in meiner Situation gemacht«, äußerte er sich gegenüber der Presse knapp.

Das klingt in seiner aufgesetzten Bescheidenheit ziemlich eitel, findet Hummel und nimmt den ein Jahr alten Zeitungsartikel von der Pinnwand in der Küche. Warum er damals nicht gerne über seine Heldentat sprach, lag nicht nur in seinem zurückhaltenden Wesen begründet, sondern vor allem an seiner damaligen Flamme Karla. Er war mit ihrem zwölfjährigen Sohn Paul im Stadion und wollte von ihr nicht der Verletzung seiner Aufsichtspflicht bezichtigt werden. Denn bei seiner spontanen Rettungsaktion hatte er Pauls Beaufsichtigung an Dosis Freund Fränki delegiert. Natürlich sauste hinterher der mütterliche Vorwurf – »Aufsichtspflicht!« bzw. »Verantwortung!« – wie ein Holzhammer auf ihn nieder. Explizit: »Du hast Paul in eine lebensgefährliche Situation gebracht!«

Sehr schwarz-weiß gedacht. Und egoistisch. Findet Hummel. Immerhin waren sie nicht die einzigen Besucher in dem rappelvollen Stadion! Und wer rechnet schon bei einem Freundschaftsspiel mit einer Bombe? Na ja, heutzutage ist das auch nicht mehr ausgeschlossen, denkt er jetzt. Aber Karla ist jetzt auch schon längst Geschichte. Paul trifft er noch gelegentlich auf dem Heimweg von der Arbeit, wenn Paul und seine Freunde mit den BMX-Rädern auf dem Mariahilfplatz in der Au ihre Runden drehen.

Hummel betrachtet das Foto an der Pinnwand. Das ist ziemlich neu. Bisschen unscharf. Handyschnappschuss. Seine geliebte Beate und er auf der Piazza Navona im milden Abendlicht. Die fünf Tage Rom im Herbst waren ein Traum. Alles zurück auf Anfang nach der langen Trennung. Leider ist das Bild nur eine Momentaufnahme. Nach dieser Liebesreise waren gleich wieder Wolken am Horizont aufgezogen. Seine Schuld: Er hatte sich neben seinem zeitlich sehr fordernden Job als Kriminalbeamter auch noch in die Arbeit an seinem Romandebüt gestürzt. Denn entgegen aller Wahrscheinlichkeit hatte er endlich einen Verlagsvertrag ergattert. Mit Terminen und allem Drum und Dran. Da blieb wenig Zeit für Beate. Zu wenig. Auch sonst lief es nicht rund. Seine Autorenschaft stand unter keinem guten Stern. Weil seine Literaturagentin Gerlinde von Kaltern mit seinem Manuskript nicht zufrieden war, hat sie ihm einen »erfahrenen« Co-Autor aufs Auge gedrückt. Horst Krämer, einen mittelbekannten Münchner Krimiautor. Und der hatte die Sache großspurig an sich gerissen. Er, der Debütant Klaus Hummel, verschwand im Rahmen der Marketingüberlegungen des Verlags schließlich sogar vom Buchcover. Was ihn vollends auf die Palme brachte. Seine Gereiztheit kam bei Beate und den Kollegen nicht gut an. Aber geschenkt, damit ist er durch. Jetzt ist er eigentlich ganz froh, dass er nicht selbst mit dem Buch ins Rampenlicht muss. Er ist ja eher der Held im Hintergrund, wie es der Zeitungsbericht zu der Stadiongeschichte im letzten Jahr durchaus treffend schildert. Quatsch! Was für ein eitler Bullshit! Er zerknüllt den Zeitungsartikel und wirft ihn in den Mülleimer. Nein, das geht auch nicht! Er holt den Artikel wieder heraus, streicht ihn glatt und deponiert ihn im Arbeitszimmer in der Schreibtischschublade. Da befinden sich auch die letzten Korrekturfahnen »seines« Buchs. Trotz des ganzen Gezerres im Hintergrund ist er neugierig, was nun passieren wird. Auf dem Anrufbeantworter war heute eine Nachricht vom Verlag, dass die Belegexemplare unterwegs seien. Ja, er ist gespannt, wie es sich anfühlt, wenn er morgen »sein« Romandebüt in Händen hält.

Hummel geht in die Küche und öffnet das Fenster zum Hof, lässt die milde Nachtluft herein. Ein Bier, eine Zigarette. Viel mehr braucht er nicht. Klar, Beate. Und Musik. Er denkt an Beate und singt leise: »This old heart of mine, you broke a thousand times ...« Seine Gedanken ziehen mit dem Zigarettenrauch aus dem Fenster in den Nachthimmel. Der ist endlos weit jenseits der engen Mauern des Hinterhofs. Hummel beugt sich nach vorn, schaut nach oben. Ja, er kann die schwarze Weite sehen, wo all die hellen Sterne stehn.

GESCHÄFTE

Kriminalrat Karl-Maria Mader ist im nächtlichen Ostpark unterwegs. Sein Dackel Bajazzo hat dringende Termingeschäfte. Mader ist nachdenklich. Ausnahmsweise nicht dienstlich. Da ist es momentan angenehm ruhig. Er hat ganz private Gedanken. Er will endlich etwas tun, was er sich schon lange vorgenommen hat: nach Regensburg fahren und seine Halbschwester kennenlernen, von deren Existenz er im letzten Sommer erfahren hat, aber bislang einfach keine Zeit gefunden hat, sich wirklich zu kümmern. Er hatte endlich Licht in eine dunkle Geschichte gebracht: Sein Vater war ebenfalls Polizist und hatte sich 1972 in Regensburg bei einem missglückten Banküberfall gegen die Geiseln austauschen lassen. Eine Woche später hatte man ihn tot aus der Donau gezogen. So viel wusste Mader vorher schon. Kindheitstrauma für ihn.

Als Dezernatsleiter Dr. Günther ihn letztes Jahr nach Regensburg wegloben wollte und er dort seinen potenziellen neuen Arbeitsplatz besichtigte, sichtete er Akten zum Fall seines Vaters. Er vergrub sich in die alten Ermittlungen und Protokolle, und tatsächlich gelang es ihm, den bis dato ungeklärten Fall von 1972 zu klären. Dabei stieß er auch auf das private Geheimnis seines Vaters: seine Geliebte, die in der überfallenen Bank beschäftigt war. Das war der Grund, warum sich sein Vater für einen Geiselaustausch ins Spiel gebracht hatte. Ob er damals wusste, dass seine Geliebte schwanger war, denn sie ist bereits verstorben. Aber ihre Tochter ist am Leben: Helene Schirnharl, Professorin für

Neuere deutsche Literatur an der Uni Regensburg. Ein erster Telefonkontakt zwischen ihnen hat bereits vor Monaten stattgefunden, aber ein gemeinsamer Termin hat sich bislang nicht ergeben. Zu viel Arbeit. Auch sie ist beruflich sehr eingespannt. Wie auch er. Jetzt hat er ein zumindest für ihn passendes Zeitfenster gefunden. Morgen wird er sich unter die Zuhörer ihrer Vorlesung um neun Uhr an der Uni Regensburg mischen. Wenn es passt, wird er sie ansprechen.

Spontan ist immer besser, denkt Mader und erinnert sich, wie allergisch seine Ex-Frau Leonore auf abgesagte oder verschobene Termine reagiert hatte. Schicksal aller Kriminalbeamter, denn gemordet wird schließlich zu jeder Tages- und Nachtzeit. Leonore – er muss sich mal wieder bei ihr melden. Muss er das? Doch. Denn allein wird man sonderbar. Wie seine Halbschwester wohl lebt? Sicher nicht wie er in einem Hochhaus in einer engen Wohnung mit niedriger Decke. Wahrscheinlich in einem großen alten Haus mit Garten. Vielleicht gibt es auch einen Hund. Hat sie Kinder? Bestimmt. Er selbst hat zumindest Bajazzo. Der jetzt im fahlen Licht der Parklaternen einen dampfenden Haufen auf der Wiese platziert hat. Mader kramt die Tüte raus und sammelt die zum Glück handfeste Wurst ein.

NIEMALS

»Fränki?«
    »Ja?«
    »Liebst du mich?«
    »Ja.«
    »Ehrlich?«

»Ja, klar.«

»Ganz ehrlich?«

Fränki knipst die Nachttischlampe an. »Was ist los, Dosi?«

»Ich hab schlecht geträumt.«

»Du hast noch gar nicht geschlafen.«

»Dann hatte ich eben schlechte Gedanken.«

»Musst du nicht, darfst du nicht.«

»Warum?«

»SFP.«

»Hä?«

»Selffulfilling prophecy.«

»Hä?«

»Wenn du dir etwas nur lange genug ausmalst, passiert es irgendwann auch.«

»Dass du mich verlässt?«

»Ja. – Äh, nein. Natürlich nicht! Niemals! Hör auf mit dem Unsinn!«

Er küsst sie und macht das Licht wieder aus.

»Das ist ja wieder typisch, Fränki.«

»Was ist typisch?«

»Ich will reden, und du drehst dich weg.«

»Hm.«

»Was? Hm?«

»Willst du mich heiraten?«

»Hä?«

»Willst du mich heiraten, Dosi?«

»Was soll das werden? Ein Antrag?«

»Ja, klar.«

»Fränki, so geht das nicht. Boh! Das sagt man nicht einfach so! Also wirklich! Das ist jetzt echt nicht der richtige Moment für so was!«

»Eben. Schlaf gut.«

SENFFARBEN

Frank Zankl sitzt in der Küche. Sein Sohn hängt malad auf seinem Unterarm. Gerade hat Zankl die explodierte Windel beseitigt und den Durchfall aus Angelos Speckfalten gewischt. Im trüben Küchenlicht sieht er die senffarbenen Ränder unter seinen Fingernägeln. Den Geruch nimmt er schon gar nicht mehr wahr. Ein bisschen vielleicht. Mango Chutney? Er sieht auf die Küchenuhr. Viertel nach vier. Er ist hundemüde. Aber eine falsche Bewegung, und Angelo wacht wieder auf. Zankl spielt *Toter Mann* und atmet ganz flach. Denkt nach. Alpha-Zustand. Angelo – was für ein schöner Name! Klingt nach Sonne, Wind, Meer. *Angelo – mein Engel!*

CARAVAGGIO

Hummel sitzt beim Frühstückskaffee, da klingelt der Postbote und drückt ihm das Paket in die Hände. »Belegexemplar-Versand« steht auf dem Rechnungszettel im Karton. Zehn Stück. Zu zahlen: 0,00 Euro. Hummel zählt bis drei, dann reißt er die Wellpappenpolsterung heraus und legt den Klotz mit den zehn eingeschweißten Exemplaren frei. Seine Finger bohren sich in die zähe Plastikfolie und befreien eins der Bücher aus der milchigen Haut. Gutes Gewicht, erstaunlich dick. Dreihundert Seiten. Pechschwarzer Umschlag mit dramatischem Covermotiv: ein Fingerhakelduell mit Lederhosentypen in einer Scheune. Eigentlich sieht man in dem

spärlichen Licht nur fünf Trachtenhemden samt hirschleder-
bespannten Ärschen. Die gehören zu zwei Duellanten, zwei
Sekundanten und einem Schiedsrichter. Aus einer Dachritze
fällt ein scharfer Sonnenstrahl auf das dunkle Treiben der
dunklen Gestalten. Licht und Schatten wie Caravaggio. Gefällt Hummel. Mal was anderes als diese grässlichen Jodel-
bilder, die man so oft als Krimicover sieht. Der Titel passt
zu den Typen auf dem Umschlag: *Heiße Hunde.* Wenn jetzt
noch sein Name auf dem Umschlag stünde – perfekt. Steht
leider nur Horst Krämer drauf. Tja. Blöd gelaufen.

Nach den ersten Erfahrungen mit der Buchbranche ist
Hummel die Lust am Buchgeschäft etwas vergangen. Das
hat er sich einfacher vorgestellt. Aber was ist schon leicht im
Leben? Er schnalzt mit der Zunge. Muss er sich jetzt wenigstens nicht von den Kollegen schräg anlabern lassen – von
wegen, wie realistisch sein Roman ist und ob er eigentlich zu
viel Zeit übrig hat, um nebenbei noch Krimis zu schreiben.
Aber jeder Mensch hat ein Hobby – offen oder heimlich.
Was dem einen seine Eisenbahn oder sein Mountainbike, das
sind für ihn Stift und Papier. Er versteht das Schreiben als
willkommene Ablenkung vom Unbill des Alltags. Als Gegen-
gift zur Routine, die sich wie Mehltau über all das Schöne im
Leben legt, bis man es irgendwann nicht mehr sieht. Ja, es ist
nur ein Krimi, aber er kann auch anders. Im lyrischen Fach
ist er ebenfalls zu Hause.

Oh, Beate, sagte ich es dir bereits,
deine Augen scheinen tiefer als das Jenseits,
strahlen heller als Kometen,
verzaubern den Planeten.
Ist dies der Sound eines Poeten?
Oder doch nur Worte eines Proleten?

Quatsch natürlich, aber irgend so was in der Art – große Gefühle in einfachen Bildern. Das ist sein Style. Er blättert versonnen durch die Seiten »seines« Buchs. Komisch, jetzt ist endlich der Moment gekommen, von dem er so lange geträumt hat, und er ist ganz anders. Viel kleiner als erwartet. Wie Beate das Buch wohl findet? Nein, er will es ihr gar nicht zeigen. Die Entstehung war ja von so viel schlechtem Chi begleitet. Und es steht ja nicht einmal sein Name drauf. *Ach, Beate!* Das war ziemlich kompliziert in der letzten Zeit. Erst war alles gut, alles glitzerte – doch dann kippte die Stimmung. Er hatte schlichtweg zu wenig Zeit für sie. Aber jetzt ist alles gut. Aber wie lange? Genug der melancholischen Gedanken, denkt Hummel und parkt das Buchpaket auf dem Couchtisch im Wohnzimmer.

KAUZIG

Mader dachte, er würde altersmäßig mehr auffallen in einer Univorlesung. Von wegen. Die ersten Bankreihen des Hörsaals an der Regensburger Uni sind fest in Händen von Senioren. Da senkt er den Altersschnitt geradezu. In den hinteren Bankreihen aber auch viele junge Studenten trotz der frühen Stunde. Mader trägt heute Jeans. Hat er ewig nicht mehr gemacht. Er war ziemlich erstaunt, wie gut die Hose noch passt. Zur Vorbereitung auf die Vorlesung hat er sich gestern sogar einen schmalen Band mit Texten von Georg Christoph Lichtenberg gekauft und vorhin im Zug darin gelesen. Durchaus seins. Das kauzige Spiel mit den Perspektiven, den schrägen Blickwinkeln, aus denen der Göttinger Physiker und Schriftsteller seine Umwelt betrachtet. Passt zu Kriminalisten. Für solche Literatur interessiert sich also seine Halbschwester. Wie sie wohl ist? Die Fotos im Netz zeigen eine schöne Frau – ein bisschen unnahbar, beinahe wie eine Schauspielerin. Ein Hauch Catherine Deneuve mit dunkelbraunen Haaren. Wobei er die göttliche Catherine eigentlich in jede attraktive Frau hineinimaginiert.

Jetzt kommt ein Herr in einem grauen Kittel ans Rednerpult, stellt das Mikrofon und den Beamer an. Der Techniker verschwindet, überlässt ihr die Bühne: Helene. Mader schluckt, als sie den Saal betritt. Was für eine Erscheinung! Groß und dunkel. Apart – ein besseres Wort fällt ihm nicht ein. Doch: stilvoll. Wenn das nicht auch so altmodisch klingen würde. Mader grübelt über ihr Alter. Sie sieht aus wie Mitte dreißig. Das kann nicht sein. Sein Vater ist 1972 gestorben.

Ihre Stimme aus den Lautsprecherboxen holt ihn wieder auf den Teppich. Mittlere Stimmlage, angenehm, nichts Besonderes. Er hat eine tiefe warme Stimme erwartet, die mit seinem Bild von ihr korrespondiert – als Schauspielerin. Die sie nicht ist. Er sieht ihr beim Reden zu, versucht in ihren Gesichtszügen Ähnlichkeiten zu sich selbst oder zu seinem Vater zu erkennen. Gelingt ihm nicht.

Er schaut sich um. Die Senioren schreiben eifrig mit, viele Studenten schneiden mit ihren Smartphones die Vorlesung mit. Manche wischen auf ihren iPads durchs digitale Nirwana. Dafür hätte Lichtenberg heute bestimmt auch einen Aphorismus parat – was ist innen, was außen, suchen wir am Ende doch nur das, was wir kennen, in dem kleinen Displayfenster zur großen Welt? Mader schaltet sein Handy auf Flugmodus. Nichts wäre peinlicher, als wenn es jetzt klingelt.

Er sieht zu Helene. Ihr Mund bewegt sich unablässig. Er hört sie über die Lautsprecher. Und auch nicht. Der Inhalt der Worte interessiert ihn nicht. Aber ihr Klang – das ist die Stimme seiner Schwester! Halbschwester. Halb ist mehr als gar nichts. Viel mehr.

MORGENZAUBER

Als Hummel den Hinterhof seines Hauses betritt, lodert dort der Frühling. Die japanische Zierkirsche explodiert. Blütenmeer. Rosa Zuckerwatte. Gegenteil zum Wintergrau, das sich bis letzte Woche hartnäckig gehalten hat. Jetzt weggepustet. Pfeifend schiebt Hummel das Fahrrad über den Blütenteppich im Hof und durchs Treppenhaus. Er tritt raus auf die Orleansstraße. Reger Verkehr. Über die Kreuzung. Gebsattelberg runter. Corneliusbrücke. Er hält an und schaut in die Isarauen, auf die Uferwege. Hundebesitzer, Jogger, ein paar Radler. Über Flussbett und Wiesen noch sanfter Dunst. Morgenzauber.

Gärtnerplatz, Viktualienmarkt, Marienplatz. Hummel steigt vom Rad, schiebt. Kaufingerstraße, Neuhauser Straße. Ihm gefällt die Stimmung in der Einkaufsmeile – allerdings nur zu dieser frühen Stunde, bevor die Läden aufmachen. Er mag die Geschäftigkeit noch ohne Geschäft. Wenn aus den Lastern neue Waren ausgeladen, Altpapier und Verpackungen entsorgt werden. Vor der Augustiner Bierhalle werden Klapptische und -stühle aufgestellt. Heizpilze folgen gleich. Die Standbesitzer sortieren Trauben, Khakis, Mangos. *Flugware! Faserfrei!* Noch keine Menschenmassen, die sich hier durchwälzen, um in all den gleichen Klamotten- und Schuhläden all die gleichen Klamotten und Schuhe zu kaufen. An eins der Schaufenster von H&M kleben zwei Blaumänner neonrote Großbuchstaben: *SPRING*.

Wohin?, fragt sich Hummel.

Hummel biegt nicht rechts in die Ettstraße ab. Er geht ein paar Meter weiter als nötig. Denn er hat etwas entdeckt: In der Glasfassade von *SportScheck* spiegelt sich die St.-Michael-Kirche. Ist ihm bisher noch nie aufgefallen. Erstaunlich genug, denn es ist kaum zu übersehen. Vorsätzliche Reflexion eines spirituellen Einzelhändlers?, überlegt Hummel. Himmlische Segnung eines profanen Gebäudes des Freizeitkommerzes? Oder ein dezenter Hinweis, dass der Sport- und Modeladen doch mehr bietet als Freizeit und Kommerz? *Mens sana in corpore sano* auch als sakrale Aufforderung, eine Investition in die eigene Körperlichkeit zu tätigen? – Oh Mann, wo kommen die verspulten Gedanken her? Klar, Hummel weiß es: Tief im Herzen ist er ein Dichter, der die Strukturen des Alltags poetisch durchdringt. Oder zumindest das Besondere an ihnen wahrnimmt. Die Spiegelung ist jedenfalls besonders. Vielschichtig.

In St. Michael war Hummel noch nie. Obwohl die Kirche nur ein paar Gehminuten vom Präsidium entfernt ist. Er stellt sein Rad ab und betritt die Kirche. Aus der Betriebsamkeit der Anlieferzone taucht er in die dunkle Stille. Mehr Kontrast geht nicht. Sofort erfasst ihn ein eigentümliches Gefühl. Wird er beobachtet? Vom Chef persönlich? Hummel ist nicht wirklich gläubig, aber er ist sich sicher, dass es da oben jemanden gibt, der all die Geschicke hier unten lenkt oder zumindest im Blick hat. Eine Instanz, die über einen weiteren Horizont verfügt als das menschliche Spatzenhirn. Wäre jedenfalls wünschenswert.

Er nimmt Platz in der letzten Bankreihe. Scharf durchzieht Weihrauchduft die kühle Luft. Hummel kräuselt die Nase und lässt seinen Blick durch den prächtigen Raum streifen, sieht die Gemälde, all die grazilen Marmorformen, spürt, dass sich in den dunklen Ecken noch mehr Schönheit verbirgt. *Mehr Sein als Schein.* Hummels Blick versinkt in dem flackernden Schein der vielen Kerzen, besonders in dem einer reichverzierten mannshohen Kerze vorne am Altar. Sie glüht von innen heraus. *Erleuchtung!*

Ein paar Reihen weiter vorn sitzen zwei alte Damen, ins Gebet vertieft. Jetzt hört Hummel die Kirchentür knarren. Harte Absätze. Lederschuhe. Er dreht sich um. Großer Mann, Glatze, dunkler Anzug, guter Schnitt. Hummel sieht das Spiralkabel und den Ohrknopf. Okay …

Der Mann durchschreitet den Mittelgang zwischen den Bankreihen, blickt nach rechts und links, hat kurz Augenkontakt mit Hummel, sieht bis tief in seine Seele. So kommt es Hummel vor. *Ausgecheckt.* Wieder öffnet sich die Tür. Hummel dreht sich absichtlich nicht um, will sich überraschen lassen.

3, 2, 1 … Ein kleiner drahtiger Mann, um die dreißig, jugendlich, energisch, passiert seine Bankreihe. Im Gefolge noch ein Personenschützer. Der kleine Mann setzt sich in die erste Reihe, die Bodyguards postieren sich links und rechts außen.

Hummel ist hellwach. Wer ist das? Ein Politiker?

Auftritt: ein Priester im Ornat. Klein und dick. Hustet und ächzt, als er vorne in die Knie geht und sich bekreuzigt. Verschwindet in einem der Beichtstühle. Über dessen Eingangstür geht ein grünes Licht an. Startsignal für die beiden Sünderinnen. *Erleichtere! Deine! Seele!* Erst geht die eine Dame – Rotlicht – in den Beichtstuhl und kurz darauf, als ihre Sünden artikuliert sind (»Ich habe unkeusch gedacht«) und der Ablass verhandelt ist (»13 Ave Maria«) – Schichtwechsel, Licht grün –, betritt die zweite das Ablasskabinett. Licht rot, dann wieder grün. Gemeinsamer Abgang der

Ladys. Jetzt ist der kleine Mann an der Reihe. Als auch er im Beichtstuhl verschwunden ist, steht Hummel auf und setzt sich näher an die Kammer der Vergebung. Ehe er sich versieht, haben die beiden Bodyguards in der Reihe hinter ihm Platz genommen, einer rechts, einer links. Hummel dreht sich langsam um. Ausdruckslose Gesichter. Er kennt solche Typen. Durchtrainiert, Nahkampfausbildung – Profis.

Die Tür vom Beichtstuhl knirscht. Der kleine Mann sieht Hummel direkt an, lächelt. Hummel nickt. Die feinen Züge, der gute Anzug, die teuren Schuhe – Italiener? Der Mann geht an ihm vorbei. Die Bodyguards sind bereits verschwunden, wie Hummel erstaunt feststellt. Die Kirchentür schließt sich. Weg. Vorbei. Wie ein flüchtiger Tagtraum. Soll auch er beichten? Nein. Soweit kommt's noch! Hummel steht auf und verlässt die Kirche.

Das Morgenlicht auf der Neuhauser Straße blendet ihn. Da stehen die drei. Rauchen und unterhalten sich. Hummel sieht auf die spiegelnde Glasfassade des Sporthauses. Riesenleinwand für die prachtvolle Fassade der Kirche. Er denkt an die Schule – alles mal gelernt: römischer Frühbarock, die Standbilder der Herzöge in ihren Nischen und ganz oben unter dem Kreuz Christus Salvator. Er sieht einen Handwerker bei der frei stehenden Statue links außen. Ja, die Luftverschmutzung lässt auch Herzog Theodo faltig werden. Ein Lichtreflex. Handwerker? Was …?!

Hummel stürzt nach vorn, die Bodyguards greifen unter ihre Sakkos, aber Hummel ist schon bei ihnen, reißt den kleinen Mann zu Boden. *Tangtangtang!* Hummel zieht den kleinen Mann hinter einen der Betonblumentröge. Er blickt nicht über den Betonrand, sondern nach hinten auf die Glasfront. Dort sieht er, dass der Mann auf dem Kirchendach ein

Gewehr im Anschlag hat. Und sich nach vorn lehnt, erneut schießen will. Die Bodyguards eröffnen das Feuer. Herzog Theodo wird schwer getroffen. Die Leibwächter ebenfalls. Sie heulen auf.

»In Deckung, verdammt!«, schreit Hummel.

Er sieht nach oben. Niemand mehr. Die Bodyguards haben sich hinter den Blumentrog gerettet.

»Unten bleiben!«, zischt Hummel seinen Schützling und dessen Begleiter an und greift zum Handy.

PARIS

Als Helene im Hörsaal ihr Schlusswort sagt, sieht Mader verblüfft auf die Uhr. Schon anderthalb Stunden vorbei? Genauso ist es. Er schämt sich ein bisschen, dass er so unaufmerksam war, so tief versunken in Gedanken. Und jetzt – sie einfach ansprechen? Vor dem Pult ist bereits eine Menschentraube – Studenten, die noch Fragen haben, Seminararbeiten schreiben, abgeben oder Termine vereinbaren wollen. Da stört er nur. Er geht nach draußen. Sieht sich instinktiv nach Bajazzo um. Nein, der ist ja in München bei seiner Nachbarin.

Der Vorplatz des Unigebäudes ist ein freudloser Ort. Beton, gezeichnet von Jahren und Witterung, die Glasflächen des Gebäudes mit blindem Schleier, in aschfahlen Beeten verkümmern Alibipflanzen.

»Ja, besonders schön ist das nicht.«

Erschrocken dreht er sich um. Da ist sie. Zwei Meter Luftlinie, Zigarette in der Hand. Wo ist sie hergekommen? Jetzt sieht er die offene Glastür des Erdgeschossbüros.

»Wir haben telefoniert«, sagt sie. »Vor geraumer Zeit.«

»Woher wissen Sie …?«

»Ich hab mir Ihr Bild im Internet angesehen.«

Er lächelt. Genau das hat auch er getan. Dass sich jemand sein Foto auf der Homepage der Polizei anschaut, auf die Idee ist er allerdings nicht gekommen. Er weiß gar nicht, wie das aussieht. Vielleicht trägt er da sogar Uniform? Ihr schönes Foto im Netz entspricht jedenfalls nicht der Realität. In echt ist sie noch attraktiver.

»Kommen Sie rein«, fordert sie ihn auf und schnippt den Zigarettenstummel achtlos ins Gebüsch. Mader registriert die vielen Kippen auf der Erde. Er grinst und folgt ihr durch die karge Vegetation. Sie betreten ein chaotisches Büro. Überall Bücher – in den Regalen, auf dem großen Schreibtisch, auf dem Boden. Plus Papierstapel. Auf dem kleinen Besprechungstisch liegt eine offene Tupperware-Box mit geschnittenen Äpfeln, dezent gebräunt. Daneben eine angebrochene Flasche Mineralwasser.

»Wenn ich gewusst hätte, dass ich Besuch bekomme, hätte ich aufgeräumt.«

»Sieht bei uns so ähnlich aus. Nur Akten statt Bücher.« Er lächelt verlegen.

Sie deutet auf einen der Stühle.

Er nimmt Platz und überlegt, wie und wo er anfangen soll, was er sagen soll.

Sie sucht etwas in einem der Bücherregale, findet es schließlich: ein gerahmtes Foto. Sie legt es auf den Tisch. Das gelbstichige Schwarz-Weiß-Bild zeigt ein junges Paar, das angestrengt lächelt. Mader muss lange hinsehen, bis er seinen Vater erkennt. So ganz klar hat er ihn nicht vor Augen. Die Frau an seiner Seite ist jedenfalls nicht seine Mutter.

»Ist das dein Vater?«, fragt sie.

Mader geht auch zum Du über: »Und deine Mutter?«

»Ja, irgendwann hat sie mir das Bild gezeigt. Weil ich sie immer wieder gefragt habe. Aber sie hat mir keinen Namen genannt, keine Anhaltspunkte gegeben. Nur, dass er schon vor meiner Geburt gestorben ist. Ich hab versucht, mehr herauszukriegen. Ich bin zwar Forscherin, aber das hab ich nicht geschafft. Meine Mutter ist vor ein paar Jahren gestorben. In ihren Hinterlassenschaften war das Foto der einzige Hinweis auf meinen Vater. Ich hatte die Suche aufgegeben. Und dann meldest du dich. Aber nie war Zeit. Und dann war ich auf einem Auslandssemester.«

»Wie war deine Mutter?«

»Eine wunderbare Frau. Wir waren sehr eng. Nur zu zweit. Es hat niemand gefehlt.«

Mader nickt nachdenklich. »Weißt du, wie mein, also, wie unser Vater gestorben ist?«

Sie schüttelt den Kopf.

»Willst du es wissen?«

»Ja, klar.« Sie zündet sich eine Zigarette an. Hält ihm die Schachtel hin. Er winkt ab.

Er erzählt ihr die Geschichte von dem Banküberfall in Regensburg, wie sein Vater sich gegen die Geiseln austauschen ließ – unter denen auch ihre Mutter war –, und wie er schließlich nach mehreren Tagen Gefangenschaft aus der Donau gefischt wurde.

Sie hört gespannt zu, schnäuzt sich mehrmals. Versucht, ihre Gedanken zu ordnen.

»Was hast du heute noch vor?«, fragt sie schließlich.

Er schaut auf sein Handy, um die Zeit zu checken, sieht, dass es noch im Flugmodus ist. Er deaktiviert ihn und steckt das Handy wieder ein. Eine Nachricht piept.

»Arbeit?«

»Ich hab heute frei.«

»Schau ruhig nach. Vielleicht ist es dringend.«

Mader liest die Nachricht, erschrickt. »Ja, es ist dringend. Es tut mir leid, ich muss zurück nach München.«

»Bist du mit dem Auto hier?«

»Nein, Zug.«

»Ich bring dich zum Bahnhof.«

Als Mader im Zug sitzt, ist er durcheinander. Er hat gerade mit Zankl telefoniert. Ein Attentat in der Fußgängerzone. Hummel war dabei. Warum schlittert Hummel immer wieder in solche Geschichten? Wie damals – bei der Geschichte mit dem Geistlichen, der aus dem Obergeschoss eines Gebäudes in der Kardinal-Faulhaber-Straße fiel, als Hummel gerade dort vorbeikam. Jetzt ist Hummel schon wieder Augenzeuge. Hauptsache, ihm ist nichts passiert.

Maders Emotionen sind nicht nur dienstlich in Aufruhr. Die Abschiedsszene am Bahnhof hat ihn mitgenommen. Es war wie in einem Kitschfilm. Innige Umarmung, Wange an Wange, Helenes Parfüm, schwer, ein Hauch Zigaretten – eher Paris als Regensburg. So eine attraktive Frau! Das soll seine Halbschwester sein? Ihren Vater hat sie nie kennengelernt, ihre Mutter wird er nie kennenlernen. Und seine Mutter hat vom Doppelleben ihres Mannes nichts gewusst. Er hegt keinen Groll wegen der Untreue seines Vaters. Zu spät, zu lange her. Jetzt ist es ein spätes Geschenk – er hat Familie, Verwandtschaft. Es geht ja nicht nur um Helene. Ihr Mann ist freier Journalist, arbeitet von zu Hause, kümmert sich um die beiden Töchter. Moderne Beziehung. Ob die Mädchen erfahren, wie das mit dem Großvater war? Natürlich werden sie das, sobald sie ihren Onkel kennenlernen. Onkel – das klingt so blöd, so altmodisch. Nein, es klingt gut – amtlich, verlässlich. Bestimmt dauert es noch ein bisschen, bis er sie alle kennenlernt. Aber er hat keine Eile. Helene und er sind seit über vierzig Jahren Geschwister und haben sich gerade das erste Mal gesehen.

Ich bin kein Einzelkind, denkt er. Großartig! Mader sieht nachdenklich aus dem Fenster, in den Himmel, auf die vorbeifliegenden Felder, Häuser, Wälder. All die Schönheit im Schnelldurchlauf. Er schüttelt den Kopf, wundert sich, wie rührselig er ist.

Sie erreichen Landshut. Viele Menschen steigen jetzt in den Zug ein. Knappe Stunde noch. Mader schließt die Augen.

HARTES LAND

»Immer was los bei dir«, sagt Dosi zu Hummel, als er mit dem bulligen Leiter des SEK im Schlepptau das Büro betritt.

Mader begrüßt den Einsatzleiter. »Ganter, was habt ihr?«

Ganter streicht sich über den schwarzen Schnauzer. »Nichts, Mader. Der Typ ist weg. Der hat sich ausgekannt. Aufs Dach von St. Michael und zu den Statuen kommst du nicht einfach so. Bislang keine Spuren. Das war ein Profi.«

»Profikiller?«, fragt Mader.

»Gibt's auch Hobbykiller?«

»Du weißt, wie ich's meine. Was ist mit dem Opfer?«

»Die zwei Bodyguards sind leicht verletzt. Ihr Chef ist wohlauf.«

»Wer macht so was?«

»Keine Ahnung.«

»Ist der Typ Politiker?«

Jetzt rauscht Dezernatsleiter Dr. Günther herein. »Wo ist er?«

»Wer?«, fragt Zankl.

»Baroli.«

»Es heißt Barolo«, sagt Zankl.

»Hüten Sie Ihre Zunge, Zankl! Von Wein haben Sie eh keine Ahnung. Ich spreche von Sergio Baroli. Der Autor von *Hartes Land*. Das Enthüllungsbuch über die Machenschaften der Mafia im Immobiliengeschäft und bei der illegalen Müllentsorgung. Ein großartiges Buch. Und ein großer Bestseller! Wo ist er?«

»Der Bestseller ist nebenan«, meint Mader.

»Geht es ihm gut?«

»Wie es aussieht, hat Hummel ihm das Leben gerettet«, sagt Ganter.

»Nein, der Herrgott«, murmelt Hummel. »Es war Zufall. Ich war in St. Michael.«

Dr. Günther sieht ihn erstaunt an. »In der Kirche. Aha. Warum?«

»Zufall, Neugier.«

»Sie brauchen sich nicht für Ihren Glauben zu schämen. Also, was ist passiert?«

»Als ich rauskomm, seh ich den Typen auf dem Kirchendach, also an der Fassade, bei den Statuen. Nicht direkt, sondern in der Spiegelung. Der *SportScheck* hat ja so eine Glasfront.«

»Bravo, Hummel, bravo! Das ist es, was echte Kriminaler auszeichnet – der Blick fürs Detail, für die ungewöhnliche Perspektive. Die Fähigkeit, Dinge auch mal anders zu sehen.«

»Lichtenberg«, sagt Mader, mehr für sich.

»Oh, Herr Mader, ich staune. Lichtenberg – sehr schön! Aber, Herr Hummel, im Ernst: Das war sehr gut! Sie haben den richtigen Blick und vor allem: In-tu-i-tion – ein Gespür für die Situation, für die Bedrohung. Haben Sie eine Idee, wer der Schütze war?«

»Nein, woher soll ich das wissen? Was ich weiß: Der Typ hat scharf geschossen, und die Bodyguards sind verletzt.«

»Die werden die Ärzte im *Rechts der Isar* schon wieder zusammenflicken. Der italienische Botschafter hat mich angerufen. Er ist geschockt, aber auch sehr froh über den beherzten Einsatz unserer Polizeikräfte. Er legt größten Wert auf die Sicherheit seines Landsmanns. Ich habe ihm versichert, dass wir unser Möglichstes tun.«

»Wir sind keine Personenschützer«, sagt Mader.

»Jetzt seien Sie mal nicht kleinlich, Mader. Wie ich das sehe, war das heute Morgen ein Mordversuch. Also unser Tätigkeitsbereich. Wollen Sie etwa abwarten, bis ein Opfer stirbt, damit wir einen Mordfall haben und aktiv werden können?«

»Dr. Günther, wenn es da um irgendwelche Mafiageschichten geht, ist das ein Job für die Kollegen vom Organisierten Verbrechen. Oder gleich fürs LKA.«

»Da haben Sie nicht unrecht, Mader. Und was meinen Sie, was die gerade machen? Ermitteln. Mit Hochdruck. Trotzdem wird unsere Hilfe gebraucht, um die Sicherheit von Signor Baroli zu gewährleisten.«

»Er hat doch bereits Personenschützer?«

Günther lacht auf. »Mader, Sie sehen ja, was die können! Und Sie kennen doch meine Strategie von der letzten Sicherheitstagung: Es geht nichts über die Spezialkenntnisse der *local forces*. Im Hintergrund sind ab sofort auch wir präsent. Dann kann nichts mehr passieren. Das ist doch eine gute Gelegenheit, unseren europäischen Kollegen zu zeigen, was wir so draufhaben.«

»Sie sprechen in Rätseln, Dr. Günther. Welche ›Gelegenheit‹ meinen Sie?«

»Baroli war Gast auf unserem internationalen Symposium zur Bandenkriminalität in Europa. Er hat der deutschen Polizei äußerst wertvolle Einblicke in die Arbeit der Mafia gewährt.«

»Auf Italienisch?«

»Er spricht hervorragend deutsch. Er ist Südtiroler. Sein Vortrag auf dem Symposium war wirklich eindrucksvoll. Sehr lebensnahe Beispiele.«

»Aber das Symposium ist doch vorbei?«

»Ja, seit gestern Abend. Es verlief alles ohne Zwischenfälle.«

»Dann kann er doch heimfahren.«

»Noch nicht. Heute Abend gibt es noch eine große Festveranstaltung. Baroli bekommt den Bayerischen Ehrenpreis für besondere Verdienste um die öffentliche Sicherheit. Für seine Zivilcourage und seine Recherchen zu Mafia und Korruption. Vom Innenminister persönlich! Als Anerkennung für seine furchtlose journalistische Arbeit, von der auch die bayerische Polizei profitiert.«

»Aha. Und das soll wirklich heute Abend passieren? Trotz des Attentats heute Morgen?«

»Baroli will es so. Hat mir der italienische Botschafter gerade bestätigt. Und er hat recht. Man darf nicht nachgeben, man darf sich nicht einschüchtern lassen, wenn man für die Gerechtigkeit kämpft. Also müssen auch wir Einsatz zeigen.«

Mader, Zankl, Dosi und Hummel sehen sich vielsagend an. Einhellige Meinung: Günther, der Tagungshecht, der allen zeigen will, was für einen Superjob er macht. Na, spitze.

GENAU GECHECKT

»Mann, Hummel! Du hast sie doch nicht alle!«, fährt Dosi ihn an, als sie in der Cafeteria des Präsidiums sitzen. »Das kannst du nicht machen! Bodyguard für den Heini.«

»Warum denn nicht?«

»Darum nicht! Weil du kein Personenschützer bist! Die sind speziell trainiert für so was. Jetzt hast du dem Typen schon mal das Leben gerettet, da stellst du dich doch nicht noch einmal hin und wartest, dass sie beim nächsten Versuch auch dich erwischen!«

»Beruhig dich, Dosi! Die Veranstaltung ist streng überwacht.«

»Das ich nicht lache! Im Circus Krone ... Weißt du, wie viele Menschen da reingehen? Bestimmt zweitausend.«

»Vorher wird jeder genau gecheckt. Die machen Taschenkontrollen. Und die haben Detektoren. Das ist wie am Flughafen, bevor du in den Flieger steigst.«

»Du fliegst doch nie.«

»Wer sagt das?«

»Hast du selbst mal gesagt.«

»Ja, wenn ich es vermeiden kann.«

»Und wenn du es vermeiden kannst, dann lässt du dich auch nicht abknallen, oder?«

»Nein, das tu ich nicht. Aber weißt du, da geht's nicht nur um Personenschutz.«

»Sondern?«

»Pressefreiheit, Meinungsfreiheit, die Macht des freien Wortes! Sich nicht einschüchtern lassen. Zivilcourage.«

»Bist du besoffen, Hummel?«

»Ich mein das ernst.«

Dosi sieht ihn verwundert an. »Du ziehst das durch, oder?«

»Ich zieh das durch.«

»Was sagt denn Mader dazu?«

»Dass ich das selbst entscheiden muss.«

»Der macht es sich einfach. Er ist doch dein Vorgesetzter!«

»Ich hab ihm gesagt, dass ich das möchte.«

»Oh Mann!« Sie mustert ihn, sieht, dass er es wirklich ernst meint. Dann nickt sie langsam. »Okay, ich bin dabei. Zankl auch.«

VORPROGRAMM

Eine Reihenhaussiedlung in Berg am Laim. Symmetrische Tristesse einförmigen Eigenheimglücks. Akkurate Kleinstgärten vor und hinter schmalen Häuschen. In einer der engen Reihenhausküchen traute Zweisamkeit. Zwei Frauen um die vierzig. Eine blass, hager, groß, mit strengem schwarzem Dutt und Designerhornbrille. Die andere klein und kräftig, Sonnenstudiobräune, Igelhaarschnitt und Lippenpiercing. Auf dem Tisch Filterkaffee und Fettgebäck aus dem Backshop an Spitzendeckchen mit Supermarkttulpen in Goldrandvase von Oma.

»Traudl, was wollen die?«, fragt der Dutt den Igel und stellt die Kaffeetasse hart auf der Tischplatte ab.

»Neues Sicherheitskonzept. Da muss noch einer mit aufs Podium«, sagt die Angesprochene und mustert mit Missfallen die Kaffeespritzer auf der Tischdecke. »Gerti, pass halt auf!«

»Der Laden ist doch eh schon voll mit Sicherheitstypen«, knurrt Gerti und trinkt einen großen Schluck Kaffee. »Traudl, so was brauchen wir nicht!«

»Wir nicht, aber die Polizei. Die braucht noch einen, von dem man nichts wissen darf. Auf der Bühne, direkt bei ihm.« Gerti stellt ihren Kaffeebecher wieder sehr hart ab. Einige der Rechnungen, die auf dem Tisch liegen, werden braun gesprenkelt.

»Gerti, jetzt pass doch auf!«

»Ich versteh's nicht. Wer braucht wen für was?«

»Die Polizei braucht jemanden, der den ganzen Abend an seiner Seite ist.«

»Uh! *Der Mann an seiner Seite.* Süß!«

»Jetzt sei nicht zynisch. Die wollen einen Polizisten ganz nah bei Baroli haben. Einen, der nicht als Polizist zu erkennen ist. Er wird das Vorprogramm bestreiten.«

Gerti sieht sie verwirrt an. »Wie?«

»Als Autor.«

»Wir können doch einen Polizisten nicht einfach so irgendwas lesen lassen!«

»Er liest nicht irgendwas, Gerti. Er hat an einem Krimi mitgeschrieben.«

»Aha. Und an welchem?«

»Andem aktuellen vom Krämer. *Heiße Hunde.* Die Pressefrau vom Verlag hat uns doch die Fahnen geschickt.«

»Dieses Bayerwald-Massaker? Auf keinen Fall!«

»Ach komm, das ist gar nicht so schlecht. Wie dieses Biogaskraftwerk explodiert – mal was anderes.«

»Der Krämer kommt mir nicht in die Tüte! Der Depp!«

»Was hast du denn immer gegen den?«

»Ich mag ihn nicht.«

»Aber seine Shows sind gut. Und das letzte Buch auch.«

»Findet nicht jeder. Ich jedenfalls nicht.«

»Und der Krämer liest ja nicht selbst.«

»Trotzdem!« Gerti kratzt sich am Kinn.

Traudl schaut sie irritiert an.

»Is was?!«, faucht Gerti.

»Nein, muss das Licht sein.«

»Was?«

»Einen Moment dachte ich, du hast Bartstoppeln.«

»Dir geb ich gleich Bartstoppeln! Dieser Krämer und sein blödes Buch kommen mir jedenfalls nicht ins Haus. Hey, wir haben einen Ruf zu verlieren. *Duo Mortale* und *Monaco Crime* – das sind zwei Namen, die für höchste Qualität bürgen. Wir können uns keinen Schrott leisten!«

»Jetzt übertreib mal nicht. Ich sag's nochmal: Der Krämer liest nicht selber. Nur sein Co-Autor, dieser Klaus Hummel. Der ist ein unbeschriebenes Blatt. Und er arbeitet bei der Mordkommission.«

»Mordkommission. Hm …«

»Aber das dürfen wir natürlich nicht sagen.«

»Pah.«

»Aber hinterher. Das ist doch eine gute Story – *Faction!*«

»Was?«

»Fakten, Fiktion, Action – Faction«, erklärt Traudl. »Das Echte halt, nicht nur erfundene Geschichten. Echter Bodyguard, echte Bedrohung.«

Gerti lacht. »*Faction!* Meine kluge Frau. Geil. Mann, mit der Bodyguard-Geschichte könnten wir fett Werbung machen. Da gab's doch mal 'nen super Film. Wie heißt der noch mal?«

»*The Bodyguard?*«

»Traudl, du Kinomaus, du hast es drauf! *The Bodyguard.* Klar! Spitzenstreifen!«

»Mit der blöden Whitney Houston.«

»Ey, die ist nicht blöd. Die ist voll super!«

»Voll super? Die Tante? Das meinst du jetzt nicht im Ernst, Gerti?«

»Hey, Traudl, das ist doch nur Kino!«

»Nur Kino, ja klar. Ich denk nur an diese abgegriffene LP-Hülle bei dir im Regal, wo sie diesen schrecklichen Badeanzug anhat.«

»In meinem Regal?«

»Nein, auf der Rückseite von der Platte.«

»Das ist ihr Debütalbum. So der Hammer! Und damals hatten alle solche Badeanzüge.«

»So? Du auch?«

»Ja, ich auch. Das war die Mode damals. Das V am Dekolleté und der hohe Beinausschnitt. Alle hatten das.«

»Ich nicht!«

»Schatzi, ist ja schon gut. Strand ist sowieso nicht deins. Weiß ich doch, meine Liebe. Du gehst lieber ins Sonnenstudio.«

»Was dagegen?«

»Nein. Außerdem ist die Whitney ja nicht mehr unter uns.«

»Aber in deinem Herzen.«

»Da bist nur du, Spatzl. Also, wenn dieser Polizist wirklich lesen muss, dann schlachten wir das werbemäßig auch aus. Das klingt doch voll spannend, wenn wir das posten – Polizeischutz, verdeckte Ermittler, Bodyguard …«

»Langsam, Gerti! Die Polizei sagt, wie es läuft.«

»Nein! Wir sagen, wie es läuft!« Gerti haut auf den Tisch. »Und wenn mir das nicht passt, dann …«

»Jetzt hör auf! Du machst, was die sagen! Wenn da irgendwas passiert, dann zahlt dir das keine Versicherung. Heute Morgen ist auf den Baroli geschossen worden!«

»Wie?!«

»In der Fußgängerzone.«

»Echt?!«

»Ja, vom Dach der St.-Michael-Kirche.«

»Kenn ich nicht. Wo ist die?«

»Gegenüber vom *SportScheck*.«

»Echt? Mitten in der Fuzo?!«

»Ja, verdammt noch mal!«

»Geil! Traudl, das ist doch super!«

»Gerti, jetzt krieg dich ein!«

»Geil! Das ist so was von geil! Weiß die Presse davon?«

»Ja. Vorhin war es schon auf BR24 aktuell.«

»Warum hab ich das nicht gehört?«

»Na ja, wenn du erst nachmittags aus den Federn kriechst …«

»Werd mal nicht frech! Ich war gestern bis ewig auf der *Langen Kriminacht von Milbertshofen*. Eine Tortur! Das lange Elend von Nordnordschwabing! Während du hier schon selig geschlummert hast. Hey, ein Attentat von einem Kirchendach! In der Fußgängerzone! Das ist doch mal was! Auf einen unserer Festivalautoren! Das ist eine Wahnsinnswerbung für *Monaco Crime*! Hast du das schon auf Facebook gepostet?«

»Nein, warum denn?«

»Warum?! Das sind doch voll die *Breaking News!* Mehr Werbung geht ned!«

»Gerti! Der Krone ist eh ausverkauft.«

»Darum geht's doch nicht. Alle Zeitungen der Stadt sind da, das Fernsehen, Radio. Super! Wir müssen das noch auf unsere Seite stellen und in den Newsletter reinpacken. Publicity! Marketing! So von wegen: Bei *Monaco Crime*, da kriegst du sie, die richtig scharfen Sachen!«

»Gerti, jetzt dreh nicht durch!«

»Und wie ich durchdreh, Traudl! Wahnsinn, das ist echt geil! Besser als der Stephen King. Als die den nach Deutschland gebracht haben, meinten die, sie sind die Kings. Aber nein, wir sind die Queens, das Oberhaus der Liga. Wir schießen den Vogel ab! *Fanction* – oder wie das heißt!«

»*Faction*. Meine Liebe. *Facts & Fiction. Function* wäre auch nicht schlecht. *Fun & Action* – das wäre doch mal ein Motto für das ganze Bayernkrimizeugs.«

»*Faction!* Attentat – das ist doch der Wahnsinn! Das riecht nach Gefahr, echter Gefahr! *A-DRE-NA-LIN!* Ich schau mal ins Netz, was die so schreiben. Und dann knall ich noch schnell einen geilen Text für Facebook, Insta und unseren Newsletter zusammen.«

»Tu, was du nicht lassen kannst, Gerti. Aber beeil dich! In zwei Stunden müssen wir los.«

»Und dieser Hummel muss wirklich lesen? Kann der nicht zumindest was anderes lesen? Muss das aus dem Buch von dem Krämer sein?«

»So wollen es die Cops. Du willst wohl, dass ich was lese, oder, Schatzi?«

»Warum nicht, Traudlmausl?«

»Ich bin keine Polizistin.«

»Ja, schade, wo ich doch so auf Uniform steh.«

»Das weiß ich doch, mein kleines Ferkel. Soll Sergeant Traudl die Uniform holen?«

»Geht sich das denn noch aus?«

»Na ja, wenn wir richtig Gas geben.«

RESOLUT

Der Circus Krone ist bis unters Dach gefüllt. Restlos ausverkauft. Aufgrund der Ereignisse des Vormittags ist das Publikum besonders zeitig erschienen, um auch ganz sicher dabei zu sein, wenn der gerade einem Attentat knapp entkommene Bestsellerautor aus seinem neuen Buch liest und signiert. Wer weiß, wie lange noch? *True Crime at its best.*

Mader hat hinter der Bühne alle Hände voll zu tun, auch weil es aufdringliche Menschen gibt, die sich nicht an Absperrungen oder Verbote halten. Wie dieser unsympathische Autor, der sich backstage bewegt, als wäre er dort zu Hause. Wo dieser Bereich doch nur das Vorzimmer ist zu dem Ort, der Krimiautor Horst Krämer wirklich gebührt: die große Bühne. Das hat dieser jedenfalls schon mehrfach lautstark bekundet.

»Und Sie gehen da nicht raus!«, warnt Mader mit kaum noch verhüllter Aggression den penetranten Herrn im Hinterzimmer des Circus Krone.

»Und wie ich da rausgeh! Das ist mein Buch! Wenn Sie meinen, dass Herr Hummel an meiner Stelle auf die Bühne geht und liest ...«

»Woher wissen Sie überhaupt, dass Hummel hier liest?«, fragt Mader genervt.

»Steht doch auf Facebook.«

»Ach ja, wo?«

»Auf der Seite vom *Duo Mortale.*«

»Wer zur Hölle ist das?«

»Das sind die Veranstalter des Festivals. Also von *Monaco Crime*. Was ist jetzt? Kann ich nachher auf die Bühne? Ich sprech mit Hummel. Er hört auf mich. Wir kennen uns.«

Mader schüttelt den Kopf. »Nein, Herr. Hummel hat hier andere Aufgaben. Das Lesen ist eher sekundär.«

»Lesen ist niemals sekundär! Das hier ist ein Literaturfestival!«

Mader atmet tief durch. »Das reicht. Gehen Sie jetzt bitte! Das ist eine polizeiliche Anordnung! Freundlich formuliert. Oder soll ich einen Platzverweis erteilen? Das möchten Sie nicht wirklich.«

»He! Da geht's nicht weiter!«, klingt jetzt Dosis Stimme von draußen herein. Dosi versucht gerade eine resolute ältere Dame mit riesiger Sonnenbrille vom Backstage-Bereich fernzuhalten. Dosi fasst die Frau am Arm, um sie daran zu hindern, den polizeilichen Operationsbereich zu betreten.

»Lassen Sie mich los!«, zischt die Frau. »Ich bin Agentin!«

Dosi lässt den Arm los. »So? Aha? Agentin?«

»Literaturagentin. Gerlinde von Kaltern.«

»Ach, Sie sind das! Mein Kollege Hummel hat mir schon von Ihnen erzählt.«

»So? Nur Gutes, hoff ich mal.«

»Wie man's nimmt.«

»Gerlinde«, meldet sich jetzt Krämer durch die offene Tür, »weißt du, was hier los ist? Hummel soll aus meinem Krimi lesen. Und ich soll hier verschwinden. Ich lass mich doch nicht vom Hof jagen wie ein räudiger Köter!«

Mader steckt seinen Kopf zum Gang raus. »Meine liebe Frau …?« – »Gerlinde von Kaltern!« – »Gnädige Frau, ich werde gleich gegen Herrn Krämer einen Platzverweis aussprechen. Er muss das Gebäude verlassen, wenn er sich nicht unauffällig im Hintergrund hält. Hinter der Bühne hat er nichts verloren. Und auf der Bühne schon gar nichts. Das hier ist eine Polizeioperation!«

Gerlinde lächelt Mader an. »Mein lieber Herr …« – »Mader. Ich leite den Sondereinsatz. Wir haben hier eine gewisse Gefährdungslage.«

»Jaja, das Attentat. Sie erwarten doch nicht etwa einen weiteren Anschlag?«

»Dazu kann ich nichts sagen.«

»Gerlinde, das geht schon die ganze Zeit in dem Ton!«, ereifert sich Krämer. »Das geht nicht, dass Hummel aus *Heiße Hunde* liest. Auf dem Buch steht mein Name! Da draußen sind zweitausend Leute! Auf so eine Gelegenheit warte ich seit Jahren! Und jetzt soll dieser No-Name da rausgehen und den ganzen Beifall und die Presse kriegen? Niemals! Nur über meine Leiche! Gerlinde, jetzt sag doch was!«

»Frau Kaltern …!«, sagt Mader entnervt.

»Von Kaltern, mein lieber Herr Mader! So viel Zeit muss sein!«

»Hochverehrte Frau von Kaltern, machen Sie Ihrem Schützling bitte klar, dass es hier nicht um das literarische Duett geht, sondern dass Herr Hummel auf dieser Bühne einen Einsatz als Kriminalbeamter hat.«

»Schützling?! Ich glaub, ich spinn …! Sie, Sie …!« Krämer versagt vor lauter Erregung die Stimme.

Gerlinde legt ihrem aufgebrachten Autor die Hand auf die Schulter. »Horst, beruhig dich! Sieh es doch mal, wie es ist. Genau genommen hat Hummel ja das Buch geschrieben, also den größten Teil.«

Krämer schüttelt heftig den Kopf. »Nur durch meinen Input ist aus dieser Groschenheftprosa ein richtiges Buch geworden. Mit Anfang und Schluss und sogar einem bisschen was zwischendrin.« Er sieht sie herausfordernd an.

»Horst! Hummel steht bei mir ebenfalls unter Vertrag! Vergiss das nicht!«

Mader wird das zu viel. »Meine Dame, mein Herr! Jetzt ist Schluss! Entweder Sie gehen jetzt sofort auf Ihre Plätze oder ich lasse Sie von meinen Leuten rausbringen. Aber dann nicht in den Saal, sondern vor die Tür, auf die Straße.«

Gerlinde mustert Mader, bläst die Backen auf und … lässt die Luft mit einem satten Plopp wieder heraus. »Horst, wir gehen!«

»Aber …«

»Nichts aber!«

»Aber der kann doch nicht einfach …«

»Ruhe!«

Gerlinde von Kaltern mustert Mader kalt und nimmt ihre Sonnenbrille aus dem Haar. »Geben Sie Hummel die Brille. Er soll sie auf der Bühne tragen. Mit einem schönen Gruß von mir. Das ist wichtig! Andernfalls sind wir – also er und ich – geschiedene Leute. Ich meine das ernst. Und noch wichtiger: Er stellt sich nicht mit Namen vor! Sonst seh ich da ein Problem mit seiner zukünftigen Karriere, ein großes Problem! Richten Sie ihm das aus, wörtlich! Brille und kein Name! Sonst finito!«

Mader nimmt genervt die Brille entgegen. »Ich bemüh mich. Und jetzt raus! Sofort! Beide!«

Gerlinde von Kaltern schiebt ihren aufgelösten Autor aus der Tür.

»Oh Mann, was für eine blöde Kuh!«, sagt Dosi, als sie weg sind.

Mader schüttelt den Kopf. »Der Heini war noch blöder. Eingebildetes Pack! Ich bin skeptisch, ob das Ganze hier eine gute Idee ist. Nein, eigentlich bin ich mir ganz sicher: Das ist eine richtige Scheißidee.«

WAHRSCHEINLICHKEIT

Das Veranstalterpaar betritt die improvisierte Einsatzzentrale der Polizei, schenkt den Beamten keine Beachtung, ist ganz mit sich beschäftigt. Gerti saugt genussvoll den Zirkusduft ein – Tierkot, Schweiß und Schminke – und reibt sich die Hände. »Traudl, perfekt! Der Saal ist brechend voll. Fernsehen, Hörfunk, Zeitung – alle da. Und wir sind die Ladys, die so was gebacken kriegen. So viel Presse hatten wir noch nie am Start bei *Monaco Crime*. Dreihundert Tickets extra. In einer knappen Stunde. Die Bestellungen sind nur so reingezischt. Sogar die Teilsichtplätze sind weggegangen. Jeder will dabei sein. Das ist toptoptop!«

Mader schüttelt den Kopf. »Ja, das war eine Superidee, dass Sie das mit dem Attentat gepostet haben! Ganz toll. Vielen Dank auch. Das unterstützt die Arbeit der Polizei ungemein.«

»Immer mit der Ruhe, Mader«, meldet sich der gerade angekommene Dr. Günther. »Das mag auf den ersten Blick suboptimal erscheinen, aber es hat auch seine gute Seite.«

»Aha? Und wie sieht die aus?«

»Sicherheit durch Öffentlichkeit. Glauben Sie denn im Ernst, dass jemand bei dieser Pressepräsenz und vor diesem großen Publikum ein Attentat verübt? Sehr geringe Wahrscheinlichkeit. Quasi ausgeschlossen.«

»Genauso wie in der Fußgängerzone?«

»Das war frühmorgens. Da ist doch kein Mensch auf der Straße.«

»Ja, genau. Um halb zehn. Nur jede Menge Lieferanten

und Leute auf dem Weg zur Arbeit. Wie Herr Hummel zum Beispiel.«

»Mader, bleiben Sie cool. Da draußen sind über zweitausend Leute, Presse, Polizei. Außerdem ist im Hintergrund das Sicherheitsteam des Innenministers aktiv. Da passiert nix.« Dr. Günther dreht sich zu den Veranstalterinnen. »Die Autoren sind hier?«

Traudl nickt. »Ja, in der Maske.«

»Wie ist der Ablauf?«

»Ich begrüße die Leute«, sagt Gerti. »Herr Hummel liest als Warm-up zehn Minuten, dann kommt Baroli. Er liest ein paar Seiten aus *Hartes Land*, dann führt Frank Mittelmeier vom Bayerischen Rundfunk ein kurzes Interview mit ihm, und zum Abschluss bekommt er seine Auszeichnung vom Innenminister.«

»Wo ist Hummel in dieser Zeit?«

»Auf der Bühne steht ein Sofa. Da sitzt er. Im Hintergrund. Ohne Licht. Nach der Preisverleihung kommt dann ein Spot auf das Sofa für die lockere Talkrunde.«

»Wie lang dauert die?«

»Maximal zwanzig Minuten.«

Dr. Günther nickt. »Dann ist Schluss?«

»Dann signiert Baroli.«

»Hummel auch?«

»Äh? Nein, das war nicht vorgesehen. Das ist zu spontan. Und außerdem vertritt er doch nur diesen Krämer?«

»Okay. Und wo wird signiert?«

»Am Büchertisch.«

»Wo steht der?«

»Im Foyer.«

Günther schüttelt energisch den Kopf. »Zu unübersichtlich, zu gefährlich.«

Gerti nimmt die Hornbrille von der Nase und schüttelt ebenfalls den Kopf. »Wir können auf den Büchertisch nicht verzichten. Der Verlag und die Buchhändlerin bringen uns um. *Monaco Crime* ist ein Literaturfestival!«

»Dann lassen Sie auf der Bühne signieren. Wir müssen die Leute sehen. Nicht im Foyer. Das ist zu verwinkelt.«

Gerti nickt. »Gut, dann machen wir das so. In fünfzehn Minuten geht es los. Wir müssen weiter. Die Presse wartet.«

Sie packt Traudl und schiebt sie zur Tür raus.

Mader knurrt: »Denen geht es nur darum, dass die Bude voll ist. *Duo Mortale* – dass ich nicht lache. Doris, überbringen Sie Hummel bitte noch die Brille und die warmen Worte seiner Agentin. Und dann gehen Sie auf Ihren Posten.«

LAMPENFIEBER

Hummel fühlt sich elend. Er sitzt allein in der Künstlergarderobe. Ihm ist heiß. Ihm ist kalt. Er hat Lampenfieber. Seine erste Lesung hat er sich anders vorgestellt. Ganz anders. Irgendeine nette kleine Buchhandlung. Vielleicht in seinem Viertel. In Haidhausen. Oder in der Au, in Giesing. Oder in der Buchhandlung *glatteis* in der Corneliusstraße. Dreißig Leute. Ganz familiär. Aber so? Zweitausend Menschen! Das sind zu viele! Viel zu viele! Die ganze Presse! Und der Innenminister, sein oberster Dienstherr ist auch im Publikum. Ganz toll.

Er geht zum 17. Mal aufs Klo. Wieder nur ein paar Tröpfchen. Vor dem Schminkspiegel liegt die Sonnenbrille von Gerlinde. Dosi hat sie ihm mit ein paar Anweisungen gebracht. Was soll das? Soll er einen auf geheimnisvoll machen, so Marlowe? Nein, er weiß natürlich genau, was das soll: Gerlinde will nicht, dass er als Autor seines Buchs in Erscheinung tritt. Schließlich steht ja Krämer auf dem Cover. Der ist auch hier, hat Dosi gesagt. Schon klar, alles überhaupt kein Problem, Namen sind Schall und Rauch.

Scheiße, über zweitausend Leute! Was für eine Riesengelegenheit, um ein Buch zu promoten – sein Buch! Aber es geht nicht um ihn, es ist ein Job, sein Job – als Polizist. Nicht mehr, nicht weniger. Er darf sich nicht auf sich konzentrieren, er muss Baroli und den Saal im Blick behalten, cool bleiben.

Er geht noch mal aufs Klo. 18.

SENSATIONSGEIL

Mader, Dosi und Zankl sind auf Posten: Mader im Zuschauerraum, Dosi links und Zankl rechts der Bühne, auf Notsitzen bei den Sanitätern. Dr. Günthers Platz ist zwischen dem italienischen Botschafter und einem Europaabgeordneten der CSU. Die monochrome dunkle Anzug-Phalanx männlicher Würden- und Amtsträger in der ersten Reihe wird durchbrochen von der schrillen Fröhlichkeit der Kleider und Kostüme der weiblichen Ehrengäste und Gattinnen. Die Ladys haben sich wegen des erhöhten Presseauftriebs besonders in Schale geworfen. Man kann die Spannung riechen – die klassisch-schneidige Zirkusluft nebst den natürlichen Ausdünstungen des Publikums erhält durch verschiedene überdosierte Parfüms eine fruchtig-obergärige Note. *Explosiv!*

Gerade füllen sich die letzten freien Plätze. Auftritt Innenminister und Gattin. Im Schlepptau zwei Fernsehteams und ein Heer von Fotoreportern. Seine Bodyguards scannen den Saal.

Mader steht jetzt an einem der Seiteneingänge und denkt an die nachmittags absolvierte turbulente Pressekonferenz im Präsidium. Die Vorfälle in der Fußgängerzone haben für eine Riesenwelle gesorgt. Die Reporter haben ihn ganz schön gegrillt. Er hat es vermieden, von einem Mafiaanschlag zu sprechen. Trotzdem ist genau das die Schlagzeile der gerade erschienenen *Abendzeitung*. Verdammte Krawallblätter!, war sein erster Gedanke, als er die Zeitung gesehen hat. Aber klar, als Journalist würde er es genauso machen. Die Leser sind sensationsgeil. Gieren nach Blut. Das Publikum hier ebenfalls. Alle wollen sehen, was das für ein Mann ist, auf den heute in der Fußgängerzone geschossen wurde. Mader ist durchaus neugierig, wie sich Baroli auf der Bühne macht. Und auch auf Hummel ist er gespannt.

Jetzt wird das Licht runtergefahren, und das Murmeln verstummt, weicht knisternder Stille.

SCHNAPPATMUNG

Hummel wischt sich den Mund ab, trinkt einen Schluck Wasser aus dem Hahn. Er hat sich gerade übergeben. Ganz plötzlich. In der Toilette. Er hätte gar nicht gedacht, dass überhaupt was drin ist in seinem Magen. Die flüchtige Leberkässemmel von heute Mittag muss doch schon längst verdaut sein. A bisserl was geht immer, denkt er jetzt und fühlt sich sehr unwohl. Soeben hat ihn eine der Veranstaltungsladys angepflaumt, wo er denn bleibt? Jaja. Ist ja schon unterwegs. Er nimmt sein Buch vom Schminktisch, sieht die

Sonnenbrille, überlegt kurz, dann greift er nach ihr. Er tritt in den schwach beleuchteten Gang hinaus, nickt dem Polizisten mit der Maschinenpistole zu, hört die Stimme einer der Veranstalterinnen durch Zirkusrund und Gänge hallen: »Blablabla, bla, blabla, bla … Sergio Baroli wird gerade in einem gepanzerten Wagen von der Ettstraße hierher zum Circus Krone gebracht. Blablabla … absolute Sensation!«

»Schmarrn!«, murmelt Hummel. »Baroli hat die Garderobe neben meiner und ist seit einer guten Stunde hier – wie ich.«

Die nächsten Worte gelten Hummel selbst: »Um Ihnen die Wartezeit bis zur Ankunft unseres großen Stars zu verkürzen, gibt es jetzt noch ein paar kurzweilige Seiten aus dem neuen Kriminalroman von Horst Krämer. Bühne frei für *Heiße Hunde!*«

Als Hummel die Bühne betritt, ist der Applaus freundlich-flau. In Hummels Kopf stürmt es gewaltig. *Der neue Kriminalroman von Horst Krämer!* So ein Quatsch! Das ist sein Buch! Zu großen Teilen zumindest. Klar, er weiß, worauf er sich eingelassen hat. Aber trotzdem! Nein, cool bleiben! Es ist nur ein Job. Jetzt fällt ihm die Brille ein. Gerlindes Anweisung. In Gottes Namen, dann spielt er eben mit. Er setzt die Brille im Gehen auf. Sofort wird es Nacht, er stolpert. Im Fallen räumt er das Couchtischchen mit den Wassergläsern ab. Gelächter im Publikum. Beim Aufstehen hält er sich an der Dekofahne des Festivals fest, die weit weniger stabil ist, als sie aussieht. Mit einem *Zong!* schnalzt sie aus der Halterung nach unten. Hummel zieht sie wieder hoch, doch jetzt löst sich die untere Befestigung, die Dekofahne schnalzt nach oben. Tosendes Gelächter.

Hummel kämpft sich an den Lesetisch vor, setzt sich und atmet durch. Zwar fällt das Licht des Bühnenscheinwerfers direkt auf den Tisch, aber mit der Sonnenbrille auf der Nase kann er unmöglich lesen. Viel zu dunkel. Er nimmt die Brille ab und sieht ins Publikum. Biegt das Mikrofon zurecht und jagt so würgende Geräusche durch die Soundanlage. Ist Hummel egal. Er mustert feindselig die erste Reihe mit den Würdenträgern, sieht Gerlinde und Krämer in der zweiten Reihe. Hummel schaut durch sie hindurch und beginnt: »Mein Name ist Klaus Hummel, und ich lese aus meinem Roman *Heiße Hunde*. Viel Spaß!«

Er sieht noch einmal auffordernd zu Gerlinde und Krämer. Die beiden haben Schnappatmung. Hummel beginnt:

Beim Zinner-Wirt sitzen noch die letzten Teilnehmer an der Wahlkampfveranstaltung der neuen Partei *Bavaria first!* zusammen, ermattet von den Wortgefechten des Abends.

Der Wirt stellt noch eine letzte Runde Bier und Schnaps auf den Tisch.

»Prost ihr Zipfel!«, sagt der amtierende Bürgermeister Gruber und schickt einen markerschütternden Rülps hinterher.

»Selber Zipfel«, lallt einer der Stammtischbrüder.

Erstaunt sehen ihn alle an, ihn, den hageren Bäckermeister Dobler.

»Reiß ma's Maul wieder auf, Dobler«, fragt Gruber.

»Und wie ich das Maul aufreiß. Du meinst wohl, dass du automatisch der Parteivorsitzende wirst, bloß weil du der Bürgermoasta bist. Da braucht ma scho a bisserl Hirn.«

»So, und des hast du?«, fragt Dobler.

»Mehr wie du scho.«

Ein Raunen geht durch die Reihen der letzten Gäste.

Manche grinsen breit. Sauber, noch so viel Action zu so später Stunde.

Dobler spricht für seinen Alkohollevel erstaunlich klar: »Des is scho interessant, dass du dich so einsetzt für die Umgehungsstraße. Ja, Unfälle im Dorf sind nicht schön, schon gar keine tödlichen. Wer hat denn den Nerlinger zamgfahrn?«

»Der stolpert da im Finstern über die Straße!«, bellt Gruber.

»Und du warst bsoffn.«

»Wer sagt des?«

»Ich sag des. Du warst vorher hier, am Stammtisch. Und du hast mindestens vier Halbe gehabt, wie du los bist.«

»Ich fahr auch noch mit sechs Halben wie a Oanser.«

»Na, wenn des so is, dann is vielleicht wirklich was dran.«

»Was moanst jetzt?«

»Dass du was mit dem Nerlinger seiner Frau hast. Dass du den vielleicht nicht aus Versehen umgfahrn hast?«

Gruber geht Dobler an die Gurgel, würgt ihn, der ganze Stammtisch springt auf, Gläser und Stühle fallen um.

»Du Drecksau.« – »Hinterfotziges Arschloch.« – »Damischer Hirnbrunzer!« – »Dir gib i glei an Hirnbrunzer!« – »Tust du deine Wichsgriffeln weg!« – »Halt die Fotzn!«

Der Schwall Wasser sorgt für Ruhe. Alle starren den Wirt an, der den verzinkten Eimer noch in der Hand hält.

»Ganz ruhig, Burschen«, sagt Zimmer. »Wer noch mal das Maul aufreißt, braucht gar nimmer kemma. So, jetzt geh ma alle heim.«

Ein Mann ein Wort – die Stammtischbrüder stolpern aus dem Wirtshaus zu ihren Autos, um röhrend in der Nacht zu verschwinden.

Im Zirkus ist es totenstill. Hummel gluckst. Er hat sich nicht ganz ans Manuskript gehalten. Der kleine Tourette-Anfall war doch super! Er ist einem Gefühl gefolgt, hat sich mitreißen lassen. *Yes, Sir, I can boogie!* Mit einer Mischung aus Trotzigkeit und wilder Fröhlichkeit hat er sie rausgelassen, die Flut böser Worte. *Dirty is the new sexy!* Wenn es dem Publikum nicht passt, kann es sich ja beim Autor beschweren, diesem Horst Krämer.

Hummel sieht auf und erblickt nur indignierte Gesichter. Nein, eins ist aufgelöst vor hysterischem Lachen. Genau neben dem eingefrorenen Gesicht von Gerlinde von Kaltern. Zum ersten Mal ist Hummel der Krämer sympathisch.

Als die Veranstalterin Hummels Worte halbwegs verdaut hat, moderiert sie eilig ab: »Ja, ganz wunderbar. Sie hörten ein paar Zeilen aus dem wunderbaren München-Krimi *Heiße Hunde*, der, äh, nun ja, in München spielt.«

Hummel schließt die Augen. Erdet sich. Ihr Deppen, das Buch spielt fast nur im Bayerischen Wald und im Böhmerwald. Aber das interessiert hier ja eh keine Sau. Er steht auf und verdrückt sich auf das Sofa. Dabei macht er einen großen Bogen um die Dekofahne, die fleißige Händchen wieder in die korrekte Position gebracht haben. Sein Umweg sorgt für erneute Heiterkeit im Publikum.

»Begrüßen Sie nun mit mir den einzigartigen, unerschrockenen, wagemutigen, furchtlosen Bestsellerautor«, ertönt das Jubelorgan der Veranstalterin, »der im Alleingang der Mafia die Stirn bietet! *Ser-gi-o!! Ba-ro-li!!!*«

Applaus brandet auf, so laut und donnernd, als würde Jesus Christ Superstar vom Himmel schweben. Hummel erschrickt ob dieses Gewitters allgemeinen Zuspruchs. Das muss ja wirklich ein Riesentyp sein, dem er da heute Morgen das Leben gerettet hat. Er hat ihn eher als klein in Erinnerung.

Baroli betritt die Bühne, erscheint im Lichtkegel des Richtscheinwerfers. Über seiner Glatze glüht ein Heiligenschein. Der Jubel versiegt nicht. Und jetzt sieht es auch Hummel: Baroli ist nicht klein, er ist groß, stattlich, erfolgreich. Hummel denkt an Pep Guardiola. Oh ja, Baroli ist es – der Messias! Der Applaus wird immer lauter. *Massenhysterie!* Jetzt klatscht auch Hummel.

Baroli verbeugt sich. Geht zum Lesetisch. Es wird still.

Ein Moment nur. Dann ein lauter Knall. *Schreie! Chaos!*

Das Licht im Saal erlischt. Glassplitter prasseln auf die Bühne.

Hummel springt nach vorne, zieht Baroli nach unten. »Sind Sie okay?«

»Glaub schon.«

Hummel checkt die Lage. Unklar. Überall Hektik, Geschrei, Menschen rennen durch den dunklen Saal. Hummel sieht Sicherheitskräfte mit Stablampen hereinstürmen, er zieht Baroli durchs Foyer zum Hintereingang, schiebt ihn in den Innenhof. Dort stehen offene Mannschaftswagen ohne Beamte. Alle sind jetzt im Zirkus. Hinter ihnen fliegt eine Tür auf. Hummel dreht sich nicht um. »Los, rennen Sie!«, weist er Baroli an. Sie spurten über den Hof auf die Marsstraße raus. Taxistand. Dort steht ein Wagen. Sie springen hinten rein.

Kein Fahrer. Jetzt sieht Hummel ihn. Draußen in den Büschen, beim Pinkeln. Ein Auto schießt die Straße runter. Auf sie zu. Hummel quetscht sich nach vorn, Stoßgebet. Ja, Schlüssel steckt. Er startet den Motor. Rückspiegel: schwarzer Golf. Fünfzig Meter noch. Heulend rasen sie davon. Bei Rot über die Kreuzung. *Vollgas!*

AMPLITUDE

Mittlerer Ring. Hummel starrt in den Rückspiegel. Normaler Verkehr. Oder? Nein – der schwarze Golf klebt an ihnen dran. Hummel tritt das Gaspedal durch, macht ein paar gefährliche Überholmanöver. Doch der Golf ist immer noch hinter ihnen. Getönte Scheiben. Hummel kann keinen Fahrer sehen. Im Heckenstaller-Tunnel wechselt er im letzten Moment die Fahrspur auf die Abzweigung zur Autobahn Richtung Starnberg. Rückspiegel. Kein Golf mehr. Abgehängt. Trotzdem ignoriert er die Geschwindigkeitsbegrenzung. Statt achtzig fahren sie hundertsechzig. Soll ihn doch die Polizei stoppen! Käme ihm gerade recht.

Hummel überlegt. Kurz vor Starnberg ist eine Polizeistation an der Autobahn. Er sollte sich vorher bei den Kollegen melden. Sein Handy ist in der Garderobe. Funkgerät? Er wundert sich. Gibt es heute keinen Taxifunk mehr? Nur noch Handys? Jetzt erst fällt ihm auf, dass das Auto weiß und nicht cremefarben ist. Der Wagen ist gar kein Taxi. Offenbar hat der Fahrer nur zum Bieseln am Taxistand gehalten.

»Haben Sie Ihr Handy dabei?«, fragt er nach hinten.

»Das ist im Zirkus, in der Garderobe.«

»Meins auch. Egal. Geht's Ihnen gut?«

Baroli beugt sich nach vorn. »Ja. So weit, so gut. Danke, das war knapp!«

»Paar Minuten noch. Dann sind wir bei der Polizei.«

»Bin ich doch jetzt schon«, sagt Baroli.

Hummel versteht erst nicht, dann grinst er dämlich.

Baroli dreht sich um, murmelt: »Scheiße!«

Hummel schaut in den Rückspiegel. Der Golf ist wieder da! Oder immer noch? *Hölle!* Sie hätten die Stadt nicht verlassen sollen! Die getönten Scheiben. Wer ist in dem Auto? Einer? Zwei? – »Stopp!!«, schreit Baroli. Hummel steigt voll in die Eisen. Ihr Wagen kommt knapp einen Meter hinter einem Kombi zum Stehen. Stau. Hummel atmet tief durch und dreht sich um. Sieht den Golf nicht. Autos dazwischen. Vorne steht ein Laster quer. Sie sitzen fest. Wenn der Typ jetzt aussteigt? Oder sind es mehrere? Was …? Er hört eine Sirene. Polizei? Blinklicht. Blau und Rot. Die Autokolonnen rücken auseinander. Rettungsgasse. »Festhalten!« Hummel knallt den Rückwärtsgang ein und schießt durch die Rettungsgasse. Dem Rettungswagen entgegen. Der Sanka blendet auf. Hummel legt eine Vollbremsung hin, Powerslide, er touchiert ein Cabrio, drückt sich vor einem Transporter auf die Standspur durch. Wieder Vollgas. Geisterfahrt auf der Standspur. Abfahrt Wolfratshausen. Auf die Landstraße. Hummel fährt ein paar Kilometer, dann hält er rechts. Nimmt die Hände vom Steuer. Sie zittern nicht. Sie zucken. Amplitude zehn Zentimeter. Mindestens.

»Rutsch rüber«, sagt Baroli.

Hummel klettert auf den Beifahrersitz, Baroli steigt aus und kommt nach vorn.

Er gibt Hummel die Hand. »Sergio.«

»Klaus.«

Sergio fährt durch die anbrechende Dunkelheit. Exakt hundert.

»Schnall dich an!«, sagt Sergio plötzlich und deutet mit dem Daumen nach hinten. »Wir werden den Golf nicht los.« Baroli gibt Gas. Hundertvierzig auf der Landstraße. Er schaltet das Licht aus. Sie rasen in ein schwarzes Loch. So kommt es Hummel vor.

»Achtung!« Sergio bremst scharf hinter einer Kuppe und schert rechts in einen Waldweg ein. Der Golf schießt an ihnen vorbei. Sie sehen dem Wagen hinterher. Er stoppt auf der nächsten Kuppe der hügeligen Straße. Sie sehen die Bremslichter in der Dunkelheit. Der Wagen wendet.

»Okay, dann mal ab in die Prärie.« Sergio fährt los. Langsam, weiterhin ohne Licht. Der Wagenboden setzt mehrfach auf. An einer geschlossenen Schranke ist Schluss. Hummel steigt aus. Checkt das Vorhängeschloss an der Schranke, sucht einen großen Stein. Beim dritten Versuch gibt der Bügel des Schlosses nach. Hummel öffnet die Schranke. Als Sergio mit dem Auto durch ist, schließt Hummel die Schranke und hängt das kaputte Schloss wieder ein.

Im Schritttempo fahren sie den holperigen Weg entlang durch den dunklen Wald. Sichtweite nur wenige Meter. Schwere Tropfen platzen auf der Windschutzscheibe.

»Na super«, murmelt Hummel.

Sie erreichen eine Lichtung. Es wird kaum heller. Und es schüttet jetzt wie aus Eimern. Die Reifen drehen durch.

»Mist. Wir stecken fest.« Er macht den Motor aus.

»Morituri te salutant«, lautet Hummels Kommentar.

Hummel würde jetzt gern eine rauchen. Aber seine Zigaretten sind in der Zirkusgarderobe. Der Regen prasselt aufs Autodach. Zu sehen ist draußen nichts mehr.

»Soll ich das Radio anmachen?«, fragt Baroli, um die Stimmung ein bisschen zu heben.

»Lass mal Sergio, ich bin bester Laune. Ich mag die Natur. Nicht nur ihre sanfte Seite. Ich schätze auch das Laute, Grobe, Ungeschliffene.«

Sergio lacht. »Ja, das hab ich mir vorhin gedacht bei deiner Lesung. Steht das wirklich so in deinem Buch?«

»Nicht ganz. Aber fast. Und es ist auch nicht mein Buch, also nicht mehr.«

»Ja, wenn ein Buch fertig ist, dann gehört es dem Publikum.«

»So mein ich das nicht.«

»Sondern?«

»Das ist eine ziemlich komplizierte Geschichte. Über die ich auch nicht reden will.«

»Aha.«

»Aber bei dir läuft es gut, also das Geschäft?«

»Ich kann mich nicht beklagen. Ja, es läuft sehr gut. Wenn auch mit ein paar Risiken. Wie du siehst.«

Draußen rauscht der Wald, Blitze zucken. Faradayscher Käfig, denkt Hummel. Wenn mein Physiklehrer keinen Scheiß erzählt hat.

MIKADO

Hummel wacht vom Krachen eines umstürzenden Baums auf. Er weiß nicht gleich, wo er ist. Hat einen Panikschub wegen der Enge im Auto, schlägt sich das Knie am Armaturenbrett an. Jetzt kapiert er, wo er ist: im Auto, im Wald, im Sturm. Der wogende Wald ist überpräsent. Hummel wischt über die beschlagene Scheibe. Kein Regen mehr. Im ersten Morgenlicht sieht er die entwurzelten Bäume, er lässt die Scheibe ein paar Zentimeter herunter. Kühle feuchte Luft strömt ins Wageninnere. Die Geräusche machen ihm Angst. Er hört das Knarzen, Ächzen, Splittern. Er stößt Baroli an: »Raus hier!«

Sie schaffen es gerade noch aus dem Auto, bevor ein mächtiger Baumstamm es unter sich begräbt. Sie flüchten unter das schmale Dach einer Futterkrippe und betrachten mit angstgeweiteten Augen das Chaos um sie herum. Mikado-Stäbchen – dürre Fichten kreuz und quer. Auch große starke Bäume haben die Grätsche gemacht und strecken die Wurzeln empor wie Polypenarme, Krähenkrallen. Hummel sieht zu den sterblichen Überresten des Autos. Das hätte ihre letzte Station sein können. Tod im Wald. Nicht gerade Standard. Würde sich das gut machen in einer Künstlervita? Er denkt an Ödön von Horvath. Der wurde in Paris bei Sturm von einem runterfallenden Ast auf den Champs-Élysées erschlagen. Wenn er sich recht erinnert. Vergleichbar? Na ja, Horvath hat mehr als nur ein Buch geschrieben.

»Ich glaube, der Sturm ist vorbei«, unterbricht Baroli Hummels literarische Gedanken. »Lass uns aufbrechen.«

Sie gehen den Waldweg zurück, steigen über Äste und Stämme, finden die Schranke offen.

»Ich hab sie wieder zugemacht«, meint Hummel.

»Sicher?«

»Ganz sicher.«

Im Matsch sind Reifenspuren. Ihre? Sie schauen sich um, horchen. Nichts. Kein Geräusch. Nur der dampfende Wald. Nicht mal ein Vogel ist zu hören.

Plötzlich fällt ein Schuss. Sie zucken zusammen. Noch ein Schuss.

»Jäger?«, meint Baroli.

»Hoffentlich.«

An der Landstraße halten sie Ausschau nach Autos. Nichts los. Hummel mustert Sergio. Von dem schicken Italiener ist nicht viel übrig geblieben. Haare zerzaust, Bartstoppeln im grauen Gesicht, Anzughose schmutzig und zerrissen, Hemd zerknittert. Hummel weiß, dass er selbst auch kein besseres Bild abgibt.

Endlich kommt ein Wagen. Und hält tatsächlich. Ein alter Benz. Sie steigen ein. Am Steuer eine reife Lady mit silberblauen Haaren. Große getönte Brille mit Strass an den Bügeln.

»Seid's ihr Studenten?«, fragt sie, als sie in einer schwarzen Dieselwolke anfährt.

»Früher mal«, sagt Hummel.

»Ihr müsst euch schon was Gscheids anziehen bei dem Wetter. Ihr holt's euch ja den Tod.«

Sie stellt das Gebläse auf Volldampf. Die Düsen blasen ihnen heiße, trockene Luft in die Gesichter. Es riecht nach Staub und Laub. Hummel gähnt.

»Wo müsst's ihr denn hin?«, fragt die Pilotin.

»Wo fahren Sie denn hin?«, fragt Hummel zurück.

»Weilheim.«

»Das passt.«

»Eine bestimmte Adresse?«

»Polizei.«

»Habt's ihr was ausgefressen?«

»Schau'n wir so aus?«

»Ja, schon.« Sie lacht.

»Ich bin Polizist.«

Sie lacht wieder.

»Doch, im Ernst.«

»Ja klar. Und ich bin die Mutter Teresa.« Sie drückt die Kassette in den Player. Chuck Berry. *Roll over Beethoven.*

ZWEIMAL

»Verdammt, Hummel, wo sind Sie?«, fragt Mader, als sie sich endlich telefonisch zurückmelden.

»Wir, also Sergio und ich, wir sind bei mir zu Hause.«

»Bist du wahnsinnig!«, brüllt Mader ins Telefon.

»Sind wir jetzt per Du?«

»Sind Sie wahnsinnig?«

»Wieso?«

»Wisst ihr, was hier los war? Die ganze Münchner Polizei ist in Aufruhr seit gestern Abend. Warum habt ihr euch nicht gemeldet?«

»Das ging nicht. Lange Geschichte.«

»Bleibt, wo ihr seid! Wir sind gleich bei euch.«

Hummel stellt das Telefon in die Station und kratzt sich am Kopf.

»Und, was sagt dein Chef?«, fragt Baroli.

»Die hatten offenbar ziemlich Action wegen uns. Wir sollen uns nicht vom Fleck rühren. Sie kommen gleich her. Magst du einen Kaffee?«

»Äh ...«

»Ich hab eine italienische Kaffeemaschine.«

»Na, dann.«

Hummel lädt seine kleine Bialetti.

Eine Viertelstunde später klingelt es. Hummel späht aus dem Fenster seiner Erdgeschosswohnung zur Haustür. Da steht nicht nur Mader. Auch zwei Beamte und Dr. Günther.

»Warum haben Sie sich denn nicht eher gemeldet, Herr Hummel?«, fragt Günther, als sie in der Wohnung sind.

»Ging nicht. Kein Handy in der Wildnis.«

Dr. Günther schüttelt den Kopf. »Kommunikation ist alles. Wissen Sie, was der Polizeieinsatz gestern gekostet hat? Wir hatten eine Sonderkommission am Start, um Sie beide zu finden.«

»Wir sind froh, dass wir überhaupt noch am Leben sind«, sagt Hummel trocken und schildert in knappen Worten, was passiert ist.

Es ist still, als Hummel fertig ist. Genug erklärt. Hummel ist zufrieden. Sieht Günther mal, dass Kommunikation und am Computer sitzen eben nicht alles ist, was man bei der Polizei so macht.

Mader reicht ihnen ihre Jacken. »Die waren noch im Zirkus.«

Sergio checkt sofort sein Handy.

»Herr Baroli, Ihre Familie macht sich große Sorgen«, sagt Günther.

Baroli nickt. »Ich hab vorhin schon mit meiner Frau telefoniert. Danke, dass Ihre Beamten auf sie aufgepasst haben.«

»Können wir uns kurz unter vier Augen sprechen?« Günther deutet in Richtung Küche.

Als Baroli und Günther in der Küche verschwunden sind, murmelt Hummel: »Na super, ich rette dem Typen zweimal das Leben, und jetzt machen die einen auf geheimnisvoll, in meiner Küche. Ich bin froh, wenn in meiner Wohnung bald nur noch zwei Augen sind.«

Mader winkt beschwichtigend ab. »Regen Sie sich nicht auf, Hummel, das ist eine Riesenkiste. Und wir haben großes Glück gehabt. Im Zirkus ist nur ein kleiner Sprengsatz beim Stromhauptverteiler hochgegangen. Unter der Bühne war ein wesentlich stärkerer Sprengsatz. Zum Glück ist der nicht explodiert.«

»Warum nicht?«

»Wenn wir das wüssten. Da wäre großer Personenschaden entstanden. Und wir würden jetzt nicht miteinander sprechen, sondern ich würde Ihre Begräbnisrede schreiben.«

»Das würden Sie tun?«

»Natürlich nur, wenn Sie das wollen.«

»Sehr gerne. Aber jetzt mal im Ernst: Um was geht's denn eigentlich? Warum will man Baroli aus dem Weg räumen?«

»Baroli hat Informationen über korrupte Politiker und Wirtschaftsbosse: Kontodaten, Mails, Audiomitschnitte. Solche Sachen.«

»Und dafür bringt man Leute um?«

»Sieht fast so aus.«

»Aha. Und was passiert jetzt? Also hier?«

»Das hab ich Herrn Baroli gerade gesagt«, klinkt sich Dr. Günther ein, der seinen Küchentalk mit Baroli beendet hat. »In dreißig Minuten fährt hier ein Auto vor, da sitzen seine Frau und sein Sohn drin. Sie bekommen Polizeischutz durch unsere Kollegen. Sie werden direkt von hier nach Italien heimgefahren.«

»Und dann?«, fragt Hummel.

»Sind sie in Sicherheit.«

»Wie? In Sicherheit?«

»Die italienische Polizei sorgt für Barolis Sicherheit.«

»So wie bisher?«

Günther sieht Hummel genervt an, dann Mader.

Mader schüttelt den Kopf. »Dr. Günther, Hauptkommissar Hummel hat unserem italienischen Gast zweimal das Leben gerettet. Ich finde schon, dass er ein paar Informationen erwarten darf.«

»Klaus, was willst du wissen?«, fragt jetzt Baroli.

»Worum geht es genau?«

»Ich habe Informationen zu kriminellen Geschäften in Italien, in ganz Europa. Es geht um viele Millionen Euro. Man will verhindern, dass ich die Datensätze und Dokumente veröffentliche. Aber ich werde es tun. Aber vorher wird es in Mailand einen großen Mafiaprozess geben. Sobald ich meine Aussage mache und Beweise vorliegen, beginnt die Polizei mit ihrer Arbeit. Dann rollen Köpfe.«

»Und deiner?«

»Mir werden sie nichts tun. Zu viel Öffentlichkeit.«

»Das mit der Öffentlichkeit war ja ein Riesenerfolg bisher.«

»Die Veranstaltung gestern war ein Fehler. Die Preisverleihung, die Presse – ich hätte das nicht machen sollen. Das haben die als Provokation verstanden. Das passiert mir nicht noch mal.«

Hummel schüttelt den Kopf.

»Herr Hummel, das ist jetzt Sache der italienischen Kollegen«, sagt Günther. »Herr Baroli wird abgeholt, und Sie ruhen sich aus. Und morgen schreiben Sie mir einen ausführlichen Bericht.«

»Mit Vergnügen.« Hummel geht in die Küche, um noch einen Kaffee zu trinken. Allein.

Sergio folgt ihm. »Tut mir leid, dass ich dich da reingezogen hab.«

»Passt schon.«

»Du bist ein super Polizist.«

»Lass stecken, mein Leben ist mir wichtiger.«

»Diese Daten sind von größter Bedeutung. Ihre Veröffentlichung wird in Italien ein Erdbeben auslösen.«

»Warum machst du das?«

»Weil die Wahrheit ans Licht muss.«

»Wirklich? Du bist kein Polizist, kein Staatsanwalt.«

»Nein, ich bin Journalist und Buchautor.«

»Du verkaufst deine Informationen.«

»Das machen alle Journalisten. Ich riskier mein Leben.«

»Nicht nur deins.«

»Das tut mir leid.«

Hummel sieht nachdenklich aus dem Fenster in den Hof. Die Fahrräder, die Mülltonnen, die Zierkirsche. Feiner Regen überzieht alles mit Mattlack. Er dreht sich um. »Sergio, ich wollte nicht …«

Baroli hat die Küche bereits verlassen.

Es klingelt an der Tür. Hummel geht nach vorn. Drückt den Summer.

Mader zieht ihn zur Seite. »Pssst.«

Ein Beamter steht am Türstock, mit gezogener Waffe. Späht durch den Spion ins Treppenhaus. Schüttelt den Kopf. Flüstert: »DHL. Päckchen. Soll ich …?«

Mader schüttelt den Kopf.

»Hey? Was ist jetzt schon wieder los?«, fragt Hummel.

»Zankl hat gerade angerufen. Sie haben Barolis Frau und seinen Sohn.«

»Zankl bringt sie her? Warum er?«

»Nein, Zankl hat uns nur informiert, was gerade passiert ist. Die Polizei sollte Barolis Frau und seinen Sohn im Hotel abholen. Das ist auch passiert.«

»Aber?«

»Es war nicht die Polizei.«

»Oh Gott!«

»Es lief alles wie vereinbart. Nur dass die Leute ein bisschen früher kamen und es nicht unsere Leute waren. Hören die uns ab? Oder hat denen irgendwer gesteckt, was wir vorhaben?«

»Haben die auch meine Adresse?«

»Kann sein. Die Hoteladresse war streng geheim. Die haben genau gewusst, wann und wo Barolis Familie abgeholt werden soll.«

»Wir müssen die Sonderkommission reaktivieren«, sagt Dr. Günther.

»Nein!«, meldet sich Baroli. »Wir brauchen eine kleine Lösung.«

»Wie meinen Sie das?«

»Wenn jetzt der gesamte Polizeiapparat loslegt, dann gefährdet das meine Familie.«

»Das hab ich schon verstanden«, sagt Mader. »Aber was können wir tun?«

»Die melden sich bestimmt bei mir. Dann sehen wir weiter.«

Günthers Handy klingelt. Er geht dran, hört zu und seufzt, als er auflegt. »Ich muss ins Präsidium. Der Pressesprecher. Wir machen um sechzehn Uhr die Pressekonferenz wegen der Bombengeschichte gestern im Circus Krone.«

»Und was ist mit den aktuellen Entwicklungen?«, fragt Mader.

»Kein Wort dazu.«

»Die Journalisten werden fragen, wo Hummel und Baroli sind.«

»In Sicherheit, an einem sicheren Ort. Zumindest das stimmt. Ich muss los. Halten Sie mich auf dem Laufenden. Ich verlass mich drauf, dass Herr Baroli bei Ihnen in sicheren Händen ist. Unterstützen Sie ihn, wenn sich die Entführer melden. Wenn ich was Neues habe, melde ich mich sofort. Und Sie melden sich bitte auch, wenn etwas vorfällt.«

Als Günther zur Haustür raus ist, fragt Hummel: »Was schreiben eigentlich die Zeitungen wegen gestern?«

Mader winkt ab. »Wilde Geschichten. Ausführliche Interviews mit den Festivalveranstalterinnen.«

»Das *Duo Mortale* geilt sich jetzt mächtig an der ganzen Action auf, oder?«

»Im Gegenteil. Die erwägen eine Schadensersatzklage. Wegen der geplatzten Veranstaltung. Zahlreiche Besucher wollen ihr Geld zurück.«

»Sollen sie mal versuchen. Gegen wen wollen die klagen? Gegen die Polizei, gegen die Stadt, gegen den Freistaat Bayern? Mann, da kriegen die endlich mal die Superaction, und dann passt es auch wieder nicht. Wollen alle am Verbrechen schnuppern und dann … Na ja. Gab es Verletzte?«

»Nein. Ein Wunder. Das waren zweitausend Leute.«

»Wirklich erstaunlich. Was sagt die Spurensicherung?«

»Ist noch dran. Das war ein ziemliches Chaos.«

»Ich brauch jetzt ein Bier. Ist das okay? Oder bin ich im Dienst?«

»Nein, klar, okay.«

»Sie auch?«

»Kein Bier, danke. Aber zu einem Kaffee sag ich nicht Nein.«

Hummel geht in die Küche, macht sich ein Bier auf und lädt die Espressomaschine.

Mader nimmt am Küchentisch Platz. »So haben Sie sich den Karrierestart als Krimiautor nicht vorgestellt, oder?«

»Na ja, langweilig war es zumindest nicht. Durchaus inspirierend. Ich schreib das jetzt einfach auf, und schon ist das nächste Buch halb fertig. Das erscheint dann allerdings unter meinem Namen.«

»Ja, alles andere wäre schizophren. Ihr Auftritt gestern im Zirkus war übrigens interessant. Ich musste an Werner Schwab denken.«

»Ist das auch ein Krimiautor?«

»Nein, vor allem Dramatiker.«

»Drama kann ich auch.«

»Leider viel zu jung gestorben.«

»Na dann.«

»Im Ernst, es hat mir gefallen. Sehr unterhaltsam. Kompliment.«

Hummel denkt an gestern zurück und nickt. Aber weniger wegen ›unterhaltsam‹. Sondern wegen ›schizophren‹. Das ist das passende Wort. Für alles. Letzte Nacht im Zirkus und im Wald hatte er große Zweifel, ob das alles echt ist, was gerade passiert. Er hat sich ein bisschen gefühlt wie Gary Grant in *Der unsichtbare Dritte*. Die Verfolgungsjagd, der Waldweg, die Lichtung, der Baum, der aufs Auto kracht. Die ständigen Zweifel, ob er sich das alles nur einbildet. Doch, klar, das ist alles passiert, und jetzt sind diese Leute in seiner Wohnung, die anderen Polizisten und Baroli. Ihm fällt das Auto ein. Er muss dem Besitzer des Fluchtwagens von gestern Bescheid geben – wo das Auto ist, und dass es kaputt ist. Würde sich ein Krimiautor beim Schreiben mit solchen Nebensächlichkeiten aufhalten? Wohl kaum. Immer voran! Action! Keine Pause! Nein – das mit dem Auto kann er nicht so einfach stehen lassen. Schließlich hat er es gekapert. Er macht sich eine Notiz auf den Einkaufsblock. Das muss er klären.

Mader trinkt seinen Kaffee aus, und Hummel stellt die angebrochene Bierflasche in den Kühlschrank. Sie gehen ins Wohnzimmer. Warten. Baroli sitzt auf dem Sofa. Er hat die Augen geschlossen. Er schläft nicht, er konzentriert sich. Hummel gibt Mader einen Teil seiner *Süddeutschen Zeitung*. Sie lesen.

Endlich klingelt Barolis Handy. Sofort sind alle hellwach. Sergio nimmt das Gespräch an. Hört aufmerksam zu, nickt.

Spricht italienisch. Dann hört er wieder lange zu, sagt am Ende nur kurz »Sì« und legt auf.

»Und?«, fragt Mader.

»Es geht ihnen gut. Sie dürfen gehen, wenn ich ihnen die Daten gebe.«

»Wem?«

»Den Entführern.«

»Wer ist das? Die Mafia?«

»Ich weiß es nicht. Ja, vielleicht. Vermutlich.«

»Was wollen die mit den Daten?«

»Wie meinen Sie das?«

»Na ja, ich gehe davon aus, dass der Staatsanwalt die Daten bereits hat. Insofern können die Entführer die Weitergabe der Daten nicht mehr verhindern.«

»Ja. Aber wenn sie die Unterlagen sichten, können sie sich auf den Prozess vorbereiten, weitere belastende Unterlagen verschwinden lassen, Komplizen vorwarnen, Geldströme umleiten.«

»Verstehe. Wo haben Sie die Daten?«

»Auf einem Stick.«

»Wieso nicht auf Ihrem Rechner oder in der Cloud?«

»Zu gefährlich. Kürzlich wurde mein Mail-Account gehackt.«

»Und wo sind die Daten jetzt?«

»Der Stick ist im Hotelsafe, also in meinem Zimmer.«

»Wie, das versteh ich nicht?«

»Was verstehen Sie nicht?«

»Ihre Frau hat gepackt, wartet, dass jemand von der Polizei sie abholt und leert den Safe nicht?«

»Sie weiß nicht, dass der Stick im Safe ist. Ich wollte sie da nicht reinziehen.«

»Na super, und Sie hätten den Stick dann einfach hier in München gelassen?«

»Nein, wir hätten auf der Heimfahrt noch einen kurzen Zwischenstopp beim Hotel eingelegt.«

»Aha.«

»Sie glauben mir nicht?«

»Na ja, das klingt alles ein bisschen kompliziert. Warum haben Sie den Entführern nicht die Kombination für den Safe durchgegeben?«

»Ich hab gerade versucht, es Ihnen zu erklären. Ich muss auf Zeit spielen. Verstehen Sie das?«

»Nein, versteh ich nicht.«

»Ich sprech mit dem Staatsanwalt. Der zieht den Prozess vor. Wenn die Anklage steht, übergeb ich die Daten. Meine Familie kommt frei, und der Prozess beginnt. Je weniger Zeit sie zur Vorbereitung haben, desto besser.«

»Ich würde da nicht auf Zeit spielen. Schließlich geht es um Ihre Familie!«

»Ich kann denen nicht einfach die Daten geben. Wir müssen die genauen Bedingungen für den Austausch vereinbaren. Wenn ich denen die Daten jetzt einfach so überlasse, und sie haben meine Familie noch, dann hab ich nichts mehr in der Hand. Ich werde jetzt den Stick holen.«

»Okay. Und dann kommen Sie ins Präsidium.«

»Warum?«

»Warum? Sie machen mir Spaß. Weil so was niemand allein lösen kann. Oder haben Sie schon einen genauen Plan, wie es dann weitergeht?«

»Ja, ich habe einen Plan. Warum hören Sie mir nicht zu? Wir vereinbaren die Übergabe, wenn ich mit Staatsanwalt Rivelli gesprochen hab, damit der Prozess eher beginnt. Diese Verbrecher dürfen nicht genug Zeit haben, sich auf den Prozess vorzubereiten. Und jetzt muss ich los.«

»Wir kommen mit«, sagt Mader.

»Das machen Sie nicht.«

»Wir können Sie nicht allein gehen lassen! Nach allem, was vorgefallen ist!«

»Vergessen Sie's. Wenn die Typen mich beobachten, merken die doch sofort, dass das ein Falle ist.«

»Unsinn, die würden sich doch eher wundern, wenn da keine Polizei dabei ist. Wir holen den Datenstick und fahren ins Präsidium.«

»Nein, es geht um meine Familie. Ich mach es so, wie ich es für richtig halte.«

»Sergio! Ich bin dabei«, sagt Hummel. »Ich allein. Okay, Chef?«

Mader schüttelt den Kopf. Baroli auch.

»Sergio, du gehst da nicht allein hin!«, insistiert Hummel.

»Gut, dann kommst du mit. Aber nur du!«

Mader atmet tief durch. »Okay. Passen Sie auf sich auf! Wir halten uns im Hintergrund.«

»Das tun Sie nicht! Keine Polizei außer Klaus! Ich verlass mich drauf!«

»Wie Sie meinen. Wenn Sie den Stick haben, kommen Sie sofort ins Präsidium. Dann sehen wir weiter.«

Baroli führt noch ein Telefonat in der Küche, dann brechen sie alle auf. Sie gehen gemeinsam zur S-Bahn Rosenheimer Platz, nehmen einen Zug in Richtung Hauptbahnhof. Baroli und Hummel steigen am Marienplatz aus. Mader fährt weiter zum Stachus.

MAULWURF

Dosi und Zankl sind in einer kleinen Espressobar gegenüber dem Hotel *Mandarin Oriental*. Von ihrem Fensterplatz haben sie den Hoteleingang und die Straße im Blick. Stetiger Touristenstrom in Richtung des nahen Hofbräuhauses. Jetzt sehen sie, wie Baroli und Hummel in der Hotellobby verschwinden.

Zankl rührt Zucker in seinen Espresso. »Mader hat gesagt, dass Baroli einen Datenstick aus dem Zimmer holt. Mann, wer benutzt denn heute noch Datensticks?«

»Ich zum Beispiel.«

»Und was sagt dein IT-Fachmann Fränki dazu?«

»Fränki sagt, dass im Netz nichts sicher ist. Cloud lehnt er ab.«

»Na dann.«

»Um was für Daten geht es da eigentlich?«, fragt Dosi.

»Dokumente, Rechnungen, Bestechungsgelder, Belege für Korruption. Richtig heißes Zeug.«

»Und dann hat er die Daten einfach so in seinem Zimmer?«

»Na ja, im Safe.«

»Weißt du, was mich wundert, Zankl? Dass das LKA nicht seine Truppen schickt. Wenn die Anschläge was mit der Mafia zu tun haben, dann geht es um organisierte Kriminalität. Das ist deren Beritt.«

»Ich schätze mal, das ist bald der Fall, wenn der Typ nicht schnell außer Landes ist. Vielleicht sind die ja schon im Hintergrund aktiv.« Zankl kippt den Espresso runter.

»Glaubst du auch, dass es bei uns einen Maulwurf gibt, der Informationen weitergibt?«, fragt Dosi. »Ich mein, woher sollen die denn gewusst haben, wann seine Familie hier abgeholt wird?«

»Na ja, nach Zufall sieht das alles nicht aus. Und Korruption gibt es auch bei der Polizei.«

»Ach komm, Zankl! Am Ende hat die Polizei auch noch was mit den Attentaten auf ihn zu tun! Das hier ist kein Mafiafilm mit korrupten Cops!«

»Du hast mich gefragt. Und ich hab nur laut gedacht. Irgendwas ist jedenfalls faul an der ganzen Sache. Auch diese Aktion im Circus Krone. Die Mafia würde so was nicht machen. Zu viel Wind. Zu viel Action. Zu viele Unbeteiligte. Und dann geht der große Sprengsatz nicht hoch. Wenn Profis so was planen, dann klappt das auch.«

»Sei froh, dass das nicht der Fall war.«

»Vielleicht geht's ja vor allem um Aufmerksamkeit? Eine Machtdemonstration. So von wegen: Schaut, wir machen das in aller Öffentlichkeit, wenn sogar die Presse dabei ist. Die Botschaft lautet doch: Wenn wir wirklich wollen, dann geht die Ladung auch tatsächlich hoch. Wie in der Fußgängerzone. Mitten in der Stadt. Aber auch da ist nichts Ernstes passiert.«

»Hör mal, Zankl, es ist scharf geschossen worden! Es gab Verletzte in der Fuzo!«

Dosi deutet aus dem Fenster. Ein schwarzer Audi. Nummernschild HH. Mietwagen. Stoppt ein paar Meter hinterm Hoteleingang. Sie notiert die Nummer. Zwei Männer steigen aus. Anzüge. Sonnenbrillen. Durchtrainiert. Bodyguards? LKA? Oder genau das Gegenteil? Sie gehen ins Hotel.

Zankl legt Geld für den Kaffee auf den Tresen. »Dosi, komm! Das gefällt mir nicht.«

Sie stürmen ins Hotel, Zankl hält der Rezeptionistin seinen Dienstausweis unter die Nase. »Die beiden Männer eben, die mit den Sonnenbrillen, wo wollten die hin?«

»Welche Männer?«

»Welche Zimmernummer hat Herr Baroli? Schnell!«

Sie klimpert auf ihrer Computertastatur. »419.«

»Treppe?«

Die Dame deutet nach rechts.

Im Treppenhaus ziehen Dosi und Zankl ihre Waffen, hasten die Stufen hoch. Vierter Stock. Ein langer Flur mit Stofftapeten und gedämpftem Licht. Dicke Auslegware dämpft die Schritte. Ein Schild mit Richtungspfeilen. 400–410 links, 411–420 rechts. Sie biegen nach rechts ab, der Gang macht einen Knick nach links. Ganz hinten sehen sie die zwei Typen aus dem Audi. Sie drehen sich um. Zankl und Dosi drücken sich in einen Türstock. Die Tür gibt nach, sie purzeln in das Zimmer. Ein Zimmermädchen sieht sie mit großen Augen an. Zankl schließt die Tür, Dosi zieht die Frau von der Tür weg, schiebt sie ins Bad. Zankl sieht vor dem Fenster eine Bewegung, blickt nach draußen: Auf der Feuerleiter klettern die zwei Männer nach unten. Hummel und Baroli sind nicht zu sehen. Zankl reißt das Fenster auf. Will es aufreißen. Geht nicht. Der Griff hat ein Schloss. »So eine Scheiße!«, flucht er laut. Die quietschenden Reifen unten auf der Straße sind selbst durch das geschlossene Fenster zu hören.

HÄNGEN LASSEN

Hummel muss sich am Armaturenbrett festhalten, so sehr steigt Sergio aufs Gas, als sie mit dem schwarzen Geländewagen aus dem Parkhaus hinter den Kammerspielen und weiter auf die Maximilianstraße schießen. Der Wagen röhrt die Straße hoch zum Landtag. Auf der Einsteinstraße reduziert Sergio das Tempo, sieht konzentriert in den Rückspiegel. Nichts. Er entspannt sich.

Hummel ist weit davon entfernt, sich zu entspannen. Das ist jetzt das zweite Mal innerhalb kurzer Zeit, dass er mit einem Auto durch München rast, auf der Flucht ist.

»Warum hast du denen den Stick nicht einfach gegeben?«

»So war das nicht vereinbart.«

»Woher wussten die, dass du ins Hotel kommst?«

»Woher soll ich das wissen?«

»Ich hätte denen die Daten gegeben. Die hatten Waffen unterm Sakko. Und du haust einfach ab ...«

»Ich weiß doch nicht, wer die sind. Auf die Daten sind bestimmt mehrere Leute scharf. Und dann sind die Daten weg, und die Entführer melden sich, und ich steh mit leeren Händen da. Die Vereinbarung war, dass sie mich anrufen. Warum sollten sie im Hotel aufkreuzen?«

»Wir fahren jetzt ins Präsidium.«

»Ganz sicher nicht.«

»Warum nicht?«

»Weil es bei deinen Leuten eine undichte Stelle gibt. Woher wussten die Typen dann, dass ich ins Hotel komm, um den Stick zu holen?«

»Für meine Kollegen leg ich die Hand ins Feuer.«

»Und wer waren die anderen Polizisten bei dir zu Hause außer Mader und Günther?«

»Ich kenn sie nicht.«

»Eben.«

»Mann, Sergio, lass das! Was soll das bringen, wenn du jetzt abhaust?«

»Du kapierst es nicht, Klaus, oder? Ich muss Zeit gewinnen. Sobald sie die Daten haben, zaubern ihre Anwälte im Nullkommanichts eine Verteidigungsstrategie. Und die haben fantastische Anwälte. Ich sprech mit Rivelli.«

»Du willst da lang rumdiskutieren, und deine Familie ist solange in Geiselhaft?«

»Denen passiert nichts. Nicht, solange ich die Regie in dem Fall habe.«

»Du hast was? Die Regie? Ich lach mich tot!«

»Hab ich dich darum gebeten, mich zu begleiten? Hab ich das?«

»Nein, hast du nicht. Aber du kannst doch hier keinen Privatkrieg führen!«

»Das ist kein Privatkrieg! Hier geht es um Steuerhinterziehung, Betrug, Menschenhandel, Verbrechen bis hin zu Mord.«

»Und das klärst du alles ganz alleine? Du, der James Bond aus Südtirol?«

»Nein, deswegen gibt es ja den Prozess. Und das sehr bald.«

»Und jetzt?«

»Wir müssen weg. An einen sicheren Ort.«

»Etwas genauer bitte.«

»Kann ich dir nicht sagen.«

»Lass mich aussteigen! Ich bin raus aus der Nummer.«

»Klaus, lass mich jetzt nicht hängen! Wenn du dabei bist, dann kümmern sich deine Leute.«

»Was jetzt? Ich denk, du traust ihnen nicht?«

»Ich mein: *deine* Leute. Nicht: *eure* Polizei. Das ist eine Riesenkiste. Da geht es um europaweite Bandenkriminalität, und vielleicht hängen da auch korrupte Leute bei der deutschen Polizei mit drin. Wenn du solche Nachforschungen anstellst wie ich, merkst du schnell, dass die Grenzen fließend sind. Dann weißt du nicht mehr, wer die Guten und wer die Bösen sind.«

»Sergio, was ist so wichtig, dass dafür Leute entführt werden, dass Leute angeschossen werden? Warum riskierst du das Leben deiner Familie?«

»Es geht um ein Milliardengeschäft, um große italienische Unternehmen. Und ja, es geht vielleicht sogar um Mord. Ein Journalist, der mit mir an der Story dran war, ist unter ungeklärten Umständen von der Dachterrasse seines Hauses gestürzt. Das ist eine todernste Sache. Wenn ich vor Gericht meine Aussage mache, wandern viele Leute ins Gefängnis.«

»Wenn das alles so gefährlich ist, dann versteh ich dich nicht. Da turnst du vorher noch in München als Starautor rum?«

»Ja, das war ein Fehler. Ich wollte unbedingt an dem Symposium teilnehmen und die Auszeichnung annehmen. Auch als Demonstration, dass ich mich nicht mundtot machen lasse. Ich hätte nicht gedacht, dass so ein Chaos losbricht.«

Hummel zieht das Handy aus der Jackentasche. »Ich ruf jetzt Mader an.«

»Du hast dein Handy noch an?! Mach es aus. Sofort! Die können uns orten!«

»Jetzt sei nicht paranoid.«

»Mach es aus, bitte! Wirklich! Kein Scheiß!«

Achselzuckend macht Hummel das Handy aus.

Sergio greift in das Seitenfach der Tür und zieht eine Trinkflasche heraus. »Hier, hast du Durst?«

Ja, Hummel hat Durst. Und wie. Er trinkt die Flasche zur Hälfte leer und gibt sie Sergio zurück. Hummel atmet tief durch. Worauf hat er sich da eingelassen? Nach dem ganzen Chaos gestern. Gestern? War die Geschichte im Zirkus wirklich erst gestern passiert? Und die Nacht im Wald? Es kommt ihm vor, als wäre das ewig lang her. Er ist verwirrt, sieht nach vorne, auf die Straße. Die Salzburger Autobahn, ein unendliches graues Band, der Himmel milchig, die Alpenkette ein ausgefranster Rand am Horizont. Er gähnt, schließt die Augen. Für einen Moment nur.

DISKRETION

Zankl ist frustriert, als er abends heimkommt. Seine Frau will ihn zusammenfalten, weil er schon wieder zu spät dran ist. Wo er doch genau weiß, dass heute ihr Spanisch-Stammtisch ist! Aber Zankl winkt nur ab und verschwindet in der Küche, holt sich ein Bier aus dem Kühlschrank.

»So einfach kommst du mir nicht davon!«, platzt Jasmin in die Küche.

Zankl nimmt einen tiefen Schluck aus der Flasche.

»Was ist los?«, fragt Jasmin.

»Hummel ist weg.«

»Wie, weg?«

Zankl erzählt seiner Frau, was passiert ist, und dass es trotz Ringfahndung keine Spur von Hummel und Baroli gibt. Zum zweiten Mal in zwei Tagen.

»Frank, glaubst du, dass ihnen was passiert ist?«

»Ich weiß es nicht. Ich hab keine Ahnung. Und ich kann nichts machen. Und Barolis Familie ist entführt worden.«

»Wie?«

»Jemand hat seine Frau und seinen Sohn aus dem Hotel abgeholt. Eigentlich hätte das die Polizei sein sollen.«

»Aber?«

»Keine Ahnung. Irgendwer hat jedenfalls noch Bescheid gewusst. Sie wurden abgeholt. Von zwei Typen. Und die erpressen Baroli jetzt. Wegen Unterlagen für einen Mafiaprozess.«

»Das ist ja furchtbar, Frank! Seine Frau und sein Sohn! Was macht ihr?«

»Ich weiß es nicht, noch nicht.«

»Und warum hängt da Hummel mit drin?«

»Er war dabei, als Baroli die Unterlagen im Hotel holen wollte. Jetzt sind beide verschwunden. Spurlos.«

»Aber ihr tut doch was?«

»Natürlich, Jasmin.«

»Pass auf dich auf!«

»Mach dir keine Sorgen.«

»Ich mach mir Sorgen.«

»Sollst du aber nicht. Du kannst schon noch zu deinem Stammtisch gehen. Ich bring die Kinder ins Bett.«

»Nein, ich kann doch jetzt nicht einfach ausgehen! Weißt du, was du tun solltest? Ruf Carlo an.«

»Carlo? Wieso?«

»Er ist Italiener, er kennt viele Leute.«

»Bei der Mafia?«

»Du weißt doch, wie er ist.«

Zankl nickt langsam, und Jasmin verlässt die Küche. Zankl trinkt sein Bier aus und scrollt durch die Kontakte seines Handys. Carlo, ja. Nicht die schlechteste Idee. Er hat seit Ewigkeiten nicht mehr mit seinem Freund Carlo gesprochen.

Freund? Na ja, irgendwie schon. Auch wenn er damals vor allem ein Verdächtiger für ihn war in dem Fall mit dem dubiosen Immobiliendeal in der Faulhaberstraße. Wo es den Todesfall mit dem Geistlichen gegeben hatte. Zankl denkt an die *Freunde Italiens*, diesen öligen Förderverein, in dem nicht nur Carlo, sondern auch Dr. Günther Mitglied ist. Ja, Jasmin hat recht. Carlo kennt vermutlich irgendwen, der irgendwen kennt, der irgendwen kennt … Zankl drückt auf »Verbinden«.

Zweimal klingeln, und Carlo ist dran. Zankl hält sich nicht lang mit Floskeln auf: Er erklärt Carlo, was passiert ist, und fragt, ob er sich umhören kann zum Verbleib von Baroli und Hummel. »Baroli ist mir ziemlich wurscht, aber es geht um Hummel«, schließt er und schämt sich sogleich für diesen Satz. Baroli ist ihm nicht egal, auch Barolis Familie nicht. Aber Hummel ist sein Kollege, mehr noch: sein Freund, ein echter Freund, das ist eine ganz andere Ebene.

»Ich ruf dich zurück«, sagt Carlo nur, ohne pikiert darüber zu sein, warum ausgerechnet er in dieser Geschichte an Informationen kommen sollte.

Als Zankl sich ein neues Bier aus dem Kühlschrank nimmt, klingelt sein Handy.

»Carlo?«

»Ich bin's, Dosi. Wer ist Carlo?«

»Egal. Gibt's was Neues?«

»Wir sind raus.«

»Wie, wo sind wir raus?«

»Aus dem Fall. Der geht ans LKA.«

»Was sagt Mader?«

»Dass wir trotzdem dranbleiben! Es geht um Hummel!«

»Und was ist mit Günther?«

»Der gibt uns freie Hand. Aber absolute Diskretion! Er glaubt, dass da irgendwas faul ist. Dass es Dinge gibt, die uns

LKA und italienische Behörden nicht sagen. Wir treffen uns nachher um neun Uhr im *Café Mariandl*. Externe Dienstbesprechung.«

Als Zankl aufgelegt hat, sieht er, dass Carlo es bereits probiert hat. Er ruft ihn zurück.

»Also, Franco«, erklärt Carlo. »Baroli hat offenbar belastendes Material gegen einige führende Industrielle in Oberitalien, unter ihnen Dante Carelli.«

»Wer ist das?«

»Ein Kaffeeproduzent. Carelli ist einer der reichsten Männer Mailands. Und das ist keine arme Stadt. Carelli hat ausgezeichnete Kontakte zu Hochfinanz und Politik. Angeblich auch zur Mafia. Wenn er nicht sogar selbst zur Familie gehört. Es gibt diverse Gerüchte: Bestechung, Einschüchterung, zweifacher Mord …«

»Zweifach?«

»Vater und Sohn vom Konkurrenten *Batta Caffè* sind kürzlich bei einem Autounfall ums Leben gekommen. Ungebremst durch eine Leitplanke auf einer Bergstraße im Trentino. Die Battas hatten eine heftige juristische Auseinandersetzung mit Carelli. Der wollte den Konkurrenten unbedingt aufkaufen, aber der alte Batta wollte nicht verkaufen. In der Folge gab es einen Kleinkrieg. Gegenseitige Anzeigen wegen Schwarzarbeit, Kinderarbeit in den Herkunftsländern, Preisabsprachen und im Gegenzug Unterlassungsklagen. Das volle Programm.«

»Welche Rolle hat Baroli in der Geschichte?«

»Angeblich ist er bei seinen Recherchen auf Belege gestoßen, dass Carelli tatsächlich Mafiakontakte hat. Und die will er jetzt vor Gericht offenlegen.«

»Und deswegen brennt man hier so ein Feuerwerk ab? Mit Schießerei und Entführung?«

»Offenbar geht es um sehr viel. Barolis Informant ist verstorben. Ein Journalist vom *Profilo*. Sie waren offenbar gemeinsam an der Geschichte in Mailand dran. Kürzlich ist Barolis Informant von der Dachterrasse seines Hauses in Segonzano gestürzt.«

»Wo ist das?«

»Oberitalien, Trentino.«

»Was sagt die Polizei dort?«

»Weiß ich nicht. Ich bin nicht bei der Polizei. Musst du die Kollegen vor Ort fragen. Hör zu: Egal, was du in dem Fall machst, sei vorsichtig. Dieser Baroli weiß offenbar Sachen, die ziemlich gefährlich sind.«

»Carlo, ich frag dich ganz offen, ohne Hintergedanken: Hast du eine Ahnung, wo Baroli sich aufhält?«

Carlo schnaubt auf. »Wofür hältst du mich?!«

»So mein ich es nicht. Wir sind echt verzweifelt wegen Hummel. Das ist unser Kollege. Kannst du dich umhören? Du kennst doch bestimmt jemanden.«

»Bei der Mafia?«

»Oder bei der italienischen Polizei. Ist mir egal. Ich versprech dir absolute Diskretion. Ich mach mir große Sorgen um Hummel. Hörst du dich um?«

»Hab ich schon gemacht.«

»Ja, klar, vielen Dank. Aber wenn du noch was hörst?«

»Meld ich mich. Klar.«

Zankl legt auf, überlegt: Italien. Ob Baroli dahin abgehauen ist? Und warum hat er Hummel dabei? Oder bleibt der einfach treudoof an Barolis Seite? Um ihn zu beschützen? Keine gute Idee. Manchmal muss man Hummel vor sich selbst beschützen.

SMOKEY

Beate stellt im Gastraum der *Blackbox* die Stühle von den Tischen auf den Boden, wischt flüchtig über die Tischplatten. Aus den Boxen greint Smokey Robinson: »Soft and warm a quiet storm, quiet as when flowers talk at break of dawn ...« Viel zu kitschig für ihren Geschmack, aber sie spielt es für Klaus, um ihm zumindest musikalisch nah zu sein. Sie hört das Pfeifen des Windes im Hintergrund der Musik und fragt sich: Wo ist Klaus, was macht er, wie geht es ihm? Denkt er an mich? Seine Kollegen haben ihr keine hilfreiche Auskunft zu seinem Verbleib geben können. Wahrscheinlich entführt, meinte Zankl. Entführt – das klingt brutal, nach Nahem Osten, Tschetschenien, Mali oder irgendeinem Krisengebiet. Aber nicht nach München, Oberbayern.

Ihr war nicht klar, wie gefährlich Klaus' Job tatsächlich ist. Na ja, jetzt denkt sie daran, wie er damals im Gebirge abgestürzt ist, bei dem Fall mit dem Schönheitschirurgen, und er dann monatelang im Krankenhaus lag. Jeder normale Mensch hätte anschließend seinen Job an den Nagel gehängt. Klaus nicht. So einer gibt nicht auf. Auch bei mir nicht. Smokey drückt immer noch auf die Tränendrüse. Beate steht das Wasser in den Augen.

Als um acht Uhr der erste Gast kommt, wechselt sie die CD. Legt einen Sampler mit Stax-Nummern auf. Musik für die Beine, nicht fürs Gemüt.

STORCH

Angelo schlummert schon im elterlichen Schlafzimmer. Samt Jasmin. Die offenbar neben ihm eingeschlafen ist. Zankl sitzt an Clarissas Bett und hält ihre Hand. Es dauert heute ewig, bis sie einschläft.

»Papa?«

»Ja, Clarissa?«

»Wie schmeckt ein Storch?«

»Ein Storch?«

»Diese großen Vögel.«

Die die Babys bringen. Will er schon sagen. Aber quatsch. Warum erzählt man Kindern heute immer noch solche Ammenmärchen? »Ich weiß nicht, wie ein Storch schmeckt. Ich glaub nicht, dass viele Menschen schon einen gegessen haben. Oder essen wollen.«

»Unser Hausmeister schon.«

»Warum sollte der einen Storch essen?«

»Der hat gesagt: Da brät mir einer den Storch.«

»Da brat mir einer 'nen Storch. So heißt das. Das ist so eine Redensart.«

»Ist das wie Hühnchen?«

»Was?«

»Na, wie ein Storch schmeckt.«

»Ich weiß es nicht. Vielleicht. Da brat mir einer 'nen Storch – das sagt man, wenn man sehr erstaunt ist. Aber in Bayern eher nicht. Da sagst du: ›Da legst di nieder.‹ Oder so was. Aber der Müller ist ja aus Bielefeld.«

»Papa, du liegst ja gar nicht.«

Zankl lässt sich nach unten sinken. »Doch, ich liege. Warum hat der Müller das denn gesagt?«

»Was?«

»Das mit dem Storch.«

»Das weiß ich doch nicht.«

»Also wann, zu welcher Gelegenheit?«

»Als er auf der Treppe vom Fahrradkeller die Kacka gesehen hat.«

»Der Hund von Frau Schmid wieder?«

»Keine Hundekacka.«

Zankl zuckt aus der Horizontalen hoch. »Clarissa! Warst du das?«

»Nein. Das war der Franz.«

»Warum macht der Franz so was?!«

»Weil wir gewettet haben. Ob er sich traut, auf die Kellertreppe zu kacken.«

»Na super. Und er hat sich getraut. Glückwunsch! Und wohin hast du gekackt?«

»Auf die Mülltonnen.«

»Hast du nicht!«

»Hab ich schon.«

»Oh, Gott!«

»Nur ein ganz kleiner Haufen.«

»Na, dann ist ja alles gut.« Zankl steht auf.

»Wo willst du hin, Papa? Ich schlaf noch nicht!«

»Aber gleich. Mach die Augen zu. Ich geh nur mal schnell aufs Klo.«

»Aber du bist gleich wieder da!«

»Natürlich.«

Zankl schüttelt den Kopf. Wahnsinn! Kinder! Die Wahrscheinlichkeit, dass Müller annimmt, dass ein Hund auf die Mülltonnen-Boxen kackt, ist erheblich geringer als bei einer

Wurst auf der Kellertreppe. Ganz toll! Er schnappt sich in der Küche eine Rolle Zewa und einen Gefrierbeutel und verlässt die Wohnung.

Als der Tatortreiniger vor die Haustür tritt, geht gerade ein heftiger Regenschauer nieder. Sturzbäche. Er späht zu den Mülltonnen. Im dichten Regen sind sie kaum zu sehen. »Perfekt, da hat so ein kleiner Haufen keine Chance«, murmelt er. »Hoffentlich schläft Clarissa jetzt.«

LETZTE NUDEL

»Meinst du nicht, du übertreibst?«, fragt Fränki über den Tisch mit der Romantikkerze hinweg. Dosi dreht die letzte Spaghettinudel auf ihre Gabel und spült sie mit einem großen Schluck Rotwein runter. Sagt nichts. Fränki holt aus dem Kühlschrank die Gläser mit der Panna Cotta. Das cremige Weiß ist mit einer dicken Lage eingekochter Erdbeeren versiegelt. Dosi zerfurcht missmutig die rote Oberfläche und beginnt zu essen.

»Tut mir leid«, sagt Fränki. »So hab ich das nicht gemeint. Klar, du machst dir Sorgen um Hummel.«

»Fränki, was würdest du machen, wenn ich entführt werde?«

»Ich würde durchdrehen, ich würde alle Hebel in Bewegung setzen, alles Geld von der Bank zusammenkratzen, um dich rauszuholen.«

»Wo rausholen?«

»Aus den Händen der Entführer.«

»Auch in einem anderen Land?«

»Was spielt denn das Land für eine Rolle?«

»Ich frag nur. Also?«

»Ja, klar. Afrika, Sibirien, die Mongolei, Kanada, Friesland …«

»Ist schon gut, Fränki.«

»Nein, ich mein das im Ernst.«

»Ich weiß.« Sie beugt sich über den Tisch, um ihn zu küssen. Er kommt ihr entgegen und verbrennt sich an der Kerze, zuckt zurück, flüstert: »Du bist so heiß!« Beide lachen.

Sie schiebt sich den letzten Löffel Panna Cotta in den Mund und steht auf. »Ich muss los.«

KLARER KOPF

Den ersten, den Zankl im Café *Mariandl* am Beethovenplatz sieht, ist Dr. Günther. In seinem dezent zerknitterten beigen Maßanzug sieht er aus, als würde er jeden Tag hier sitzen, Zeitung lesen, nachdenken, sich ein paar Notizen machen und eine Tasse pechschwarzen Kaffee nach der anderen trinken. Dosi und Mader sind noch nicht da.

»Hallo, Herr Zankl, nehmen Sie doch Platz.«

Zankl setzt sich.

»Da stimmt was nicht bei dem Fall«, beginnt Günther.

»Allerdings. Hinten und vorn nicht.«

»Man hat uns die Sache komplett aus der Hand genommen.«

»Weil wir befangen sind?«, fragt Zankl.

»Natürlich sind wir befangen. Hummel ist einer von uns. Doch wir müssen zumindest auf dem Laufenden sein. Man will uns von den relevanten Informationen abschneiden. Was trinken Sie?«

Er winkt dem Ober.

»Ich trink ein Bier. Oder sind wir im Dienst?«

Günther schüttelt den Kopf. »Im Gegenteil. Leider. Aber wir müssen einen klaren Kopf behalten.« Er bestellt Zankl ein alkoholfreies Bier. »Ich lad Sie ein.«

Jetzt betreten Dosi und Mader samt Bajazzo das Lokal. Sie lachen. Zankl sieht sie konsterniert an.

»Ich hab einen Witz erzählt«, erklärt Dosi.

»Wie kannst du, ich mein, Hummel ist weg, und du …?«

»Zankl, du tust ja gerade so, als ob Hummel schon nicht mehr unter uns weilt. Eigentlich war es kein Witz. Ich hab gerade erzählt, wie das damals war, als ich meinen ersten Einsatz mit Hummel hatte und wir die Sau in der Isar versenkt haben. Weil wir doch wissen wollten, wo die Leiche im Eiskanal vom Maria-Einsiedel-Bad hergekommen ist. Wir hatten die Schweinehälfte beim Schlachthof geholt. Weißt du, das ungenießbare Fleisch, das ist ja wie Sondermüll. Jedenfalls hat die Sau voll fies gestunken, als wir sie aus dem Kofferraum …«

»Ähem!« Dr. Günther bedenkt seine Untergebenen mit einem ernsten Blick. »Können wir jetzt anfangen?«

Sie bestellen Getränke und beratschlagen. Zankl erzählt, was ihm sein Informant berichtet hat. Alle außer Günther wissen, dass der Informant nur Carlo sein kann. Aber Günther will gar nicht alles wissen. Er hat auch eine Überraschung für sie parat: Er artikuliert erstmals Zweifel an der Glaubwürdigkeit von Baroli.

»Wie meinen Sie das?«, fragt Mader.

»Ich hab recherchiert. Also im Detail. Baroli ist umstritten. Seine Methoden, seine Kontakte. Journalistenkollegen sagen, dass er über Leichen geht.«

»Na ja, Enthüllungsjournalisten sind nie besonders zimperlich«, meint Zankl.

»Er wurde wegen Meineids verurteilt. Sein Informant bei einer Geschichte war ein Krimineller. Und Baroli hat damals vor Gericht als Zeuge eine Falschaussage gemacht.«

»Journalisten schützen ihre Quellen, das ist normal. Sie müssen nicht aussagen.«

»Wenn man selbst Zeuge eines Verbrechens wird, ist man verpflichtet auszusagen«, sagt Günther.

»Was ist passiert?«, fragt Dosi.

»Baroli war in Mailand Zeuge eines Attentats auf offener Straße, er hat den Täter genau gesehen. Und hat das nicht bei der Polizei ausgesagt. Er wollte die Geschichte. Und hat sie auch bekommen. Aus erster Hand. Titelstory in einer großen italienischen Zeitschrift. Später hat sich aber noch ein Zeuge gemeldet. Und der hat beobachtet, dass Baroli den Täter genau gesehen hatte. Der große Enthüllungsjournalist war plötzlich nur noch ein kleiner Erpresser, der für eine gute Geschichte alles tut. Baroli hat vor Gericht gelogen. Unter Eid. Der andere Zeuge war absolut glaubwürdig.«

»Und warum hat sich dieser Zeuge nicht schon eher gemeldet?«

»Das weiß ich nicht. Vielleicht Angst? Beruflich war Baroli nach der Aktion jedenfalls ruiniert.«

»Und dann?«, fragt Dosi neugierig.

»Hat er weitergearbeitet. Nicht mehr Tagespresse und Zeitschriften. Hat sich aufs Bücherschreiben verlegt. Sein erstes Buch *Quanto Costa?* war ein Buch über die Mafia. Findet ja jeder spannend. In dem Buch steckt detailliertes Insiderwissen, tiefgehende Recherche. Es wurde aus dem Stand ein Riesenerfolg. Plötzlich war Baroli rehabilitiert und ›der‹ gefragte Mann in allen Talkshows und Zeitungen, sobald es um die Mafia ging. Und kürzlich erschien *Hartes Land* – ein noch größerer Erfolg. Es geht um Immobilienspekulation, Zweckentfremdung von Grundstücken für Giftmülldeponien, solche Sachen. Und bei seinen neuesten Recherchen kommt jetzt ein Redakteur vom *Profilo* ins Spiel. Das ist eine renommierte Zeitschrift für Politik und Wirtschaft. Emanuele Riccardi hatte schon mal mit Baroli zusammengearbeitet. Aktuell waren sie an einer Geschichte über den ›Mailänder Kaffeekrieg‹ dran. Aber plötzlich fällt Riccardi von der Dachterrasse seines Hauses.«

Zankl nickt. Das hat ihm Carlo auch erzählt. Günther ist gut informiert. Am Ende aus derselben Quelle? Günther kennt Carlo ja über den Verein *Die Freunde Italiens*.

Günther fährt fort: »Die Details zu der aktuellen Geschichte werden wohl in Barolis drittem Buch stehen. Der Arbeitstitel lautet *Caffè Nero*. In der Mailänder Geschäftswelt liegen wegen der Geschichte bereits die Nerven blank. Und jetzt steht dieser große Prozess an. Mit ihm als Kronzeugen. Und er verschwindet spurlos.«

»Mit Hummel«, sagt Dosi.

»Mit Hummel«, bestätigt Günther und nickt nachdenklich.

SUPERFLY

Hummel öffnet langsam die Augen. Verklebte Lider. Alles schwarz. Kein bisschen Licht. Wo ist er? Kopf dröhnt. Mund Wüste Gobi. Sein rechtes Knie schmerzt, als er das Bein bewegt. Er steht auf, tastet sich voran. Massive Holztür. Verschlossen. Unter ihr strömt glasige Kälte herein. Verdammt, wo ist er? Er geht in die Hocke, sieht unter der Tür nach draußen. Nichts. Schwarz. Kalt. Wind. Die Geräusche – ist er auf einem Berg? Hummel schreit. Während er es tut, weiß er, dass es nichts nützt. Hier hört ihn keiner. Dreck!

Was ist passiert? Er erinnert sich an das Hotel. Sie hatten gerade den Stick aus dem Safe geholt und waren wieder aus dem Zimmer raus, da standen im Gang die zwei Typen vor ihnen. Baroli schubste ihn und rannte los. Er hinterher. Treppenhaus, dann Feuertür, Feuerleiter. Kein Blick zurück. Rüber zum Parkhaus. Sie sprangen in einen Geländewagen, rasten die Parkhausrampe runter und auf die Straße raus. Vollgas. Salzburger Autobahn. Dann Filmriss.

Was ist danach passiert? Haben die Typen sie doch noch erwischt? Wo ist Baroli? Hummels Gaumen brennt. Er muss was trinken. Und vor allem: Er muss was sehen. Wo ist er hier? Er rüttelt an der Tür. Massiv, keine Chance. Licht, er braucht Licht. Er tastet die Wand der Hütte ab. Findet ein Fenster. Öffnet es. Auch kein Licht. Die Läden aus Metall sind mit einem Vorhängeschloss gesichert. Er tastet sich weiter durch die Hütte, hofft Streichhölzer zu finden, eine Kerze. Er räumt ein paar Tassen von einem Brett. Hummel setzt sich aufs Bett. Ihm ist kalt, er zittert, legt sich die Decke um die Schultern, reibt sich das schmerzende Knie. Was soll das? Was geht hier ab? Jetzt kann er sich tatsächlich mal wie ein Darsteller in einem Actionstreifen fühlen, so der harte, aber smarte Typ à la Superfly. Passt das? Nein, so gar nicht. Von wegen cool. Das Gegenteil ist der Fall. Tränen steigen ihm in die Augen. Er rollt sich in die Decke ein.

FRÖHLICH

Mader dreht noch eine Runde. Halb eins. Mit Bajazzo abends rausgehen – immer so eine Sache. Da erlebt Mader die Stadt zu Zeiten, zu denen er nicht mehr unbedingt unterwegs sein will. Menschenleere Orte. Wie hier im Ostpark. Mader denkt an den Gulli hier im Park, in dem sie dank Bajazzos feiner Schnauze eine Frauenleiche gefunden hatten. Ganz in der Nähe. Die Frau wohnte nur einen Block von ihm entfernt. Ein Model. Ihre Wohnung war sündhaft teuer eingerichtet gewesen. Völlig unpassend für die Gegend. Wobei Mader keine Ahnung hat, wie all die Leute hier wirklich leben. Außen und innen müssen nicht korrespondieren. Obwohl – vielleicht doch. Das Gefühl von Einsamkeit und Anonymität, das er so oft empfindet, prägt auch seine karge Wohnung. Bajazzo ist das bzw. der Fröhlichste bei ihm zu Hause. Aber das wäre er auch, wenn er mehr Wert auf Gemütlichkeit legen würde. Trotzdem – wie ist das jetzt? Färbt dieses Hochhausviertel auf ihn ab, oder hat er sich genau die passende Gegend zu seiner Gemütsverfassung, zu seinem Selbstverständnis ausgesucht? Der Edelaltbau in Neuhausen mit seiner damaligen Frau Leonore hat jedenfalls nicht zu ihm gepasst. Das fühlte sich unecht an.

Mader sieht zu den Betonsilos hinüber. Zahlreiche Fenster sind noch beleuchtet oder zumindest vom blauen Flimmern der Fernseher erhellt. So viele Wohnungen, so viele Lebensentwürfe. Manche Bewohner hinter den Glasscheiben sind einsam, andere haben Partner, die sie lieben oder nicht, haben Familien, Haustiere. Jetzt fällt ihm Catherine Deneuve ein. Patronin seiner Einsamkeit. An sie hat er in letzter Zeit kaum gedacht. Doch, kurz, als er Helene das erste Mal gesehen hat. Aber nur einen Moment lang. Ist seine Liebe zu Catherine erkaltet? Nein, wahrlich nicht. *Oh, Catherine!* Sie lebt sicher nicht in einem Wohnblock, sondern in einer weitläufigen Sieben-Zimmer-Altbauwohnung in Montmartre oder in Versailles oder in einer alten glamourösen Villa am Stadtrand, wo sie mit ihren Hunden über die Felder marschiert. Ja, das ist es. Er hat das Bild genau vor sich: Catherine in einer dunkelgrünen Wachsjacke, der Morgennebel noch schwer auf Wiesen und Feldern, der Boden schmatzt unter den Sohlen ihrer hohen Gummistiefel.

Bajazzo hat sein Geschäft beendet und kommt aus dem Gebüsch hervor. Bleibt an einem Gullideckel auf dem geteerten Weg stehen und schnüffelt. Kratzt am Deckel.

Bitte nicht!, denkt Mader.

Bajazzo kratzt weiter am Deckelrand.

Mader stöhnt auf.

Bajazzo winselt.

»Geh zur Seite, Bajazzo!«

Mader steckt die Finger in die Öffnungen des Deckels und zieht ihn zur Seite.

Bajazzo hechelt aufgeregt.

Mader holt das Handy aus der Tasche und macht die Lampe an. Leuchtet in die Betonröhre.

Nichts. Niemand.

Bajazzo bellt fröhlich.

Mader sieht ihn verdutzt an. Dann muss er lachen. »Du verarschst mich, was?«

Bajazzo bellt fröhlich.

»Im Ernst, das war ein Witz, oder?«

Bajazzo bellt fröhlich.

Mader schüttelt den Kopf. Lacht. Sein Hund! Mader zieht den Deckel wieder über das Kanalloch und macht sich auf den Heimweg. Er findet in den Tiefen seiner Jackentaschen einen Brühwürfel. Ein halber für ihn, ein halber für Bajazzo.

Verarscht! Der Gedanke arbeitet in ihm. Er denkt an Baroli. An die verletzten Leibwächter. An den dramatischen Auftritt im Circus Krone. Das ist alles so, so … übertrieben. Und Dr. Günther hat plötzlich Zweifel an Barolis Glaubwürdigkeit. Wenn alles nur Show war? Aber wozu der Aufwand? Eine drastische Form der Öffentlichkeitsarbeit? PR braucht der doch gar nicht. Die Veranstaltung im Circus Krone war lange schon ausverkauft. Seine Bücher sind Bestseller. Wozu dann die ganze Action? Zwei missglückte Attentate. Will Baroli sich als Opfer, als Verfolgter inszenieren? Geht es um Glaubwürdigkeit? Was ist mit seiner Familie? Ist sie vielleicht gar nicht wirklich entführt worden? Frau und Kind – würden die so ein Spiel mitmachen? Kaum. Die Entführung ist echt. Und jeder würde verstehen, wenn Baroli deswegen nicht im Mailänder Prozess aussagt. Hat er etwas mit den Mafialeuten ausgehandelt? Wollen die ihm mit der Entführung eine goldene Brücke bauen? Für einen Rückzieher im letzten Moment? Was jeder verstehen würde. Nein, das wäre viel zu durchschaubar für die Presse, für die Prozessbeobachter. Was ist in dem Hotel passiert? Wo sind Baroli und Hummel?

Mader brummt der Kopf, als er unten in seinem Wohnblock die Haustür aufsperrt. Das weiße Licht der Neonröhren lässt die grünlichen Fliesen im Treppenhaus speckig glänzen – es sieht aus wie in einem Krankenhausflur. Ungut. Ja, vielleicht sollte ich mir doch langsam was anderes suchen, denkt er im Lift. Giesing, Haidhausen, Au – irgendein Viertel im Osten, wo es ein bisschen netter ist.

NACHT

Die Nacht hüllt alle ein. Mader hat seine nackten Füße zu Bajazzo ausgestreckt, der am Fußende seines Betts schlummert. Dosi schmiegt sich an Fränkis dürre Rippen. Zankl ist mit Angelo auf der Brust auf dem Sofa in halb liegender Position eingeschlafen und atmet ganz flach, alle Sensoren auf den empfindlichen Schlaf seines Sohnes abgestimmt. Angelo drückt sein kleines speckiges Gesicht an Zankls Brust und sabbert sein T-Shirt voll. Beate kann nicht schlafen. Heute Abend in der Kneipe war ihr Hummels Verschwinden vorgekommen wie eine erfundene Geschichte – Fiktion, die nichts mit der Realität zu tun hat. In der Stille zu Hause ist die Botschaft langsam angekommen: Das hat sich niemand ausgedacht – Klaus ist tatsächlich zusammen mit diesem Enthüllungsautor verschwunden. Der offenbar von der Mafia gejagt wird, dessen Leben in Gefahr ist. Alles wirklich passiert. Jetzt bereut sie es, dass sie Hummel immer so angeht, wenn er mal wieder zu spät dran ist oder noch mal wegmuss. Das hat nichts mit ihr zu tun, das ist sein Job. Sie lauscht dem schwachen Verkehr unter ihrem Fenster.

SICHERHEIT

Hummel erwacht von einem Geräusch. Ein Schlüssel dreht sich im Türschloss. Panisch springt er auf und kriecht unters Bett. Sieht zwei Beine im morgendlichen Gegenlicht, das durch die offene Tür fällt. Hört die Stimme: »Klaus, komm da raus!«

»Sergio?«

»Wer denn sonst? Das Sandmännchen?«

Hummel kommt unter dem Bett hervor.

»Was ist das für eine Scheiße, Sergio? Was machen wir hier, was ist passiert?«

»Du bist im Auto eingeschlafen.«

»Ich? Eingeschlafen? Da war was im Wasser.«

»Du warst sehr aufgebracht. Ja, da war ein Beruhigungsmittel drin.«

»Das du schon vorher reingetan hast?!«

»Das war eigentlich für mich gedacht.«

»Damit du nicht wieder wie ein Wahnsinniger Auto fährst?«

»Spar dir deinen Sarkasmus. Der Arzt hat mir das Mittel nach der Schießerei vor der Kirche gegeben.«

»Und du hast das Zeug dann ganz zufällig bei der Hand, in einer Flasche, im Auto? Und gibst mir die Flasche, weil ich mich so aufrege! Das war ja hervorragend vorbereitet!«

»Klaus, jetzt dreh nicht schon wieder so auf! Reg dich ab. Du warst völlig neben der Spur gestern. Ich musste dir sogar noch mal was geben.«

»So, wann? Und warum?«

»Das weißt du nicht?«

»Was soll ich wissen?«

»Äh …«

»Was ist das hier überhaupt, eine Berghütte?«

»Ja, wir sind in Sicherheit.«

»Bei der Polizei sind wir in Sicherheit.«

»Nein, wir wissen nicht, wer auf unserer Seite ist.«

»Unserer? Schön, dass du für mich mitdenkst. In Sicherheit? – Ich lach mich tot. Wir sind in Italien, oder?«

»Ja, wir sind in Italien. Hier kenn ich mich aus, hier hab ich Freunde. Denen ich vertraue.«

»Was mir bei dir schwerfällt.«

»Hey, Klaus …«

»Wo warst du heute Nacht?«

»Wie gesagt, ich habe Freunde, die mir, die uns helfen. Mehr kann ich dir nicht sagen.«

»Super, deine italienischen Freunde. Und was hab ich mit der ganzen Sache zu tun?«

»Mann, Klaus, mach 'nen Punkt! Erst drängst du dich auf und lässt mich nicht allein ins Hotel und jetzt …«

»Mein Bein tut weh, mein Knie.«

»Du bist gestürzt. Du weißt nichts mehr?«

»Was soll ich wissen?«

»Die Schießerei?«

»Welche Schießerei? Wo ist meine Waffe?«

Hummel durchsucht seine Jacke, die auf dem Stuhl neben dem Bett liegt.

»Wo sind meine Waffe, Papiere, Schlüssel, Handy?«

»Die haben mir alles abgenommen. Als du auf dem Klo warst.«

»Wer sind ›die‹?«

»Die Typen auf dem Parkplatz. Die aus dem Hotel waren die ganze Zeit an uns dran. Die haben uns lückenlos überwacht. Ich hab's dir doch gesagt.«

»Und jetzt?«

»Jetzt haben sie uns verloren. Zumindest die zwei. Weil … Du hast auf sie geschossen.«

»Ich hab was?«

»Du hast ein ganzes Magazin leer geschossen.«

»Ich denk, sie haben dir meine Sachen abgenommen? Womit soll ich denn auf sie geschossen haben?«

»Mit einer Waffe von denen.«

»Ich? Ganz sicher nicht! Erzähl mir endlich, was passiert ist!«

Baroli setzt sich an den Tisch. Sieht Hummel ernst an. »Es war auf einem Autobahnparkplatz. Noch in Österreich. Wir haben Pause gemacht. Du bist aufgewacht und musstest aufs Klo. Als du weg warst, waren die zwei Typen plötzlich wieder da. Haben mir alles abgenommen. Deine Sachen auch, die waren ja im Wagen. Als du zurückkamst, saß ich schon in deren Auto. Der eine Typ hat dich aufgefordert, ebenfalls bei ihnen einzusteigen. Plötzlich stolperst du. Dachte ich. Aber du hast dem Typen die Füße weggezogen, er ist gestürzt, und du hast ihm die Waffe abgenommen. Es ging alles so schnell. Der andere im Auto hat seine Waffe gezogen, und da hast du abgedrückt.«

Hummel schüttelt den Kopf. »Das glaub ich nicht.«

»Doch, genauso war es.«

»Und was hast du gemacht?«

»Ich bin auf der anderen Seite aus dem Auto raus und zu unserem Wagen gerannt.«

»Ich glaub dir kein Wort. Ich schieß nicht einfach so!«

»Du warst komplett unter Adrenalin, du hast einfach draufgehalten.«

Hummel schüttelt wieder den Kopf.

»Du kannst dich wirklich an nichts erinnern?«, fragt Baroli.

Hummel hat dröhnende Kopfschmerzen. Nein, er kann sich an nichts erinnern. Irgendwas stimmt nicht – mit seinem Kopf, mit ihm. »Und deswegen hast du mir gleich noch mal das gute Wasser gegeben?«

»Du warst wie von Sinnen. Das Zeug hat dich runtergebracht. Du bist im Auto kurz darauf eingenickt.«

»Na, super. Besten Dank auch. Du bist ein echter Freund. Und jetzt gib mir dein Handy. Ich muss meine Leute anrufen.«

»Du machst jetzt gar nichts. Außerdem gibt's hier eh keinen Empfang. Wir warten ein paar Tage, dann ist alles gut.«

»Was ist gut?«

»Niemand vermutet uns hier.«

»Was ist mit den Daten?«

»Die sind immer noch bei mir. Ich hab mit Rivelli gesprochen. Der Prozess wird vorgezogen. Niemand weiß das. Kurz vorher mach ich den Deal mit den Entführern. Die Daten gegen die Freilassung meiner Familie. Wenn die frei ist und ich in Mailand bin, kannst du gehen. Mach dir keine Sorgen. Schau, ich hab was zu essen mitgebracht. Und trink einen heißen Kaffee.« Er reicht ihm eine Thermoskanne.

Hummel nimmt einen Becher und gießt sich Kaffee ein. Nippt. Verbrennt sich die Lippen an dem heißen Kaffee. Der Kaffee ist sehr stark. Hummel schließt die Hände um den Becher, spürt, wie die Wärme in ihn eindringt, sich ausbreitet. Er trinkt langsam den Becher aus. Das Koffein macht ihn nicht munter. Im Gegenteil – er fühlt sich, als würde ihm eine geheimnisvolle Macht die letzten Energiereserven aus Körper und Geist saugen. Wohlig weich. Er kippt zur Seite weg. Baroli fängt ihn gerade noch auf und schleift ihn zum Bett, legt ihn rein, deckt ihn zu.

»Was, was ist los …?«

»Klaus, du bist sehr erschöpft.«

»Was ist … passiert?«

»Was passiert ist? Also, hör zu …«

REISELEITER

Zankl blinkt rechts und verlässt den Mittleren Ring auf die Salzburger Autobahn, sieht zu Dosi rüber. Die ist mit ihrem Handy beschäftigt.

»Na, Dosi, das hättest du nicht gedacht, dass wir zwei einmal zusammen nach Bella Italia fahren, oder? Was sagt denn Fränki dazu?«

»Dass du keine Konkurrenz bist.«

»Niemals.«

»Außerdem ist ja Bajazzo als Aufpasser mit von der Partie.« Sie tätschelt Bajazzos Kopf zu ihren Füßen.

»Hast du die Brühwürfel dabei?«, fragt Zankl.

»Logisch. Ich manage Bajazzo. Oder er uns. Und du bist für den Rest der Reise zuständig.«

Zankl nickt. »Ich bin ein super Reiseleiter. Leider sind wir Selbstzahler. Wir haben keinen offiziellen Auftrag. Aber das ist uns Hummel wert, oder?«

»Aber so was von.« Dosi gähnt und schließt die Augen.

Die kräftige Vormittagssonne heizt den Wagen auf. Trotz Klimaanlage. Die Autobahn ist nur schwach befahren. Zankl macht den CD-Player an. Sixties-Soul.

»Marvin Gaye. Die CD ist von Hummel«, sagt Dosi mit geschlossenen Augen.

»Hab ich mir fast gedacht. Mir ist das zu schmalzig.«

»Marvin Gaye ist nicht schmalzig. Marvin Gaye ist cool.«

»Eh klar, ihr zwei Nostalgiker.«

Zankl klappt die Sonnenblende runter, kneift die Augen zusammen. Starrt durch die bleichen Schlieren auf der

Windschutzscheibe. Unklar. Wie die ganze Sache. Er zieht den Blinkerhebel. Wasser spritzt auf die Scheibe, Wischer quietschen. Essiggeruch. Bajazzo schnüffelt misstrauisch, legt den Kopf wieder auf Dosis Füße.

Zankl denkt nach. Ganz geheuer ist ihm das nicht. Ermitteln ohne Auftrag. Überstunden abbauen. »Anders geht's nicht«, hat Mader gesagt. Kommt er mal wenigstens wieder nach Italien. Irgendwie hatte er heute Nacht mit Angelo auf der Brust sogar die Vision, im Hotel endlich mal richtig auszuschlafen und vielleicht sogar ein Weißbier auf der Terrasse einer schönen Almhütte mit grandioser Aussicht genießen zu können. Allein. Ohne Familie. Kein Geschrei, kein runterfallendes Besteck, das er wieder und wieder aufheben und sauber wischen muss, keine Windeln, die zu wechseln sind. Und vor allem keine Anweisungen von Jasmin zur korrekten Ausführung dieser Tätigkeiten. Aber solche Träume von Freizeit und Brotzeit sind müßig – sie sind unterwegs, um Hummel zu suchen. Um ihn heimzuholen!

Laut Carlo hat Baroli ein Netzwerk von Freunden und Unterstützern rund um den verstorbenen Journalisten Riccardi an dessen Wohnort Segonzano. Insofern wäre es nicht verwunderlich, wenn Baroli sich dort in der Gegend versteckt. Carlo hat ihm den Namen eines Polizisten in Segonzano gegeben, der ihnen weiterhelfen wird. Marcello Durelli. Sie sind angekündigt. Zankl überlegt, ob es gut oder schlecht ist, Freunde wie Carlo zu haben. Wobei ihm die moralische Sichtweise in dieser Angelegenheit momentan ziemlich egal ist – solange sie Hummel nur wohlbehalten zurückbekommen. Vielleicht erfahren sie dabei auch etwas mehr über den Fall mit dem toten Journalisten, über die Hintergründe seiner Arbeit, die ja offenbar zu diesen dramatischen Entwicklungen geführt hat.

Zankl schaltet den CD-Player aus, wechselt die Spur. Fährt im Schritttempo durch die Videomautstation am Brenner. Er erinnert sich an seinen letzten Italienurlaub mit Jasmin. Ohne Kinder. Gab's auch mal. In grauer Vorzeit. Vielleicht wurde Clarissa in diesem Italienurlaub gezeugt? Jetzt fällt ihm der blöde Hormonarzt ein, der ihn damals in seiner männlichen Ehre gekränkt hatte, als er ihm mitteilte, dass seine Spermien eher unterdurchschnittlich performten. Ja, und? Er ist halt ein sensibler Mensch, und es funktioniert nicht immer alles auf Knopfdruck. Er grinst, denn ihm fällt jetzt der unberechenbare Durchfall ein, den die Hormonpräparate ausgelöst hatten. Hat er glatt verdrängt. Ja, das war eine brenzlige Sache! Immer wie auf rohen Eiern, stets latente Panik, nicht schnell genug eine Toilette zu finden. Und oft ein Wettlauf gegen die Zeit. Mit ein paar wirklich interessanten Erlebnissen.

Aber das ist lang her. Die Zeit fliegt. Jetzt hat er Familie. Zwei Kinder! Siehst du mal, du Hormonquacksalber! Nun sind sie zu viert. Alles ganz anders. Er selbst vor allem. Ganz neuer Blick auf die Welt. Hummel hingegen verändert sich nie – ist und bleibt der ewige Student. Nie ganz erwachsen. Auch das mit Beate. Hummel und Beate – sie lieben sich und sie nerven sich. Ewiges Auf und Ab.

Verdammt, er hat vergessen, Beate Bescheid zu geben! Hatte er ihr doch versprochen! Aber was hätte er ihr sagen sollen? Dass sie keine Ahnung haben, wo ihr Liebster steckt, wie es ihm geht? Und dass sie in Italien nach ihm suchen werden, weil ihnen ein geheimnisvoller Informant gesteckt hat, dass Baroli sich dort irgendwo mit Hummel verbirgt? Kann er nicht erzählen – alles interne Infos. Er wird Beate nachher eine Beruhigungs-SMS schicken. Nichts Genaues, nur, dass sie sich kümmern.

Zankl reiht sich in die Autoschlange an der Mautstation Sterzing ein. Er stellt die Musik wieder an. Wuchtige Bläser, eine gepresste Stimme: *Knock on wood.*

Dosi wacht auf. »Hey, Eddie Floyd. Auf Holz klopfen.«

»Ja. Das wird schon, Dosi. Bestimmt.«

SCHNEIDIG

»Das ist echt schön«, meint Dosi, als sie in der späten Mittagszeit in der malerischen Kleinstadt Segonzano am Marktplatz sitzen und Kaffee trinken. Verwitterte Fassaden, Marktstände, die gerade abgebaut werden, alles voller Obstkisten, Papier, Plastik. Dazwischen Kinder und Hunde. Brummende Dieselmotoren und knatternde Zweitakter.

Ein Polizeimotorrad hält vor der Bar. Der Fahrer hängt den Helm an den Rückspiegel und steigt ab. Uniform tiptop. Auch sonst. Wow!, denkt Dosi. Der Carabiniere sieht aus wie Marcello Mastroianni. In jung. Fällt sogar Zankl auf. Vielleicht sollte er umsatteln. Die Frauen würden ihm zu Füßen liegen. Vielleicht auch nicht, denn so gut wie der Typ sieht er nicht aus. Mal ganz realistisch betrachtet.

Dann macht Marcello Mastroanni den Mund auf. »Signora Rosssmeia! Signor Dsankl!«, quäkt er. »Bienvenuti a Segonzano!«

Dosi lacht schallend.

Der Mann sieht sie irritiert an.

»Entschuldigung, Sie sind Signor Durelli?«, fragt Dosi.

»Marcello, bitte.«

»Doris. Und das ist mein Kollege Franco. Komm, setz dich zu uns, Marcello!«

Unaufgefordert bringt der Barista einen Caffè und ein Cornetto für Durelli. Die beiden wechseln in rasantem Italienisch ein paar Worte. Durelli kippt zwei Tütchen Zucker in seinen Kaffee, rührt nicht um, stürzt den Kaffee mit einem Zug runter. Hörnchen hinterher.

»Wie geht es Carlo?«, fragt Durelli.

»Gut«, sagt Zankl.

»Und seine Bambini?«

»Ich hab sie jetzt länger nicht gesehen. Wir sind beide sehr beschäftigt. Meistens telefonieren wir nur. Du hast auch Familie?«

»Ja, Mama.«

Dosi sieht ihn perplex an.

Marcello lacht. »Nur sonntags zum Essen. Außer Mama habe ich noch drei Frauen: Zwillinge, vier Jahre. Und meine Frau, Violetta, wunderbare Frau, bella donna!«

Schade eigentlich, denkt Dosi, die sich schon fast an Marcellos eigentümlich hohen Singsang gewöhnt hat. Und Männer müssen ja auch nicht dauernd reden. Zumindest nicht, wenn sie so schneidig aussehen wie Marcello.

»Du sprichst sehr gut Deutsch«, lobt sie ihn. »Woher kommt das?«

»Ich habe viel in Deutschland gearbeitet, als Kellner, in Leberkusen.«

Dosi grinst ihn breit an.

Sie erzählen Durelli, was in München passiert ist, und fragen ihn direkt nach Baroli und Hummel. Nein, da kann er ihnen leider überhaupt nicht weiterhelfen. Baroli hat sich nicht bei ihm gemeldet. Aber vielleicht nur eine Frage der Zeit, bis er das tut.

»Carlo sagt, dass ihr euch auch für Riccardi interessiert?«, fragt Marcello.

Dosi nickt. »Ja, es scheint da einen Zusammenhang zu geben. Wegen Nachforschungen, die Baroli angestellt hat. Da war Riccardi beteiligt.«

»Carlo sagt, ihr arbeitet für die Mordkommission. Äh, also, wir sind hier in Italien.«

»Unsere Ermittlungen sind Bestandteil einer neuen Polizeistrategie für den Schengenraum«, erklärt Dosi. »Das Projekt heißt *Intercrime*.«

Marcello sieht sie zweifelnd an. Dann grinst er. »Ich kenn nur Inter Mailand.«

»Wir würden uns gerne mal die Wohnung von diesem Journalisten anschauen. Vielleicht bringt uns das weiter, vielleicht gibt es dort Hinweise, woran sie gearbeitet haben. Marcello, können wir denn seine Wohnung sehen? Oder macht das Stress?«

»Wenn ihr unbedingt meint. – Andiamo«, sagt Marcello und steht auf.

Zankl kratzt sich am Kopf, als sie losfahren. »Dosi, wir haben nicht gezahlt.«

»Lässt du nie anschreiben?«

»Nein. Der garantiert auch nicht.«

»Weißt du's? Andere Länder, andere Sitten.«

»Manchmal denk ich, du hast echt ein Rad ab. *Intercrime!* Du glaubst doch nicht im Ernst, dass der uns das abnimmt?«

»Ist doch egal, was er glaubt. Dein Spezl Carlo hat ihn gebrieft und gut ist.«

»Carlo ist nicht mein Spezl!«

Marcello fährt mit dem Motorrad voraus. Schnell haben sie den historischen Ortskern hinter sich gelassen. Elegant legt sich Marcello in die Kurven. Dosi denkt an ihre letzten Erfahrungen mit dem Motorrad. Der Sturz in den Bergen. Weil die Bremsen versagten. Seitdem hat sie einen weiten

Bogen um Motorräder gemacht. Schade eigentlich. Hier wäre jedenfalls eine super Gegend zum Biken.

Wenig später erreichen sie ein Gewerbegebiet. Marcello biegt bei einer Spedition in die Hofeinfahrt, spricht ein paar Worte mit dem Pförtner, der händigt ihm einen Schlüssel aus. Sie überqueren den mit Lastwagen und Hängern voll geparkten Hof. Marcello hält vor einem Büroturm.

»Da drin hat Riccardi gewohnt?«, fragt Zankl erstaunt.

»Und gearbeitet. Kommt ihr?«

»Der Pförtner hat den Schlüssel? Zu einem Tatort?«

»Die Untersuchungen sind abgeschlossen. Sonst würd ich euch da auch nicht reinlassen. Die Verwandten waren schon da. Die Inneneinrichtung soll verkauft werden.«

Sie betreten ein heruntergekommenes Foyer. Vor der großen blinden Fensterfront verschnurpselt eine Aloe vera. In einer Ecke steht ein nackter Ficus. Die ledrigen Blätter verteilen sich kreisförmig um den vergilbten rissigen Kunststoffübertopf. Bajazzo raschelt durch die Blätter und überlegt – *ein Tröpfchen ans Töpfchen?* Dosis scharfes »Bajazzo!« hält ihn davon ab.

Sie fahren mit dem rumpeligen Aufzug nach oben.

Dort Kontrastprogramm. Im Treppenhaus lagern quietschbunte Designerstühle aus den Siebzigern, an der Wand hängt ein großes Pop-Art-Bild.

»Ist das echt?«, fragt Zankl.

»Weiß nicht. Vielleicht«, meint Marcello und sperrt die Tür auf.

Ein weitläufiges Loft. Auch hier zahlreiche Designerstühle, Skulpturen, Bilder. Eine lange Wand ist bis unter die Decke komplett mit einem Buchregal belegt. Ansonsten: Sofa, Sitzsäcke, ein großer Schreibtisch mit Glasplatte.

»Computer?«, fragt Dosi.

»Haben die Kollegen mitgenommen. Was sucht ihr eigentlich genau?«

»Wir wissen es nicht. Noch nicht. Irgendwelche Hinweise, die uns weiterhelfen, die Hintergründe für die Münchner Attentate zu verstehen. Dokumente, an denen Baroli und Riccardi gemeinsam gearbeitet haben. Wo ist denn Riccardi runtergestürzt?«

Marcello öffnet die große Terrassentür und tritt nach draußen.

Zankl und Dosi sehen beeindruckt in die Bergwelt um sie herum. 360-Grad-Kino. Die Betonplatten der Dachterrasse enden nach wenigen Metern, dann kommt Schotter. Sie folgen Marcello. Dosi nimmt Bajazzo an die Leine. Marcello geht forschen Schrittes bis an die Dachkante. Kein Geländer, keine Sicherung. Marcello deutet in den Hof hinunter. Fünfzehn Meter tiefer stehen die Fahrzeuge der Spedition.

»Da unten lag er.«

»Was hat er denn hier auf dem Dach gemacht?«, fragt Zankl.

»Wir wissen es nicht.«

Eine Windbö erschreckt Dosi. Sie tritt einen Meter zurück. »Gehen wir wieder rein.«

»Habt ihr genug gesehen?«, fragt Marcello drinnen.

»Hast du's eilig?«

»Na ja, ich muss noch …«

»Lass uns doch den Schlüssel da, wenn das in Ordnung ist. Wir geben ihn nachher beim Pförtner ab«, schlägt Dosi vor. »Und dann treffen wir uns abends in Segonzano.«

Marcello überlegt kurz, dann nickt er. »Bar *Amoretti*, sieben Uhr.«

»So machen wir's. Danke, ciao.«

»Puh, endlich ist er weg«, sagt Zankl, als die Tür ins Schloss gefallen ist.

»Hast du was gegen ihn?«

»Nein, aber wir wollen uns doch hier ein bisschen umsehen. Wenn dauernd einer hinter mir steht, kann ich das nicht. Kommt dir das nicht komisch vor?«

»Was?«

»Dass Marcello uns hier einfach so rummachen lässt. Was hat er davon, wenn wir uns einen Tatort ansehen, der eigentlich nur die italienische Polizei was angeht?«

»Na ja, Zankl, wenn er ein Freund von Carlo ist, dann unterstützt er uns halt.«

»Laut Carlo ist Marcello ein Freund von Baroli. Und der will doch ziemlich sicher nicht, dass wir in deren Recherchearbeiten rumschnüffeln. Und gefunden will er wahrscheinlich auch nicht werden. Falls wir irgendwelche Kurschatten an den Hacken haben.«

»Vielleicht hat die Polizei hier ja was unter den Teppich gekehrt, und sie wollen uns mit der Nase draufstoßen, dass da noch weiter zu ermitteln ist?«

»Ich weiß nicht, Dosi. Das klingt alles so nach Verschwörungstheorie.«

»Ich weiß es auch nicht, Zankl. Komm, jetzt legen wir endlich los.«

Zankl übernimmt den Arbeitsbereich, Dosi den Rest.

Rund um den Schreibtisch herrscht fast pedantische Ordnung, keine Zettelwirtschaft, keine vollgestopften Schubladen. Alle Schriftstücke und Manuskripte sind vorbildlich archiviert. Auch die vielen Zeitungen und Magazine, für die Riccardi offenbar geschrieben hat. Aber nichts von Interesse. Soweit sie das mit ihren rudimentären Italienischkenntnissen überhaupt beurteilen können.

»Boh, das ist doch irgendwie Scheiße!«, murmelt Zankl nach einiger Zeit genervt.

»Was hast du erwartet? Einen USB-Stick oder eine Daten-CD auf dem Präsentierteller?«

»Keine Ahnung. Irgendwas.«

Bajazzo schlägt im Bad an.

»Musst du Gassi, Bajazzo?«, fragt Dosi.

Bajazzo kratzt an einer Badkachel auf Bodenhöhe.

»Lass mich mal«, sagt Dosi und geht in die Hocke. Sie tastet die Kachel ab. Kein Fugenkitt. Die Kachel ist lose. Dosi nimmt das Manikür-Set von der Spiegelablage und holt eine Nagelfeile heraus, fährt damit in eine Fuge, löst die Kachel. Ein Hohlraum. Sie greift in die Aussparung. Ein Plastikbeutel mit weißem Puder.

»Zankl, komm mal her. Ich hab hier was.« Sie reicht ihm den Beutel.

»Hol mich der Schneekönig. Das sind gut fünfzig Gramm!«

»Genau das Richtige bei anstrengenden Recherchen.«

»Wenn's kein Puderzucker ist, dann ist das ein paar Tausend Euro wert.« Zankl untersucht den Hohlraum. »Warum haben die hiesigen Polizisten das nicht gefunden? Das ist doch ein klassisches Versteck.«

»Weil sie nicht danach gesucht haben. Es geht um einen Todesfall und nicht um Drogen.«

»Was machen wir damit?«

»Wir geben es Marcello. Steck's ein, Zankl. Und jetzt?«

Zankl sieht sich um, schüttelt den Kopf. »Hier drinnen ist nichts, hier ist alles superordentlich. Wir brauchen den Computer. Und den hat die Polizei einkassiert. Da kommen wir nicht dran. Wir haben keinen dienstlichen Auftrag. Und wir sind in Italien. Komm, wir gehen.«

Im Hof steckt sich Zankl eine Zigarette an. Überlegt, sieht sich um. Bajazzo verschwindet hinter einem Stoß Europaletten, um sein Geschäft zu verrichten.

»Und jetzt?«, fragt Dosi noch mal.

»Ich hab eine Idee. Komm!«

Dosi folgt ihm. Zankl überquert den Hof bis zum Werkstor. Er deutet nach oben. Jetzt sieht Dosi die Überwachungskamera.

»Einen Versuch ist es wert«, meint Zankl.

Sie betreten das Kabuff des Pförtners. Niemand da. Auf dem Schreibtisch steht ein offenes Glas mit eingelegten Tomaten. Es riecht säuerlich. Auf der Tischplatte schimmert eine kleine Öllache.

»Hallo, ist da wer?«

In der Kammer nebenan raschelt es. Ein junger Typ mit großer Hornbrille und rausgewachsener Britpop-Frisur taucht mit einer Rolle Küchentücher auf. Er sieht sie fragend an.

»Entschuldigen Sie, sprechen Sie Deutsch?«, fragt Zankl.

»Ja, was gibt's?«

»Wir sind von der Polizei.«

»Aber nicht italienisch.«

»Nein, aus München.«

»Aha.«

Zankl legt den Schlüssel auf den Tisch. »Mit Dank zurück. Wir sind wegen des Todesfalls hier. Der Journalist.«

Der Mann nickt.

»Sagen Sie, die Kamera da draußen, ist die immer in Betrieb?«

»Nur nachts.«

»Und das Tor, ist das nachts zu?«

»Kommt drauf an. Wenn viel los ist, ist offen. Die Laster fahren ständig rein und raus.«

»Sie haben das alles im Blick?«

»Die Laster schon.«

»Hatte Riccardi viel Besuch?«

»Ich kann das nicht sagen, ich bin nur einmal die Woche hier.«

»Wie lang heben Sie denn die Aufnahmen auf?« Zankl deutet auf den Bildschirm.

»Bis die Festplatte voll ist.«

»Könnten Sie mal nachschauen? Uns interessiert die Nacht, als er abgestürzt ist.«

»München, sagten Sie?«

»Ja.«

»Dürfen Sie das eigentlich?«

»Hat denn die italienische Polizei die Aufnahmen geprüft?«

»Das weiß ich nicht. Wie gesagt, ich bin nur einen Tag in der Woche hier. Ich bin Student. Die von der Spedition schauen, dass ihre Aushilfen nicht zu viel verdienen …«

Zankl zieht einen Fünfziger aus der Tasche. Der junge Mann reagiert nicht. Zankl schnauft auf und legt einen zweiten Schein dazu. Der Student grinst und nimmt das Geld.

»Die Nacht vom 17. 4. zum 18. 4. interessiert uns.«

Der Student durchsucht die Festplatte und findet die Videodatei mit dem betreffenden Datum.

»Schauen müssen Sie aber selbst.« Er geht nach draußen, um zu rauchen.

Sie betrachten den Videomitschnitt im Schnellvorlauf. Kein Privatwagen. Keine Personen zu Fuß. Nur Laster und Kastenwägen.

»Tja. Pech!«, meint Dosi.

»Riccardi wurde am Morgen des 18. Aprils gefunden?«, fragt Zankl.

»Ja. Dann muss es am 17. passiert sein.«

»Oder aber schon am 16. April. Stell dir vor, er fällt da

runter. Liegt da irgendwo zwischen den Hängern, Containern, Paletten. Erst als die Container weg sind, entdeckt man ihn. Wir müssen auch den 16. April checken.«

»Er könnte sogar noch länger da gelegen sein. Die Nächte sind kühl im Frühjahr.«

Zankl schüttelt den Kopf. »Am 16. war er tagsüber noch auf der Redaktionssitzung vom *Profilo*.«

»Woher weißt du das?«

»Carlo hat mir die Infos geschickt. Obduktionsbericht, letzte Termine.«

»Respekt. Dein Freund Carlo hat wirklich gute Kontakte. Also, nächster Versuch, die Nacht vom 16. auf den 17. April.«

Zankl klickt die Videodaten für diese Nacht an.

»Bingo!«, sagt er nach einiger Zeit.

»Aber man erkennt nicht viel. Ein weißer Opel.«

Zankl zoomt. Das Bild ist dunkel, unscharf. Fahrer nicht zu erkennen. Schlechter Kamerawinkel. Das Nummernschild ist kaum zu lesen. Er flucht. »Augenpulver!«

Sie schauen den Rest des Mitschnitts im Eiltempo an. Der weiße Wagen ist nicht noch einmal zu sehen.

»Dosi, das heißt, er ist erst am nächsten Tag wieder raus. Tagsüber, als die Kamera ausgeschaltet war. Er war die ganze Nacht da.«

»Was hat er so lange da gemacht?«

»Sachen gesucht. Wie wir. Unterlagen, Daten.«

»Ob das Baroli in dem Auto ist?«

»Warum?«

»Na, nur mal als These: Baroli hat Streit mit Riccardi.«

»Warum?«

»Weil er zuerst den Coup landen will, allein im Rampenlicht stehen will.«

»Dafür mordet man doch nicht.«

»Vielleicht war es ein Unfall. Oder Baroli geht mit Riccardi in den Clinch, weil er zu viel herausgefunden hat und diese Recherchen für bestimmte Kreise gefährlich sind.«

»Dosi, ich denk, die haben da gemeinsam dran gearbeitet?«

»Weißt du's wirklich?«

»Ach komm. Und in dem Prozess will Baroli dann aussagen gegen die ›bestimmten Kreise‹. Das passt doch nicht zusammen.«

»Hier passt so manches nicht zusammen.«

Der Student betritt den Raum. »Alles klar?«

»Schau mal her«, sagt Zankl. »Leider erkennt man nichts auf diesem Standbild. Wir brauchen das Nummernschild.«

Der Student sieht auf das Bild und grinst. »Vielleicht kann man da was machen.«

»Vielleicht?«

»Na ja …«

Zankl zieht einen weiteren Fünfziger aus dem Geldbeutel. »Das ist der letzte, definitiv. Und nur, wenn's klappt.«

Der Pförtner nimmt den Schein und grinst wieder. »Logisch klappt das.« Er holt aus einer Fahrradkuriertasche ein MacBook und verbindet es per Bluetooth mit dem Computer, zieht sich die Daten von der Videoaufzeichnung. Dann startet er ein Programm. »Das ist eine Konvertierungssoftware, die rechnet die Videodaten um, simuliert eine höhere Auflösung. Dauert ein bisschen.«

»Was studierst du denn?«

»Informatik und Mediendesign.«

»Und warum arbeitest du hier?«

»Weil es gutes Geld ist. Ich sitz rum, arbeite an meinen eigenen Sachen, check ab und zu den Bildschirm, mach die Schranke auf und zu. – Und ihr ermittelt, obwohl wir in Italien sind? Ist das denn legal?«

»Natürlich. Hast du Zweifel?«

»Ist okay, wir schauen ja nur Bilder an.« Er macht die Bilddatei erneut auf, und jetzt ist sie wesentlich schärfer und kontrastreicher. Er stoppt, als der weiße Opel in den Hof fährt. Der Fahrer ist weiterhin nicht zu erkennen. Nur die Kinnpartie. Langsamer Vorlauf. Standbild. Kennzeichen. Er zoomt es heran. Die Buchstaben und Ziffern sind ausgefressen an den Rändern, aber durchaus erkennbar.

Zankl schreibt die Nummer ab. »Danke, das hilft uns sehr. Und bitte behalte das für dich.«

»Kostet extra«, sagt er und grinst – nicht. Denn Zankl deutet auf die Waffe in seinem Holster unter der Jacke. Er verlässt das Kabuff.

Der Student sieht Dosi fragend an. Die zuckt mit den Achseln und lächelt. »Mein Kollege mag halt keine Arschlöcher. Was soll man machen?«

Er steckt sich die Zunge obszön in die Backe.

»Fass!«, zischt Dosi, und Bajazzo schießt auf den Studenten zu. Vor Schreck beißt der sich auf die Zunge.

PELZIG

Hotel, Feuerleiter, Parkhaus, die Stadt im Zeitraffer, das lange graue Band der Autobahn, die Berge faserig am Horizont, alles verschwommen in grellem Dunst. Das Knie. Es schmerzt. Warum? Der Körper speichert alles, die Schmerzen, ihre Ursache, die Geschichten. »Knie, erzähl mir, was geschehen ist«, murmelt Hummel. »Was ist der Grund für deine Schmerzen?«

Hummel wartet vergeblich. Sein Körper erzählt ihm nichts. Hummel merkt nur, wie die Kälte des dunklen Raums immer tiefer in ihn hineinkriecht. Wie lange war er ohne Bewusstsein? Baroli, das Arschloch. Wo ist er? Der Kaffee. »Verdammt, Sergio, warum machst du das? Und warum fall ich noch mal darauf rein?«

Hummels Mund ist pelzig. Er hat Durst. Er richtet sich auf, erschrickt, als etwas Kaltes sein Gesicht berührt. Wie ein nasser Pinselstrich. Er fasst sich an die Wange. Tränen. Seine Augen brennen. Hummel schließt sie. Ich bin am Ende, denkt er und sinkt wieder auf die Matratze. Er zwingt sich nachzudenken. Was ist los? Was ist passiert? Sergios Stimme in seinem Kopf: *Du hast das ganze Magazin leer geschossen.*

STANDARD

Mader hat die Autonummer, die ihm Zankl gemailt hat, an Dr. Günther weitergeleitet. Wenn er sich schon immer mit seinen guten Kontakten nach Italien brüstet, kann er mal beweisen, wie gut die sind, denkt Mader und wartet auf Antwort. Er sieht aus dem Fenster in den Innenhof. Die geparkten Autos schimmern im Nieselregen. Bajazzo – wie es ihm wohl geht in Italien? Bestimmt ist dort das Wetter besser.

Günthers Kontakte sind tatsächlich gut. Er meldet sich bereits nach zehn Minuten und nennt den Halter des Autos: »Der Wagen gehört zur Autovermietung *Azzurro* in Trient.«

»Na, super«, sagt Mader. »Und kriegen wir auch den Mieter dazu?«

»Ich bin dran. Dazu muss mein Kontaktmann allerdings direkt in der Autovermietung nachforschen. Nur eine Frage der Zeit. Wurde Baroli denn befragt zu der Nacht, als Riccardi gestorben ist?«

»Keine Ahnung. Da müssen wir bei den italienischen Kollegen nachhaken.«

»Das geht leider nicht. Denn offiziell haben wir mit dem Fall nichts zu tun.«

Mader nickt nachdenklich. »Was ist mit Zankl und Roßmeier? Also, sollen sie zurückkommen?«

»Ich weiß es nicht. Die beiden machen da einen Superjob. Und die italienischen Kollegen haben anscheinend alle Augen zugedrückt. Oder geschlafen. Überwachungskameras checken ist Standard.«

»Warum meldet sich Hummel nicht, wenn er bei Baroli ist?«

»Fragen Sie mich was Leichteres.«

»Weil Baroli ihn daran hindert, weil er auch ihm misstraut. Er fühlt sich verfolgt, will nicht, dass wir auf den Plan treten. Aber alleine wird er das nicht lösen können. Sollen Roßmeier und Zankl wirklich in Italien bleiben?«

»Ja. Vorerst. Wenn Baroli dort sein Netzwerk hat, wie Zankls Informant sagt, dann wird Hummel auch dort sein. Aber bitte keine spontanen Aktionen. Sagen Sie das den Kollegen. Sie sollen einfach Augen und Ohren offen halten.«

FALSCHER MOVE

Gedankenkarussell. Alles fährt vorbei. Immer wieder. Die gleichen Gedanken, Leute, Bilder, Stimmungen. Immer wieder. Das Klo. Der scharfe Geruch. Alles überpräsent. Die summenden Fliegen. Der Grind an der Edelstahlschüssel. Bah. Raus hier! Die warme Luft, die durch das Tal gedrückt wird. Wie die Autos. Das Rauschen der Motoren. T-Shirt durchgeschwitzt. Pistole drückt an meine Rippen. Nein, tut sie nicht. Ich hab das Holster ausgezogen, die Sachen im Auto gelassen. Kann ich Sergio trauen? So oft ist mir die Waffe lästig, stört mich, jetzt vermiss ich sie, fühl mich nackt. Ich darf sie nicht abnehmen. Nicht in einer Situation wie dieser. Klug war das alles nicht. Ich hätt in München aussteigen sollen. Was geht mich der Privatkrieg von Sergio gegen die Mafia an? Die vergangenen Tage waren völliger Wahnsinn. Und ich kleb wie Pech an dem Typen. Warum bringt er seine Familie so in Gefahr? Was ist ein solches Risiko wert? Ja, das ist der springende Punkt: Es gibt nichts, wofür man das Wohl der eigenen Familie aufs Spiel setzt – nichts!

Ein Gedanke, ein logischer Gedanke, und ich kann ihn nicht zu Ende denken. Er verpufft in der stickig warmen Luft dieses Tals, das nach Ozon riecht, vom Verkehr der vielen Autos dröhnt. Die Sonne reflektiert grell von den Autos, die Luft hat einen metallischen Geschmack. Irgendwas stimmt nicht. Wo ist unser Wagen? Ganz hinten. Ich geh vorbei an den parkenden Autos, seh Menschen mit Bechern, Schokoladeriegeln, belegten Broten in den Händen. Geisterbahn, ich nehm sie nicht wirklich wahr, sie sind Puppen, Statisten. Ich gleit wie auf Schienen. Nein, meine Füße berühren gar nicht den Boden. Oder? Da ist unser Auto. Sergio sitzt nicht am Steuer, steht auch nicht daneben. Meine Hand geht an die Waffe. Die da nicht ist. Die im Auto ist. Wo Sergio nicht mehr ist. Verdammt! Was ist das für ein Auto neben unserem? Was ist das für ein Typ, der jetzt aus dem Wagen steigt? Ich weiß es sofort. Nicht, wer er ist, aber was er will. Mich. Klar, ich bleib cool, ich mach alles, was du willst. Logisch. Glaubst du. Ich geh auf dich zu. Stolper, fall hin, zieh dir die Beine weg. Ich hab dich am Arsch, ich hab deine Waffe. Aha, Schalldämpfer. Ein falscher Move, und dein Hirn ist am Pflaster. Lautlos. Sergio schreit irgendwas, ich seh das Blitzen in dem Auto, etwas pfeift an meinem Gesicht vorbei – du Arsch! –, ich drück ab, Scheiben

zerbröseln, ich halt drauf. Schieß das Teil leer, ins Auto. Und eine
ins Bein von dem Arschloch draußen. Dann hör ich unser Auto,
Sergio schreit. Ich schrei auch. »Klaus, was ist los!«

»Was los ist? Siehst du es nicht?«

»Wach auf!«

Ich mach die Augen nicht auf. Schrei immer noch. Ein nasser
Lappen schlägt mir ins Gesicht. Ich mach die Augen auf.

»Klaus!«

»Wer? Wo …?«

»Ich bin's, Sergio. Wir sind in Sicherheit.«

»Wo? In Sicherheit?«

»Eine Hütte in den Bergen.«

»In welchen Bergen?«

»Das spielt jetzt keine Rolle.«

»Hab ich wirklich geschossen? Auf diesen Typen?«

»Es war Notwehr. Komm, Klaus, trink was.«

»Nein, ich trink nichts mehr. Da ist wieder was drin. Hör
zu, Sergio, ich rette dich vor deinen Verfolgern, und du be-
handelst mich wie eine Geisel. Erzähl endlich die Wahrheit!
Worum geht es bei der ganzen Scheiße? Ich hab die Wahrheit verdient! Was wollen die von dir?«

Baroli überlegt. Schließlich nickt er. »Okay, ich sag's dir.«

»Alles?«

»Ja, alles. Im Detail. Ich war mit einem Journalisten dran,
ein umfangreiches Dossier über die Geschäftsstrukturen eines Mailänder Kaffeeproduzenten zu erstellen. Emanuele
Riccardi von der Zeitschrift *Profilo* arbeitete schon seit Monaten an der Story. Er brauchte Hilfe. Die Geschichte war zu
groß geworden für einen Artikel in Riccardis Zeitschrift. Ich
bin in die Recherchen eingestiegen. Wir waren kurz vor dem
Abschluss. Riccardi war tief in die Datenbanken von Mailänder Wirtschaftsunternehmen vorgedrungen.«

»Ein Journalist und Superhacker?«

»Er hatte Hilfe von Spezialisten, von Insidern. Darüber hat er nicht einmal mir was gesagt. Quellenschutz war Riccardi heilig. Jedenfalls hatte er Unmengen von internen Daten und Unterlagen. Ich hab Kontakt aufgenommen zu Marco Rivelli, dem Mailänder Staatsanwalt. Den kannte ich noch von den Recherchen zu meinen Büchern. Er hatte in den Jahren zuvor in Sizilien hart gegen die Mafia durchgegriffen. Rivelli war sehr interessiert an den Unterlagen, verlangte aber, dass Riccardi und ich persönlich vor Gericht aussagen. Ich hab mich mit Riccardi verabredet, um das weitere Vorgehen zu besprechen. Das war Mitte April. Ich bin zu ihm nach Segonzano gefahren. Er machte nicht auf, ging nicht ans Handy. Ich hatte ein ungutes Gefühl und bin einmal um den Büroturm gegangen, und da hab ich ihn gefunden. Er lag im Hof hinter einem Stapel Paletten. Tot. Offenbar abgestürzt. Er hatte seine Schlüssel bei sich. Ich bin in die Wohnung hoch und wollte die Daten sicherstellen. Die Tür war nicht aufgebrochen. Aber sein Laptop war schon weg. Wobei ich nicht glaube, dass er die Sachen da einfach auf der Festplatte hatte. Ich wusste nicht, wo er die Daten sonst noch aufbewahrt, oder wie ich an das Passwort zu seiner Cloud komm. Ich hab die ganze Nacht gesucht, aber ich hab nichts gefunden. Am Ende war es ganz einfach – ich hatte die Daten schon die ganze Zeit in der Hand. An seinem Schlüsselbund war ein kleines Schweizer Taschenmesser – mit USB-Stick. Da waren die Daten drauf.«

»Das soll ich dir jetzt glauben?«

»Glaub es oder nicht.«

»Und das Taschenmesser haben die Leute, die ihn da runtergeschmissen haben, nicht gefunden?«

»Vielleicht wussten sie gar nicht, dass er da unten liegt. Ich hab auch überlegt, was passiert sein könnte. Er hat mich erwartet, wir waren verabredet. Es klingelt. Er macht auf, erledigt noch was an seinem Schreibtisch und merkt gerade noch, dass nicht ich es bin, sondern jemand anderes. Vielleicht wollte er sich auf der Dachterrasse verstecken oder ein Stockwerk runterklettern …«

»Ja, klar, so Spiderman. Ganz bestimmt. Und du, warum hast du nicht die Polizei gerufen, als du ihn gefunden hast?«

»Ich hatte panische Angst. Ich hab Rivelli informiert und der hat die örtliche Polizei in Marsch gesetzt.«

»Und lass mich raten: Der Staatsanwalt sagt der Polizei nichts über die möglichen Motive für den Einbruch? Hey komm, das glaub ich dir nicht!«

»Doch, die Geschichte ist so heiß, dass jede Information in diese Richtung die Ergebnisse unserer Arbeit gefährdet hätte.«

»Ja, klar. Und du setzt dann einfach deine Tournee als Starautor fort. In München.«

»Ich wollte nicht auffallen. Niemand wusste, dass außer Riccardi noch jemand an dieser Geschichte arbeitete. Nur der Staatsanwalt.«

»Ach komm, so dumm werden die bei der Mafia sein. Dich nicht ebenfalls im Blick haben. Dich, als Autor von Mafiabüchern. Dass ich nicht lache.«

»Du überschätzt meine Bedeutung für die Mafia. Die Mafiosi lachen sich einen Ast, wenn sie meine Bücher lesen. Das sind für die nur alte Geschichten, die ihnen auch noch helfen bei der Legendenbildung. Die Arbeit der Mafia ist ständig in Bewegung, so ein Buch bildet bestenfalls einen kurzen, vergangenen Zustand ab.«

»Und das gilt für deine aktuellen Recherchen nicht?«

»Das ist was anderes. Das ist ein sehr konkreter Fall, da sind Namen drin, von Firmen, von bis dato unbescholtenen Geschäftsleuten. Wenn diese Unterlagen publik werden, bebt die Erde in Oberitalien, da müssen viele ihren Hut nehmen: Industrielle, Politiker, auch Polizisten.«

»Wenn das alles so heiß ist, warum hat dieser Staatsanwalt Rivelli dich nicht in Schutzhaft nehmen lassen?«

»Dann wären sofort Fragen aufgetaucht. In so einer Behörde bleibt doch nichts geheim. Ich hab mit Rivelli vereinbart, weiter meinen aktuellen Verpflichtungen nachzugehen, während er den Prozess vorbereitet. Aber dann ist es irgendwie doch durchgesickert, dass ich als Kronzeuge in dem Prozess auftreten sollte. Ich sollte mich nach Mailand in Polizeischutz begeben. Aber das wollte ich nicht. Ich war gerade auf dem Kongress in München. Da haben sie mir diese Leibwächter verpasst. Und dann passierte das erste Attentat in München.«

»Und du bleibst am Ball, ganz cool, willst trotz des Attentats auch noch die Zirkusveranstaltung durchziehen.«

»Klaus, ich bin ein trotziger Typ. Wenn du mich reizt und mir sagst, das schaff ich nicht, das trau ich mich nicht, dann setz ich alles daran, das Gegenteil zu beweisen. Ja klar, das war alles ein Fehler. Ich dachte, dass mich die große Öffentlichkeit schützt, dass sie es nicht wagen, mich anzugreifen. Es ist anders gekommen. Ich hab andere Menschen gefährdet, dich, meine Familie.«

»Ja, das krieg ich nicht zusammen, das mit deiner Familie. Die wird entführt, und du machst immer noch weiter mit den Spielchen. Nach der ganzen Action gibst du den zwei Typen im Hotel nicht die Daten, sondern flüchtest mit mir, betäubst mich. Das alles macht doch keinen Sinn!«

»Wer spinnt hier? Du drehst auf dem Parkplatz durch, spielst Bruce Willis.«

»Du hast meine Frage nicht beantwortet. Wie ist das jetzt mit deiner Familie?«

»Der wird nichts passieren, solange ich die Daten hab. Hoffe ich.«

»Komm, die Nummer kenn ich schon. Ich sag dir eins: Die lassen sich nicht verarschen. Geht's dir wirklich nur um den Scheiß-Prozess? Und was ist mit mir, wie lange willst du mich hier noch festhalten?«

»Bis der Prozess beginnt, bleibst du bei mir. Du weißt zu viel. Wenn du jetzt wieder auftauchst, werden die dich schnappen und in die Mangel nehmen. Du hast doch gesehen, dass die vor nichts zurückschrecken.«

Hummel schüttelt den Kopf. »Sergio, jetzt mal ganz sachlich: Was du hier machst, das ist Freiheitsberaubung.«

»Ja, das tut mir leid.«

»Nein, es tut dir nicht leid. Du bist das Letzte! Du bist echt ein Arschloch. Das mein ich ernst.«

Baroli schnaubt auf. Dann zieht er die Jacke an, geht wortlos nach draußen, schließt die Tür hinter sich ab.

Hummel grübelt. Der Typ geht über Leichen. Tut er das? Die ganze Situation hier ist surreal. Die Sache mit dem Parkplatz – ein Drogenalbtraum? Was hat ihm Sergio untergejubelt? Warum kann er sich so gut an die Parkplatzgeschichte mit der Schießerei erinnern? Erinnern? Hat Sergio es ihm nur eindringlich und oft genug erzählt? Will er ihn damit als Komplizen an sich binden? Nein, er ist nicht sein Komplize! Scheiße, sein Knie tut weh, irgendwas muss vorgefallen sein. Hummel riecht an seinem rechten Ärmel. Kann man Schmauchspuren nach Tagen noch riechen? In der rauchig-schweißigen Hütte sicher nicht. Nein, er hat niemanden umgebracht. Er würde so etwas nicht tun. Niemals! Er ist ein gut ausgebildeter Kriminalbeamter, der die Waffe nur im äußersten Notfall einsetzt. Wenn es so war, wie Sergio erzählt hat, er wäre zu den Männern ins Auto gestiegen, hätte keine Actionszene daraus gemacht. Oder hat das Mittel in der Trinkflasche seine Sinne so getrübt, dass er Dinge getan hat, die er sonst nicht tun würde?

Er will raus aus dem Albtraum, er will zurück nach München. Wenn Sergio unbedingt das Leben seiner Familie gefährden will, dann ist das seine Sache. Er hingegen kennt die Leute nicht, sie gehen ihn nichts an. Bei der nächstbesten Gelegenheit wird er abhauen. Aber wie? Momentan geht das nicht. Türen und Fenster sind fest verschlossen. Wo ist Sergio schon wieder? Mit wem trifft er sich? Wenn Sergio jetzt etwas passiert und niemand weiß, dass er hier in der Hütte ist, was dann? Hummel sieht sich um. Nichts, was geeignet ist, um Tür oder Fenster aufzustemmen. Feuer? Klar, der Glühstrumpf der Gaslaterne. Aber der Rauch würde ihn schneller vergiften, als sich das Feuer durch die Holztür frisst. Ihm bleibt nichts anderes übrig, als abzuwarten, ruhig zu bleiben. Er denkt an Beate. Ob sie überhaupt weiß, dass er weg ist? Manchmal sehen sie sich ja tagelang nicht, ohne dass der andere hinterher gleich fragt, was los war. Bestimmt haben die anderen ihr Bescheid gegeben. Hoffentlich macht sie sich nicht zu große Sorgen.

Ihm ist kalt. Er zapft sich Wasser aus dem Plastikkanister und füllt den Teekessel, stellt ihn auf den Gaskocher. Sucht Tee. Findet eine Packung Fencheltee. Beruhigt Magen und Neven. Passt. Draußen pfeift der Wind scharf. Wenn er Zettel und Stift hätte, könnte er wenigstens ein paar Zeilen schreiben. Aber was? Ein Liebesgedicht für Beate? Ein paar letzte Worte. Ha, das ist nicht witzig. Nein, in der Stimmung würde nichts Gutes dabei rauskommen. Oder vielleicht gerade? Er könnte die Ereignisse der letzten Tage aufschreiben, versuchen sich darüber klar zu werden, was wirklich passiert ist. Nein, das bekommt er nicht hin. Alles unklar, zusammen-

hanglos. Da ist ein großes schwarzes Loch, das die Parkplatzgeschichte nicht überzeugend füllt.

Über seine Ängste und Befürchtungen könnte er schreiben.
Das wäre realistisch. Er nimmt den Kessel von der Flamme,
dreht das Gas aus und gießt Tee auf. Lässt ihn kurz ziehen.
Bläst den Dampf über die Tasse. Nippt. Lippen brennen. Er
starrt an die dicken Bohlen der Hüttendecke.

AUF DEN LEIM

Die Verkehrskontrolle auf der Landstraße kommt aus dem
Nichts. Sehr überraschend. Hinter einer Kurve steht ein
blauer Polizeiwagen, einer der zwei Uniformierten hebt die
Kelle. Zankl fährt rechts ran. Ein Carabiniere kommt zu ihrem Wagen.

Dosi stöhnt leise. »Warst du zu schnell?«

»Nein. Glaub nicht. Keine Ahnung, was die wollen. Vielleicht ist das nur eine ganz normale Verkehrskontrolle.«

Brav zeigt Zankl Führerschein, Fahrzeugpapiere, Ausweis.
Und sogar Verbandskasten und Warnwesten.

»War's das?«, fragt Zankl schließlich.

Nein, offenbar nicht. Die zwei Carabinieri durchsuchen
den Kofferraum und das Wageninnere.

»Wenn Sie uns sagen, was Sie suchen, können wir vielleicht behilflich sein«, meint Dosi schnippisch.

Die Polizisten sind nicht zum Plaudern aufgelegt und holen einen Schäferhund aus ihrem Wagen. Bajazzo wird nervös. Dosi auch. Richtig nervös. Sie sieht Zankl an. Doch er ist
die Ruhe selbst. Sogar, als der Schäferhund ihn beschnüffelt.
Zankl tätschelt ihn lächelnd.

Kurz darauf fahren sie weiter.

»Wo hast du das verdammte Zeug?«, fragt Dosi.

»Welches Zeug?«

»Das Koks! Wo ist es?«

»Da, wo wir es gefunden haben. Ich hab's zurückgelegt. Plötzliche Eingebung.«

»Sauber, Zankl. Fast wären wir denen auf den Leim gegangen.«

»Am liebsten würde ich gleich noch mal zurück, das Päckchen holen und es unserem putzigen Marcello in die Hand drücken. Was meinst du, was der für Augen macht. Kein Wunder, dass er uns da rumsuchen lässt.«

»Vielleicht hat Marcello damit gar nichts zu tun.«

»Ja. Ganz bestimmt, du verliebte Maus.«

»Hey, hör mal! Das macht doch keinen Sinn. Dein Freund Carlo macht den Kontakt. Ohne ihn wären wir nicht hier, und uns müsste niemand vergraulen.«

»Ja, da hast du recht. Irgendwie.«

»Da haben noch andere ihre Finger im Spiel. Also, sagen wir Marcello was wegen des Koks?«

»Nein, wir sind ein bisschen doof und haben in der Wohnung nichts gefunden. Das mit dem Überwachungsvideo kommt mir auch komisch vor. Die Polizisten hier sind nicht blöd. Die haben die Videos doch garantiert gecheckt.«

»Vielleicht haben sie nur die Aufnahmen von der Nacht zum 18. April gecheckt?«

Zankls Handy piept. Er reicht Dosi das Handy und konzentriert sich auf die kurvige Straße. Dosi liest die Nachricht. »Das Nummernschild. Ein Mietwagen. Gemietet von … Na, rat mal?«

»Baroli?«

»Genau.«

Zankl schlägt aufs Lenkrad. »Yes! Das ist doch schon mal was!«

»Nur – was bedeutet das? Dass er in der Todesnacht auf dem Speditionsgelände war, heißt nicht automatisch, dass er Riccardi vom Dach gestoßen hat.«

»Ja, dazu muss er sich äußern.«

»Fragt sich nur: wann und wo?«

FANTASTICO

Marcello wartet bereits in der Bar *Amoretti* auf Dosi und Zankl. Diesmal in Zivil. Guter Anzug. Muss Zankl neidlos anerkennen. Rest auch top. Wäre da nicht sein hochfrequentes Organ.

»Allora, amici, alles gut?«, trällert Marcellos Countertenor.

»Tutto bene«, sagt Zankl.

»Habt ihr noch was gefunden?«

»Leider nein. Auch kein Hinweis auf unseren Kollegen oder Baroli. Ich denke, wir belassen es dabei. Morgen fahren wir wieder heim. Was trinkst du da?«

»Einen Amaro. Auch einen Aperitivo?«

»Sehr gerne.«

Als Dosi von der Toilette kommt, stehen drei Kräuterliköre mit Eis und Zitrone auf dem Tresen. Sie stoßen an.

»Auf euch!«, quäkt Marcello.

»Auf dich, auf Italien!«, antwortet Dosi.

Bajazzo bellt zustimmend.

»Wo wohnt ihr?«, fragt Marcello.

»Im *Bella Casa* gegenüber.«

»Perfetto. Kurze Wege. Heute Abend seid ihr meine Gäste!«

Dosi winkt ab. »Nein, wir laden dich ein!«

»Das könnt ihr machen, wenn ich nach München komm und ich alle meine Brüder mitbring zum Oktoberfest. Heute Abend gehen wir ins *Gallo Nero.* Das gehört meinem Onkel.«

»Das klingt gut«, meint Dosi. »Ich hab echt Hunger.«

»Leider kann mein Onkel überhaupt nicht kochen.«

Sie sehen ihn verdutzt an.

»Aber seine Mama und seine Frau. Fantastico!«

Und so ist es. Wenn es das Klischee gibt, dass in Italiens Küchen gezaubert wird, dann stimmt es in diesem Fall zu hundertfünfzig Prozent. Denkt Dosi. Das Essen ist umwerfend. Zankl geht immer mal wieder auf die Gasse raus, um zu rauchen und nach Bajazzo zu sehen, der sich mit ein paar Knochen aus der Küche beschäftigt. Dosi unterhält sich blendend mit Marcello, der auf Teufel komm raus mit ihr flirtet. Der hervorragende Rotwein überbrückt die letzten Sprachbarrieren.

Vor der Nachspeise sagt Dosi plötzlich: »Oh, Mist, ich wollte Fränki ja noch anrufen.« Sie schnappt sich das Handy vom Tisch und stürmt raus.

Marcello grinst dämlich und ordert Grappa. Zankl lacht. Er stößt mit Marcello an, erzählt ihm die Story, wie er mit Carlo auf einer Oldtimerrallye war und sie im Schneetreiben auf dem Kreuzbergpass in Südtirol den Reifen wechseln mussten. Und natürlich von der Abschlussparty in Venedig, wo nicht nur attraktive Damen im Whirlpool saßen, sondern überraschend auch sein Oberchef aus dem Aufgussdampf in der Sauna auftauchte. Begegnung der dritten Art. Marcello lacht schallend. Sie bestellen noch eine Runde Schnaps.

»Und, alles gut zu Hause?«, fragt Marcello, als Dosi wieder von draußen reinkommt.

»Tutto va bene. Wir sind heute Morgen so spontan auf-
gebrochen, dass ich ganz vergessen hab, Fränki anzurufen.
Schon peinlich. Er hat extra gekocht. Fränki kocht sehr gut.
Aber gegen eure italienische Küche hätte er nicht den Hauch
einer Chance. Definitiv. Das Essen war fantastisch, Marcello.
Wo bleibt der Nachtisch?«

Kaum hat sie es gesagt, kommt das Dessert. Ein Traum in
Mascarpone. Gefolgt von einem sehr starken Caffè.

»Boh«, sagt Zankl schließlich, »das war der Hammer. Ich
bin platt. Also, wenn ihr zwei noch in die Disco wollt, nur zu.
Ich muss ins Bett.«

Dosi gähnt. »Ich auch.«

»Wann müsst ihr denn morgen los?«, fragt Marcello.

»Gleich nach dem Frühstück geht's zurück.«

»Oh, das ist schade, wir hätten noch einen Spaziergang
machen können. Zu den Felspyramiden. Die sind berühmt
in der Region hier. Sehr ungewöhnlich.«

»Leider nein«, meint Zankl. »Die Familie ruft.«

»Dann komm ich zumindest zum Frühstück.«

»Marcello, das machst du nicht!«, sagt Dosi bestimmt. »Du
hast schon so viel für uns getan. Der Sonntag gehört der Familie. Auch deiner.«

Sie verabschieden sich auf dem nächtlichen Marktplatz.

Als Marcello verschwunden ist, sagt Zankl: »Boh – ›der
Sonntag gehört der Familie‹ – Wo hast du den Spruch her,
Dosi?«

»Gut, gell? Doppeldeutig.«

»Meinst du, er arbeitet für die Mafia?«

»Bin ich eine Hellseherin?«

»Nein. Und eine nur mittelmäßige Schauspielerin. Was
sollte das mit Fränki? Ihr habt heute schon mindestens fünf
Mal telefoniert.«

»Ich hab noch was erledigt.«

»So? Was denn?«

»Dienstlich.« Dosi zieht ihr Handy raus und öffnet eine App. »Siehst du den blinkenden Punkt?«

»Ja, was ist das?«

Dosi deutet zu dem Motorrad vor der Polizeistation.

»Ist das Marcellos Maschine?«, fragt Zankl.

»So ist es. Ich hab ihm ein Airtag unter den Tank geklebt.«

»Sag bloß?«

»Aus privaten Mitteln finanziert. Die Polizei ist ja immer klamm.«

»Und was willst du damit herausfinden?«

»Ach, was er so treibt, wo er hinfährt.«

»Heute nirgendwohin mehr. Der hat mindestens eine Flasche von dem guten Roten intus.«

»Aber morgen.«

»Marcello hat doch gesagt, dass er den Nachmittag mit seiner Familie verbringen will, mit den Töchtern nach Trient ins Kino einen Kinderfilm ansehen.«

»Bis mittags Ganove, nachmittags dann braver Papa. Mit gutem Zeitmanagement geht da noch was. Der denkt, wir sind bereits abgereist, und wir schauen mal, was er so treibt.«

»Okay, du Top-Spionin.«

»Ich hab das Gefühl, dass Hummel irgendwo in der Nähe ist. In den Bergen. Mit Baroli. Und Marcello weiß, wo.«

Zankl nickt. »Und wir stören bislang. Irgendwer will uns hier loswerden. Warum sonst die Sache mit dem Koks?«

»Ach, das war nur eine kleine Warnung. Sie wollten uns damit zeigen, dass sie unangenehm werden können, wenn wir Dinge rauskriegen, die ihnen nicht passen.«

»Aber wer soll das sein, Dosi? – *Die?* Die Polizei? Die Mafia?«

»Ich weiß es nicht. Vielleicht beide. Die Carabinieri, die uns gestoppt haben, wussten jedenfalls genau, was sie suchen.«

Zankl nickt nachdenklich.

ZEITLUPE

Hummel sieht Baroli beim Kochen zu. Doseneintopf. Der Tag war endlos zäh gewesen, die Zeit ist gekrochen. Baroli war unterwegs, und er war hier eingesperrt. »Zu deiner eigenen Sicherheit«, hat Baroli gerade noch mal gesagt.

Dass ich nicht lache!, denkt Hummel. Er hat sich frierend Tee gekocht, und seine Gedanken waren in Zeitlupe durch seinen Kopf geschlichen. Was geht in deinem Kopf vor, Sergio?, fragt er sich jetzt wieder. Warum hältst du mich hier fest? Kein Schwein interessiert sich für einen kleinen deutschen Polizeibeamten. Gibt es einen höheren Plan?

»Essen ist fertig«, sagt Baroli. »Komm, du musst was essen.«

Muss ich?, fragt sich Hummel. Doch. Ja, er hat Hunger. Er wälzt sich aus dem Bett.

ATEMBERAUBEND

Ein kristallklarer Morgen. Dosi sieht nach draußen. Die Berge sind unwirklich nah und leuchten an den Spitzen weiß. Zuckerguss. Dosi öffnet das Fenster, sieht auf den Marktplatz, atmet tief durch. Es riecht nach Mandeln. Der Duft kommt von der Bäckerei. Neben der Bar, wo sie gestern den Abend begonnen hatten. Komisch, sie hat kein Kopfweh, obwohl sie bestimmt vier Gläser getrunken hat. Guter Wein, gute Luft. Die ganze Sache kommt ihr jetzt ziemlich merkwürdig vor, unwirklich. Der schöne Marcello mit seinem Quäkorgan, die Geschichte mit dem Koks. Hummel – steckt er wirklich irgendwo hier? Marcellos Motorrad steht noch am selben Ort wie gestern Nacht. Sie sieht Zankl mit einer Papiertüte aus der Bäckerei kommen. Er winkt ihr. Sie winkt zurück und packt ihre Sachen.

»Kaffee trinken wir unterwegs«, sagt Zankl im Auto. »Ich hab Mader einen kurzen Bericht gemailt.«

»Und, was sagt er?«

»Hat sich noch nicht gemeldet.«

Dosi vertieft sich in die Tüte mit dem Gebäck, verteilt Brösel im Auto. Bajazzo schnuffelt neugierig. Bald passieren sie das Ortsschild. Sie stellen sich in einen Feldweg rechts der Straße und warten ab. Dosi sieht zu dem Gewerbegebiet, zur Spedition mit den Lagerhallen und dem Büroturm.

»Zankl, glaubst du, dass Baroli Riccardi umgebracht hat?«

»Nein, nicht wirklich. Was wäre sein Motiv?«

»Die Unterlagen?«

»Warum?«

»Um sie allein zu veröffentlichen. Der Erste zu sein. Um einen weiteren Bestseller zu landen.«

»Dafür bringt man niemanden um. Anderer Vorschlag?«

»Vielleicht möchte jemand, dass wir glauben, dass Baroli es war. Um ihn zu diskreditieren. Wegen des Prozesses.«

Zankl nickt. »Ja, kann sein. Und Hummel, was ist mit ihm? Warum hängt er in dieser Geschichte mit drin?«

Dosi zuckt mit den Achseln. »Wahrscheinlich hat er einfach Pech gehabt. Er hätte Baroli nicht in das Hotel begleiten sollen. Vielleicht hat Hummel dort etwas gesehen, was er nicht hätte sehen sollen. Und jetzt könnte er die Glaubwürdigkeit Barolis vor Gericht beeinträchtigen.«

Jetzt meldet sich die App. Der Punkt bewegt sich. Marcello fährt los.

»Unsere Richtung«, sagt Dosi.

»Sieht ganz so aus. Er wird gleich hier vorbeikommen.«

Tatsächlich vergehen keine zwei Minuten, bis Marcello knatternd an ihnen vorbeifährt.

Zankl gibt ihm einen kleinen Vorsprung, dann schert er aus dem Feldweg auf die Straße ein. Sie folgen ihm auf der kurvenreichen Straße bis zur Talstation einer Gondelbahn.

Kurz darauf geht es bergauf. Zankl und Dosi haben eine Vierergondel für sich. Atemberaubendes Bergpanorama. Wanderer auf steilen Pfaden. Kletterer im weißgrauen Stein. Und Gämsen. Oben ist es trotz Sonnenschein erstaunlich kühl. Sie folgen Marcello und dem Wegweiser zum Rifugio Tonino. Der Weg ist steinig. Überall noch Reste von Schneefeldern. Sie merken schnell, dass ihre Halbschuhe für das Gelände völlig ungeeignet sind. Als sie die Hütte erreichen, schmerzen ihre Füße. Bajazzo hat die Strecke mit Leichtigkeit absolviert. Von Marcello keine Spur.

»Wo ist er?«, murmelt Dosi.

»Wird schon wieder auftauchen. Wen wird er hier treffen?«

»Da bin ich auch gespannt.« Dosi lässt sich auf eine Bank sinken. Das Rifugio Tonino ist zur Mittagszeit gut besucht. Wochenende. Dosi hat gerade ihre Speckknödel in Auftrag gegeben, als Zankl sie anstupst. Baroli! Ist einfach aus dem Nichts aufgetaucht. Sie drücken sich in den Schatten der Hüttenwand. Baroli setzt sich auf die Terrasse, bestellt etwas zu trinken, raucht. Er trägt Wanderkleidung. Wo ist Hummel? Sollen sie gleich … Nein. Marcello setzt sich zu Baroli.

Nicht ohne ihn vorher zu umarmen. Sie reden. Als sich Wanderer an ihren Tisch dazusetzen, stehen sie auf und gehen auf die Almwiese unterhalb der Sonnenterrasse.

»Ich wüsste zu gern, was die beiden zu bereden haben«, sagt Dosi, als sie Baroli heftig mit den Händen gestikulieren sieht. »Sollen wir einschreiten?«

»Auf keinen Fall!«

»Wir könnten ihnen ein Angebot machen«, überlegt Dosi. »Gebt uns Hummel, und wir vergessen das Ganze.«

»Ich glaub nicht, dass es so einfach ist.«

Jetzt gehen Baroli und Marcello zu einem Jeep, der hinter der Hütte steht.

Zankl wird nervös. »Scheiße, wo fahren die hin?«

Marcello rollt den Wirtschaftsweg hinunter, lässt die Kupplung kommen. Röchelnd nimmt der Motor seinen Betrieb auf. Kurz darauf ist das Knattern des Zweitakters verklungen.

»Na, super. Jetzt stehen wir da wie die Deppen. Was machen wir, Dosi?«

»Wir warten, bis Marcello zurückkommt«, sagt Dosi.

»So, und warum sollte er zurückkommen?«

»Weil er Baroli zurückbringt«, erklärt Dosi. »Der ist zu Fuß gekommen. Von oben. Sonst müsste er jetzt nicht nach unten. Vielleicht dealen sie was aus wegen seiner Familie. Und Marcello ist der Mittelsmann.«

»Das kann ewig dauern, bis die zurückkommen«, murrt Zankl.

Dosi sieht auf die Uhr. »In zwei Stunden ist er wieder hier. Spätestens.«

»Wieso?«

»Marcello will doch noch mit seinen Kindern ins Kino.«

»Na, aber ganz sicher, Dosi.«

»Hat er gestern gesagt. Sechzehn Uhr. Er ist ein Familienmensch.«

Der Kellner bringt das Essen. Dosi haut rein. Zankl hat keinen rechten Appetit, löffelt unwillig seine Minestrone. Sieht mit Sorge zum Himmel hoch. Wolken.

VIER AUGEN

Der Donner rollt. Aber Marcello und Baroli kehren tatsächlich zurück. Sie verlassen das Auto, Marcello geht zur Gondelbahn, und Baroli steigt bergan. Dosi und Hummel folgen ihm in gebührendem Abstand. Es beginnt zu nieseln.

»Scheiße«, lautet Zankls Kommentar zur Witterung.

Womit er ganz richtig liegt. Definitiv die falschen Wetter- und Geländeverhältnisse für ihre Kleidung und vor allem für ihre glatten Schuhsohlen. Sie haben Probleme, Baroli nicht aus den Augen zu verlieren. Auch weil jetzt dicke Wolken über den Bergkamm drücken. Kurz darauf stehen sie im Nebel, sehen die Hand vor Augen kaum. Sie entdecken Barolis Fußspuren in einem Schneefeld, folgen ihnen. Ihre Schuhe sind klatschnass.

»Dosi, bleib stehen. Das hat keinen Sinn.«

Nichts. Keine Antwort. Zankl flucht. Er wagt es nicht, laut zu rufen. Muss er auch nicht. Das tut Dosi schon selbst. Sie schreit gellend. Dann Stille.

»Dosi?«, ruft Zankl.

Bajazzo bellt.

Keine Antwort von Dosi. Die Nebelsuppe ist zum Schneiden dick. In kleinen Schritten bewegt sich Zankl vorwärts. Ein falscher Tritt ... Kurz reißt die Nebelbank auf, er sieht, was passiert ist: Dosi ist einen steilen Abhang runtergerutscht und sitzt zehn Meter tiefer auf einem Felsen und reibt sich den Knöchel.

»Dosi, alles gut?«

»Geht schon.«

»Tut's weh?«

»Ja.«

»Kannst du auftreten?«

Sie versucht es und verzieht das Gesicht vor Schmerzen.

»Ist etwas passiert?«

Zankl erschrickt und dreht sich um. Baroli!

»Sind Sie verletzt?«, fragt dieser. »Kann ich helfen?«

Zankl ist zu verdattert, um gleich zu antworten. Merkt Baroli nicht, wen er da vor sich hat? Nein. Sie haben sich in München ja nur ganz kurz gesehen. Wenn überhaupt.

Baroli sieht missbilligend auf Zankls Halbschuhe.

Zankl zuckt entschuldigend mit den Achseln. Baroli stemmt sich mit seinen groben Bergstiefeln in den rutschigen Hang und steigt zu Dosi runter. Er reicht ihr die Hand, und gemeinsam schaffen sie es nach oben. Wobei Dosi mehrmals ausrutscht.

»Danke, das ist sehr nett von Ihnen«, bedankt sie sich.

»Kommen Sie, ich stütze Sie. Bis zu meiner Hütte sind es nur ein paar Minuten.«

Dosi und Zankl wissen gar nicht, was sie denken sollen, das Ganze verwirrt sie komplett. Was gerade passiert, passt so gar nicht zu ihrem Bild von Baroli. Sie nehmen Dosi in die Mitte.

Bald taucht eine kleine Schutzhütte aus dem Nebel auf.

Dosi sinkt auf die Bank vor der Hütte, zieht den Schuh aus und legt den Fuß hoch.

Es donnert heftig. Dann Starkregen.

»Gerade noch rechtzeitig«, sagt Baroli. Er sperrt auf und geht in die Hütte.

Hummel schreckt hoch. Er hat geschlafen.

»Keine Panik, Klaus. Ich bin's. Ich hab Besuch dabei.«

Hummel reibt sich die Augen.

Baroli dreht das Gaslicht höher.

Hummel erhebt sich vom Bett. Ihm fallen fast die Augen raus, als Zankl die Hütte betritt. Der legt schnell den Zeigefinger auf die Lippen. Hummel nickt. Bajazzo verhält sich vorbildlich. Tut, als hätte er den Mann noch nie gesehen.

Sie stellen sich mit Vornamen vor. Dann geht Zankl raus, um Dosi vorzuwarnen.

Baroli hantiert mit dem Gaskocher. Macht Tee. Er bringt Dosi einen feuchten Umschlag für ihren Knöchel. Die Schwellung ist deutlich zu sehen.

»Vermutlich eine Bänderdehnung«, sagt er. »Der Fuß braucht Ruhe.«

Dosi nickt betreten. Was für eine bescheuerte Situation! Jetzt haben sie Hummel gefunden, und sie ist fußlahm.

Sie trinken Tee und sprechen über das Wetter, die Berge.

»Es wird das Beste sein, ihr bleibt heute Nacht hier. Jetzt kommen wir in die Dunkelheit, und der Regen hört so bald nicht auf.«

Dosi nickt. »Wenn das geht – das wäre toll.«

»Kein Thema, wir haben noch ein paar Decken.«

»Sie machen hier Urlaub?«, fragt Dosi.

Baroli lächelt. »Ja, sozusagen.«

»Ich wollte nicht neugierig sein.«

Baroli geht nicht näher darauf ein. Zankl brennt es auf den Nägeln mit Hummel zu sprechen, aber sie hocken so dicht aufeinander, dass ein vertrauliches Gespräch unter vier Augen nicht möglich ist.

NICHTS GUTES

Mader ist nervös. Jetzt hat Zankls Frau schon zweimal angerufen. Zankl wollte doch heute Abend zurück sein. Das gilt auch für Dosi und Bajazzo. Mader hat es bei Dosi und Zankl auf dem Handy probiert. Erfolglos. Kein Empfang? Das lässt nichts Gutes vermuten. Er bespricht sich mit Günther. Der weiß ebenfalls keinen Rat. Früher als sonst verlässt Mader das Büro, geht nach Hause. Er ist unzufrieden mit sich. Er hätte nicht zustimmen sollen, dass seine beiden Mitarbeiter sich in eine so gefährliche Lage begeben nach den Ereignissen in München, den zwei Attentaten.

Zu Hause macht er sich ein Bier auf und setzt sich auf den Balkon. Sieht in den dämmergrauen Abendhimmel. Er greift in die Brusttasche seines Hemdes, um einen Brühwürfel herauszuholen. Nein, ohne Bajazzo schmeckt der nicht. Bajazzo fehlt ihm. Warum hat er ihn eigentlich mit Doris und Zankl fahren lassen? Na ja, er hatte gedacht, dass Bajazzo ihnen vielleicht irgendwie behilflich sein kann. Komische Idee. Wobei – das wäre ja nicht das erste Mal.

STOCKFINSTER

Hummel wacht auf. Es ist stockfinster und bitterkalt. Er hat etwas gehört. Draußen. Klar, der Wind pfeift. Nein, da war noch was anderes. Geröll? Sind das die Vorboten einer Mure? Er steht auf und will Baroli antippen. Doch der ist nicht in seinem Bett. Hummel lauscht. Hört Dosi und Zankl in dem Stockbett an der anderen Wand leise schnarchen. Ein Grunzer von Bajazzo. Hummel streckt die Hände aus, um sich nicht den Kopf anzuschlagen. Er findet die Tür, sie ist nicht abgesperrt, öffnet sie. Sieht hinaus in die Nacht. Es hat aufgeklart. Mondlicht. Lange Schatten. Schneidende Kälte.

»Sergio?«

»Psst!«, zischt Baroli.

»Hast du auch was gehört?«

»Nur ein paar Steine.«

»Warum sagst du mir nicht endlich, was los ist?«

»Meine Familie ist in großer Gefahr.«

»Das weiß ich. Auch wenn du bisher immer das Gegenteil behauptest. Steckst du in der Mafiageschichte selbst mit drin?«

»Nein. Aber das ist alles sehr komplex. Ich hab die unterschätzt. Es ist nur eine Frage der Zeit, bis die rauskriegen, wo wir sind.«

»Wer sind DIE? Die Polizei, die Mafia, beide?«

»Ich kann niemandem trauen.«

»Mir auch nicht?«

»Es ist besser, wenn du nicht zu viel weißt.«

»Ich trau dir nicht.«

»Das tut mir leid. Wirklich. Aber es geht um meine Familie. Morgen fahren wir nach Mailand. Dort werde ich die Daten übergeben. Und sie lassen meine Familie frei.«

»Und was ist mit mir?«

»Du kannst morgen auch gehen.«

»Und wie geht es dann weiter bei dir?«

»Staatsanwalt Rivelli gewährt mir und meiner Familie Polizeischutz.«

»Und du meinst wirklich, dass das alles klappt? Also, wenn du denen die Daten gibst?«

»Es muss klappen. Es wird klappen. Bei denen ist der Druck enorm hoch. Die Wirtschaftsbosse haben Angst um ihre Geschäfte.«

»Und wenn jemand erfährt, dass keine Zeit mehr bleibt, um sich auf den Prozess vorzubereiten?«

»Davon wissen nur Rivelli und ich. Und du. Ich verlass mich auf dich. Komm, wir gehen rein.«

GEGENLICHT

Am Morgen ist Baroli weg.

»Meinst du, er hat gemerkt, dass wir Polizisten sind?«, fragt Zankl.

Hummel streckt sich. »Nein, er hätte was gesagt. Wo ist er? Er wollte heute nach Mailand zu dem Staatsanwalt.«

»Vielleicht ist er nur kurz Zigaretten holen«, murmelt Dosi.

Die Tür fliegt auf. Zwei maskierte Männer stürmen in die Hütte. Mit MPs. Die Männer zerren die drei Hüttenbewohner nach draußen. Einer geht rein und stellt die Hütte auf den Kopf. Kommt fluchend wieder raus. »Wo ist er?«

Die Angesprochenen zucken mit den Schultern.

»Heute Nacht war er noch da«, sagt Hummel.

Die Maskierten treten ein paar Meter zur Seite und reden wild aufeinander ein. Auf Italienisch. Dann wenden sie sich an die Münchner. Der Rädelsführer hebt die Waffe. »Ihr verschwindet hier! Sonst …!«

»Boh, echt!«, stöhnt Zankl. »Die Nummer wird mir zu heiß. Wir steigen jetzt den Berg runter und fahren heim. Ich bin raus. Ich hab Familie. Wir haben gesagt, wir finden Hummel. Das haben wir geschafft. Soll Baroli doch allein mit seiner Mafiascheiße klarkommen.«

»Erst mal müssen wir den Berg runterkommen«, meint Dosi und deutet auf ihren verletzten Fuß.

»Das kriegen wir schon hin«, sagt Zankl. »Wir nehmen dich wieder in die Mitte.«

»Jetzt muss ich erst mal aufs Klo.« Dosi humpelt zum Klohäuschen. Öffnet die Tür. Erschrickt fast zu Tode. Auf dem Klo sitzt ein verängstigter Baroli. Dosi schüttelt den Kopf und schließt die Tür. Sieht talwärts. Die zwei maskierten Männer verschwinden gerade hinter dem Grat. Dann öffnet sie die Klotür wieder. »Du kannst rauskommen, die Luft ist rein.«

»Ich hab euch gehört. Ihr kennt euch?«

»Wir sind Kollegen. Wir haben Hummel gesucht.«

»Ihr seid das also? Hat Marcello euch gesagt, wo ich bin?«

»Nicht wirklich. Aber das ist auch nicht wichtig. Was wollten die Leute?«

»Mich. Die Daten.«

»Dann gib ihnen endlich das Zeug«, sagt Hummel. »Das ist es alles nicht wert.«

»Doch! Es geht um meine Familie!«

»Ich denke, du hast einen Deal mit der Mafia vereinbart?«

»Es gibt nicht *die* Mafia. Weiß ich, wer diese Typen schon wieder waren? In der Sache sind ganz unterschiedliche Gruppen aktiv. Ich hatte gestern ein letztes Gespräch. Die Zeit läuft. Ich muss nach Mailand.«

Hummel schüttelt genervt den Kopf. »Die Flucht, das Versteckspiel, vielleicht ist das alles nur eine Riesenshow von dir? Und du legst immer noch eine Schippe drauf. Da laufen dann hier noch zwei so fiese Ballermänner auf, die nicht mal aufs Scheißhaus schauen. Ich hab's so was von dick …«

»Sie kennen doch Riccardi, den Journalisten?«, sagt Zankl zu Baroli.

»Ja, natürlich kenn ich Riccardi.«

»Wir waren gestern in seiner Wohnung, wo er vom Dach gestürzt ist. Wir haben die Videoaufnahme gesehen, wie Sie am 16. April mit dem Auto zu ihm aufs Gelände der Spedition kommen.«

»Ja, ich war bei ihm. Also, ich wollte zu ihm. Ich hab ihn gefunden. Tot.«

»Und dann bleiben Sie die ganze Nacht bei ihm? Es gibt nämlich kein Video, das zeigt, wie sie das Gelände verlassen.«

»Ich hab die Daten gesucht, ich hab die ganze Wohnung auf den Kopf gestellt.«

»Und jetzt haben Sie die Sachen?«

»Ja.«

»Dann wäre ich jetzt ja echt neugierig, was das für Informationen sind. Was ist so wichtig, dass dafür jemand sterben musste.«

Baroli schnauft tief durch. »Riccardi hatte eigentlich nur zum Mailänder Kaffeekrieg recherchiert. Aber die korrupten Abläufe im Lebensmittelgeschäft sind nur ein kleiner Ausschnitt weit komplexerer krimineller Strukturen. Die Unterlagen von Riccardi beinhalten Dokumente, Mails, Belege für Korruption in der Wirtschaft, Politik und bei der Polizei, auch bei euren Leuten. Es geht auch um ein europaweites Informationssystem über aktuelle Ermittlungsstände zum Thema ›Bandenkriminalität‹.«

Zankl gibt sich unbeeindruckt. »Aha. Aber vielleicht waren es ja Sie, der Riccardi vom Dach geschubst hat?«

»Aber warum hätte ich das tun sollen? Das macht doch überhaupt keinen Sinn.«

»Ich will jetzt gehen«, sagt Hummel nur.

Aus einer Bierbank machen sie eine Trage für Dosi. Sie nimmt rittlings darauf Platz und lässt sich von Hummel und Zankl talwärts befördern.

Auf halber Strecke zur Talstation piepen Zankls und Dosis Handys. Sie haben wieder Empfang. Nachrichten von Mader und Zankls Frau. Und von Fränki. Zankl ruft zuerst Mader zurück. Der ist nicht in München, sondern bereits kurz vor Trient. Er hat es zu Hause nicht mehr ausgehalten. Sie verabreden sich in Segonzano in der Bar *Amoretti*, wo sie Marcello zum ersten Mal getroffen hatten.

»Kann man Marcello eigentlich trauen?«, fragt Dosi Baroli.

»Marcello ist vertrauenswürdig, er hat die Hütte organisiert.«

Zankl überlegt laut: »Na ja, dass diese beiden Typen vorhin die ach so geheime Hütte einfach so gefunden haben …«

Ein Hauch von Zweifel erscheint auf Barolis Gesicht. Doch er schüttelt den Kopf. »Dann hätte Marcello mich schon viel früher verraten können.«

Auf dem großen Parkplatz der Talstation der Seilbahn fragt Baroli. »Nehmt ihr mich mit?«

Sie steigen in Zankls Auto, fahren die enge Straße nach Segonzano hinab. Sehen nach einer Kurve Polizisten, die einen Unfallort sichern. Ein verbogenes Motorrad, eingeklemmt unter der Leitplanke. Fahrer ist nicht zu sehen. Gerade fährt ein Leichenwagen davon.

»Ist das Marcellos Maschine?«, fragt Dosi mit einem Kloß im Hals.

»Kann sein«, sagt Baroli leise. »Ich bin mir nicht sicher. Aber wir fragen jetzt lieber nicht nach.«

Dosi schaut auf ihre App. Der Punkt ist direkt bei ihnen. Und bewegt sich nicht. Das ist gar nicht gut. Das alles hier übersteigt bei Weitem ihre Ermittlerkenntnisse, ihre Risikobereitschaft. Es gibt nur eine vernünftige Botschaft für sie: Finger weg von dem Fall und schnell nach Hause!

Diese Ansicht teilt auch Mader, als sie sich treffen.

Dosi und Bajazzo fahren mit Mader. Zankl und Hummel mit Baroli, sie nehmen einen Umweg über Mailand, um Baroli bei Staatsanwalt Rivelli abzuliefern.

Schließlich erreichen sie Mailand. Hummel steigt mit Baroli aus.

»Was hast du jetzt vor?«, fragt Hummel. »Du sagst doch nicht aus, wenn sie deine Familie noch haben?«

»Ich kann jetzt keinen Rückzieher mehr vor dem Prozess machen.«

»Jeder würde das verstehen.«

»Ich bespreche mich mit dem Staatsanwalt. Mit Verbrechern kann man nicht wirklich verhandeln. So schlau bin ich jetzt.«

»Was ist ihre Forderung?«

»Wenn ich das wüsste. Vielleicht wollen sie mich. Vielleicht wissen sie bereits, was in den Unterlagen steht.«

»Weißt du noch mehr?«

»Mehr als was?«

»Als in den Unterlagen steht.«

»Zur Hölle, natürlich weiß ich mehr. Die Daten sind nicht alles. Ich kann Dinge aussagen, die zu neuen unangenehmen Fragen führen, zu weiteren Ermittlungen.«

»Und damit hast du ihnen gedroht?«

Sergio nickt bedrückt. »Das ist mein letzter Pfeil im Köcher. Ich habe versprochen, nichts auszusagen, was über die Aktenlage hinausgeht. Es geht um meine Familie.«

»Und was wird der Staatsanwalt dazu sagen?«

»Die Unterlagen, die er hat, genügen ihm für seine Zwecke.«

»Was wollten dann die Typen auf der Hütte heute noch?«

»Wie gesagt, es gibt unterschiedliche Interessensgruppen mit unterschiedlichen Wissensständen.«

»Und die Entführer?«

»Melden sich wieder.«

Hummel nickt nachdenklich. »Was passiert, wenn es nicht klappt?«

»Es muss klappen.«

»Wenn deine Familie frei ist, packst du dann aus, also auch das, was über die Unterlagen hinausgeht?«

»Nein, ein Deal ist ein Deal.«

»Na dann – viel Glück!«, sagt Hummel und sieht ihn nachdenklich an. Dann dreht er sich um und geht.

Die Reise mit Zankl nach München verläuft ohne Zwischenfälle. Kaum Konversation. Nicht mal Musik. Beide sind sehr mit sich beschäftigt, vor allem Hummel. Das ist alles sehr verwirrend, denkt er, der tote Journalist – ein Fall für die italienischen Mordermittler, der Mailänder Kaffeekrieg ist ein Fall für den Mailänder Staatsanwalt, die Entführung von Barolis Familie – auch nicht unser Aufgabenbereich. Hummel muss wieder an die Geschichte mit der Schießerei auf dem Autobahnparkplatz denken. Nur ein Fiebertraum? Aber so realistisch. Nein, Baroli hat mir das eingeimpft. Wollte er mich mundtot machen, indem er mir Schuldgefühle eintrichtert? Mader hat nichts von zwei Toten auf einem Autobahnparkplatz gesagt. Das hätte man doch in den Nachrichten gebracht. Oder geht so was unter in der täglichen Flut von Nachrichten über Mord und Totschlag? Haben die Mafiosi schnell alle Spuren des Zwischenfalls beseitigt? Aber es waren doch Menschen auf dem Parkplatz? Zeugen. Ich muss das zu Hause recherchieren. Nein, ich hab niemanden umgebracht! Baroli wollte mich nur zu seinem Komplizen machen, er hat mir irgendwelche Sachen in die Getränke und ins Essen getan. Die mein Gehirn vernebelt haben. Er hat meinen desolaten Zustand als Projektionsfläche für seine Story genutzt. Bestimmt. Ich bin Polizist, ich baller nicht einfach in der Gegend rum. Mit Baroli bin ich durch. Der große Enthüllungsautor ist ein kleiner mieser Papiertiger, sonst nichts. Nein, schlimmer, er ist ein Krimineller. Wie soll man sonst jemanden nennen, der die Wahrheit verdreht und jemanden gegen seinen Willen festhält? Die letzten Tage – was für eine Kettenreaktion! Und alles nur, weil ich einmal spontan in eine Kirche gegangen bin.

FUZZIS

Im Präsidium wählen die Italienheimkehrer den Hintereingang. Es ist zwar Sonntag, aber sicher ist sicher. Unvorbereitet wollen sie niemandem Rapport über ihr Wochenende erstatten. Als sie in ihren verwaisten Büros eintreffen, checkt Mader noch schnell seine Dienstmails und liest zu seiner Überraschung, dass Dr. Günther suspendiert wurde. Direkte Weisung aus dem Innenministerium. Angeblich hat Günther seine Kompetenzen überschritten, indem er Leute ohne jede Absprache mit LKA und italienischen Behörden mit Nachforschungen in Italien beauftragt hat. So steht es in der Mail von Günthers jetzigem Stellvertreter Dr. Janowski.

»Wir waren außerhalb der Dienstzeit in Italien«, beschwert sich Dosi. »Und Günther hat es nicht angeordnet. Wir haben uns selbst dazu entschieden.«

»Wenn dich einer fragt, kannst du es ja sagen«, murmelt Zankl vor sich hin.

»Wahnsinn, dieser Bürokratenscheiß! Wir haben Hummel heil zurückgebracht!«

»Erzähl es ihnen, Dosi. Wenn sie das überhaupt interessiert, die Fuzzis im Ministerium. Ja klar, wahrscheinlich hätte einer von uns unsere Reise bei den diesigen Behörden anmelden müssen.«

»Diesigen?«, fragt Dosi.

»Das Gegenteil von ›hiesigen‹. Also bei denen in Italien.«

»Bist du sicher? Also, dass das ›diesige‹ heißt? Das klingt wie nebulös.«

»Mann, Dosi, jetzt nimm halt nicht alles so ernst. Das war ein Wortspiel.«

»Sind wir auch suspendiert?«, fragt Hummel jetzt.

Mader schüttelt den Kopf. »Aber raus aus dem Fall. Anweisung von Günthers Vertreter. Steht auch in einer Mail.«

»Kennen Sie den?«, fragt Dosi.

»Dr. Hans Janowski. Ich hatte mal auf einer Fortbildung das zweifelhafte Vergnügen. Das ist ein stromlinienförmiger Spitzenbeamter.«

»Ist Günther doch auch«, meint Dosi.

Mader grinst säuerlich. »Schlimmer geht immer.«

»Einmal nicht aufgepasst, und schon bist du raus aus der Führungsetage«, sinniert Zankl. »So schnell kann's gehen.«

Hummel ist sehr schweigsam.

»Was ist los, Hummel?«, fragt Dosi. »Du bist frei, zurück in München. Zumindest du solltest dich des Lebens freuen!«

Bedrückt erzählt Hummel ihnen von seinem letzten Gespräch mit Baroli.

Dosi schnauft auf. »Der Idiot pokert immer noch!«

»Ich weiß nicht. Ich durchschau ihn einfach nicht«, sagt Hummel. »Am Ende macht er tatsächlich einen Deal mit den Entführern, so von wegen: nur die Hälfte aussagen. Er bringt seine Familie in Sicherheit, und dann sagt er doch alles. Das klappt doch nie. Die lassen sich das nicht gefallen.«

»Ich würde an seiner Stelle gar nicht aussagen«, sagt Mader. »Also, wenn es um meine Familie geht.«

Die anderen sehen ihn erstaunt an. Mader wundert sich selbst über seine Aussage. Aber ja, er hat jetzt auch Familie. Immer noch ungewohnt.

»Wir gehen jetzt was essen«, sagt Mader. »Die Firma lädt ein.«

Die Fußgängerzone ist für Sonntagabend erstaunlich belebt. Die Augustiner Bierhalle hingegen weniger. Was den erschöpften Reisenden ganz recht ist.

»Kommt's ihr von einer Beerdigung?«, fragt die Bedienung angesichts der gedrückten Laune am Tisch.

Niemand lacht.

Hummel bestellt sich der Stimmung entsprechend ein dunkles Bier.

NUMBER OF THE BEAST

Nach dem Essen steigt Hummel in die S-Bahn zum Ostbahnhof. Im Untergeschoss des Bahnhofs hat der Drogeriemarkt noch geöffnet. Hummel huscht hinein, um Müsli und Milch fürs Frühstück zu kaufen. Und Kaffee. Er hat nichts mehr zu Hause, soweit er sich erinnert. Er ist der letzte Kunde in dem Laden. An der Kasse findet er seinen Geldbeutel nicht. Mist, das hat er in dem ganzen Trubel vergessen: Geldbeutel, Hausschlüssel, Handy und Waffe sind ja auf der Strecke geblieben. Im Geldbeutel war auch sein Jobticket. Na super, wenn man ihn gerade noch beim Schwarzfahren erwischt hätte. Verdammter Baroli! Die Sachen muss er ihm zurückgeben! Denn das Märchen mit der Schießerei auf dem Autobahnrastplatz kauft er ihm nicht ab. In der Münztasche seiner Jeans findet Hummel noch einen klein gefalteten Zehneuroschein. Reicht gerade so. Plötzlich spürt er sein Knie wieder. Wie als Erinnerung, dass er das ganze Theater in den letzten Tagen nicht nur geträumt hat. Und ihm fällt ein, dass er Beate gar nicht Bescheid gegeben hat, dass er wieder da ist. Oh Mann, löst sich sein Hirn jetzt komplett auf? Wie blöd ist das denn? Verschwindet spurlos und meldet sich nicht zurück. Bestimmt hat Beate sich Riesensorgen gemacht. Er wird Beate gleich von zu Hause anrufen. Falls seine Nachbarin Frau Gfirtner da ist und ihm seinen Zweitschlüssel aushändigt.

Er hat Glück. Frau Gfirtner ist schon nach dem ersten Klingeln an der Sprechanlage und betätigt den Türöffner. Er geht in den ersten Stock hoch. Seine Nachbarin steht schon im Schlafrock in der Tür, also besteht kaum Gefahr, dass sie ihn noch in ihre einsame Höhle bittet. Oder gerade? Nein. Er nimmt den Schlüssel entgegen, bedankt sich artig und geht zu seiner Wohnung runter. Sperrt auf, betritt die dunkle Wohnung. Drückt leise die Tür hinter sich zu und atmet tief durch. Endlich daheim. Es kommt ihm vor, als wäre es eine Ewigkeit her, seit er das letzte Mal hier war. Das war, als er mit Baroli zum Hotel aufgebrochen ist. So lange ist das gar nicht her. Ein paar Tage nur. Endlich in Sicherheit!

Ein Geräusch!

Er wagt es nicht, das Licht anzuschalten. Schweißperlen ploppen auf seine Stirn. Wieder ein Geräusch in der Wohnung. Da ist irgendwer. Wo, im Schlafzimmer? Wieder ein Geräusch, ein Schaben? Im dunklen Flur ein Licht. Eine rote 6 blinkt. 666 – *number of the beast*. Unfug! Nur der Anrufbeantworter. Sechs Anrufe. Hummel stellt seine Einkäufe auf dem Boden ab und greift nach dem Telefon in der Ladestation, öffnet die Tür, tritt ins Treppenhaus raus, zieht leise die Tür zu und geht in den ersten Stock hoch. Das Minutenlicht erlischt. »Na, super«, murmelt er, als er merkt, dass er den Schlüssel wie immer auf das Tischchen vom Telefon gelegt hat. Da liegt er gut. Er macht das Licht im Treppenhaus an, sieht auf das Telefondisplay. Signal reicht. Und jetzt? Wen anrufen? Die Polizei? Nein, nicht die Polizei. Sie wollen ja erst morgen Bescheid geben, dass er zurück in München ist. Wenn sie sich abgesprochen haben, was genau sie über die letzten Tage in Italien berichten. Beate – könnte er zu ihr nach Schwabing? Wahrscheinlich arbeitet sie noch. Nein, es ist ja Sonntag – da hat die *Blackbox* Ruhetag.

Oder ist er einfach ein bisschen paranoid durch den ganzen Stress? Hat er sich die Geräusche am Ende nur eingebildet? Und wenn es so wäre – nach all den Erlebnissen der letzten Tage will er jetzt nicht allein in seiner Wohnung sein. Kann er sowieso nicht, denn seinen Zweitschlüssel hat er ja gerade erfolgreich in der Wohnung platziert. Jetzt hat nur noch Beate einen Schlüssel.

Das Licht im Treppenhaus geht aus. Er späht nach unten. Ist da ein Lichtschein unter seiner Wohnungstür? Ja, da ist Licht! Verdammt, er hat sich nicht getäuscht. Da ist wer in seiner Wohnung. Er wählt Beates Handynummer. Nichts. Er wartet, die Mailbox springt an, dann flüstert er: »Beate, hallo, ich bin's, Klaus, ich bin …« – »Klaus, wo bist du?!«, meldet sie sich.

»Beate, du ahnst nicht, was alles passiert ist!«

»Wo bist du?«

»Daheim.«

»Wie daheim?«

»Na, bei mir zu Hause.«

»Lüg mich nicht an!«

»Warum sollte ich dich anlügen, Beate?«

»Du verschwindest einfach, und jetzt lügst du mich an!«

»Ich lüg dich nicht an!«

»Also?«

»Ich bin daheim in der Orleansstraße.«

Es rumpelt in der Leitung, das Gespräch wird unterbrochen. »Beate …?«

Jetzt öffnet sich die Tür bei Frau Gfirtner. Im Gegenlicht sieht er durch den dünnen Stoff ihres Schlafrocks ihre dürren Beine. Das Treppenhauslicht geht an.

»Herr Hummel, was machen Sie da?«

»Da, äh, also, da ist wer in meiner Wohnung.«

»Sind Sie sicher?«

Er nickt.

»Dann müssen Sie die Polizei rufen.«

Er nickt wieder dämlich und hält das Telefon hoch.

Die Tür seiner Wohnung öffnet sich.

»Beate!?«

FAUSTPFAND

Mader hat sich am frühen Morgen mit Dosi, Zankl und Hummel abgestimmt. Darüber, was sie mit ihren zwiespältigen Impressionen aus Italien anfangen, was sie davon weitergeben. Vorerst nichts, haben sie beschlossen. Sie wissen nicht, wer ihnen weiterhelfen könnte. Hummel hat sich anschließend offiziell zurückgemeldet und war gleich von Dr. Janowski, dem Stellvertreter des suspendierten Dr. Günther, zu einem Gesprächstermin gebeten worden. Als Hummel gestern glücklich neben Beate im Bett lag, ist er noch mal die vergangenen Tage im Kopf durchgegangen, hat genau überlegt, wie er eine Lightversion des Ganzen erzählen kann. Die einfachste Version – Blackout – gefällt ihm am besten. So sagt er es dem Herrn in dem messerscharfen Armani-Anzug auch: Wegen der Nachwirkungen der Betäubung durch Baroli sei er nicht wirklich auskunftsfähig über seinen Aufenthalt in den letzten Tagen. Baroli habe ihn betäubt, weil er befürchtete, dass er seine Verhandlungen über die Freilassung von seiner Familie und die Abstimmungen mit der Mailänder Staatsanwaltschaft gefährden könnte.

»Warum hat er Sie überhaupt mitgenommen?«, hakt Janowski nach.

»Das müssen Sie ihn schon selbst fragen.«

»Ich frage Sie.«

»Ich weiß es nicht. Vielleicht als Faustpfand.«

»Wofür?«

»Ja, das frag ich mich auch.«

Janowski stöhnt auf. »Und dann hat er Sie einfach wieder freigelassen?«

»So ist es. Baroli hat mich in Italien in den Zug gesetzt und nach München zurückgeschickt. Er ist nach Mailand gereist, um sich mit dem Staatsanwalt zu beraten. Das war's.«

»Ganz toll. Wunderbar. Noch was?«

»Nein, nicht, dass ich wüsste.«

»Sie können gehen.«

Dosi und Zankl dürfen auch noch antanzen. Sie berichten fast gleichlautend über ihr »völlig privates Wochenende« in Italien. »Ganz tolles Wellness-Hotel«, schwärmt Dosi. »Ich hatte eine Wette verloren und musste sie einladen«, erklärt Zankl. Und Mader, der ebenfalls zum Rapport muss, hat das ganze Wochenende im schönen München verbracht. Wo auch sonst?

Dr. Janowski blafft Mader an: »Wenn ich eins nicht abkann, dann ist es falsch verstandene Loyalität! Ich weiß genau, dass Dr. Günther von dieser Aktion in Italien wusste. Dieser Pseudocorpsgeist macht mich krank! Wenn einer von Ihnen ohne meine explizite Anordnung im Fall Baroli weiterermittelt, wird er oder sie sofort suspendiert! Ist das klar? Es reicht ja schon, dass Dr. Günther pausieren muss, oder? Dieser Fall liegt beim LKA. Und nur, falls es bei dieser Mafiageschichte tatsächlich Verbindungen nach Bayern gibt. Den Rest müssen unsere italienischen Kollegen selber lösen. Und Sie kümmern sich jetzt gefälligst mal um das Tagesgeschäft. Ich kann mir nicht vorstellen, dass die Mörder in München auf der faulen Haut liegen, weil Ihre Leute lieber nach Bella Italia reisen!«

Depp!, denkt Mader, nickt aber nur mit neutraler Miene, als Dr. Janowski seinen Sermon beendet hat.

Nun kümmert sich Mader um die Sache mit der angeblichen Schießerei auf einem Autobahnparkplatz in Österreich, von der ihm Hummel gestern erzählt hat. Nachdem Internetrecherchen zu dem Thema nichts ergeben, ruft er Dr. Günther privat an und bittet ihn, seine internationalen Kontakte noch mal spielen zu lassen. Macht er. Ergebnis: ebenfalls negativ. Es gibt keine Informationen zu einem solchen Vorfall. Gut so, denkt Mader und informiert Hummel.

In der Mittagspause fährt Mader zur Uni, wo er in einem kleinen italienischen Lokal verabredet ist. O *Sole Mio* heißt der Laden, den Helene vorgeschlagen hat.

Helene sitzt an einem der hinteren Tische und blickt von ihren Blättern auf. »Hallo, Karl-Maria. Wieder ohne Hund?«

»Der ist bei den Kollegen. Leitet die Ermittlungen. Was macht dein Kongress?«

»Kongresst vor sich hin.«

Der Kellner ist sogleich zur Stelle. Sie bestellen. Mader merkt, dass Helene etwas auf dem Herzen hat. »Sag's gleich, bevor das Essen kommt«, fordert er sie auf.

»Karl-Maria, ist der Tod von unserem Vater eigentlich aufgeklärt, also strafrechtlich verfolgt worden? Es beschäftigt mich.«

Mader schüttelt den Kopf. »Nein, strafrechtlich geklärt ist der Fall nicht.«

»Aber?«

»Ich weiß, wer es war.«

»Wie?!«

»Die Bankräuber und Geiselnehmer waren Arbeitskollegen meines, also unseres Vaters. Sie sind inzwischen alle verstorben. Bis auf einen. Von dem hab ich ja erst erfahren, dass Papa und deine Mutter ein Verhältnis hatten. Und so bin ich auf dich gekommen.«

»Was ist mit dem Mann?«

»Sitzt in Stadtamhof in Regensburg in einem Altersheim. Zählt seine Tage.«

Das Essen kommt. Sie essen schweigend. Beim Kaffee erzählt er ihr noch mal in allen Details, wie er die alte Geschichte aufgeklärt hat.

»Und du willst wirklich nichts unternehmen?«, fragt sie schließlich. »Einer der Täter lebt noch und wird nicht bestraft?«

»Er ist genug gestraft. Ich hab ihm in die Augen gesehen. Er findet keine Ruhe. Und wem wäre geholfen, wenn er jetzt noch verurteilt wird und ins Gefängnis muss? Seiner Familie? Meine Mutter ist tot. Deine Mutter ist tot. Ich selbst will es nicht. Gerechtigkeit ist etwas Abstraktes. Dem alten Mann den Prozess zu machen, hilft mir nicht. Oder dir?«

»Nein. Mir auch nicht«, muss sie zugeben.

»Und es ist auch nicht sicher, ob das Ganze überhaupt zum Prozess zugelassen wird. Es sieht ja eher nach Mangel an Beweisen aus. Die Auskunft dieses Mannes war, dass es ein unglücklicher Unfall war.«

»Ein Unfall in Geiselhaft!?«

»Helene, lassen wir den alten Mann.«

Sie nickt nachdenklich. »Ich hab meinen Vater nie kennengelernt. Und einer von den Leuten, die seinem Tod verursacht haben, lebt noch. In der Stadt, in der ich lebe. Mit meiner Familie. Das ist so, ich weiß auch nicht … real?«

»Ich lebe auch noch.«

»Ja, das ist ein großes Geschenk.«

»Das bist du auch«, sagt Mader mit knallrotem Kopf. »Hast du deiner Familie von mir erzählt? Und von unserem gemeinsamen Vater?«

»Nein, es gab noch nicht die richtige Gelegenheit.«

»Du musst es ihnen nicht sagen.«

»Doch. Natürlich.«

»Weiß dein Mann Bescheid?«

»Nein. Aber ich mach es heute Abend.«

»Das muss nicht sein.«

»Oh, doch.« Sie sieht auf die Uhr. »Du, ich muss los.«

Mader zahlt, und sie gehen gemeinsam in Richtung Uni. »Karl-Maria!«

Mader dreht sich um. Ist er gemeint? Jetzt sieht er Dr. Fleischer. Er hat sich noch nicht daran gewöhnt, dass sie jetzt per du sind. Seit der letzten Fortbildung zur Forensik, an der sie beide teilgenommen haben.

»Gesine, grüß dich. Was machst du hier?«

»Ich wohne hier.«

»Ich mein: zu dieser Uhrzeit.«

»Ich hab heute Nachmittag frei. Und du?«

»Äh, das ist …«

»Helene«, stellt sich seine Schwester selbst vor. »Grüß Sie.«

»Gesine. Ich bin eine Kollegin von Karl-Maria.«

»Rechtsmedizin«, erklärt Mader.

»Schau morgen mal vorbei, ich hab da vielleicht was für dich«, verabschiedet sich Gesine.

»Attraktive Frau«, sagt Helene, als Gesine weg ist.

»Zu jung für mich.«

Sie lachen. Mader ist nicht ganz wohl. Was sich Gesine wohl gerade gedacht hat? Wegen Helene. Rendezvous zur Mittagszeit? Egal. Mader bringt seine Schwester zur Uni und nimmt die U-Bahn zurück ins Büro.

Auf den letzten Metern Fußweg ins Präsidium fällt Mader ein Plakat auf, das eine Veranstaltung an diesem Abend bewirbt. *Crime from the Grave. Große Krimilesung in der Trauerhilfe Miller.* Der Laden kommt ihm bekannt vor. Oder? Klar, das ist das Beerdigungsunternehmen, das damals den toten Fußballer aus der Allianz Arena unter die Erde gebracht hat. Ungute Typen, die sie auch mal zum Verhör dahatten. Wegen des anderen toten Fußballers, der vom Olympiaturm gestürzt war. Die beiden Bestatter waren ganz zufällig am Fundort der Leiche. Das kam ihnen damals komisch vor. Aber nur Freaks, keine Verbrecher. Irgendwelche Tests mit Ascheverstreuen. Die machen jetzt Lesungen? Offenbar läuft das Kerngeschäft nicht so rund. Mader studiert das Plakat genau: *Veranstaltet von Monaco Crime – das besondere Festival* steht unten auf dem Plakat. *Monaco Crime* – die Leute kennt er ebenfalls. Hat er fast erfolgreich verdrängt. Das *Duo Mortale*, die zwei penetranten

Ladys, die das wunderbare Event im Circus Krone gestaltet haben. Er schüttelt den Kopf, murmelt: »Da haben sich ja die Richtigen gefunden.«

SECHZIG

Sanfte Nachmittagssonne strömt durch die Oberlichter des Hinterhofstudios der *Trauerhilfe Miller* in Obergiesing. Legt einen goldenen Schleier auf die zwei Künstler, die dort mal wieder am Werke sind. Der »geile« Andi, immer noch glühendster 1860-Fan aller Zeiten, blondierter Vokuhila, Statur groß und dünn. Neben ihm, gerade vertieft in die Technik der Diodenschmuckleuchte *Fantasy 2000*; Diego – quadratisch, praktisch, gut, der zweitglühendste Sechziger-Fan dieses Planeten. Andi betrachtet misstrauisch die beiden hochkant aufgestellten Sarghälften mit der perlmuttweiß schimmernden Satinausstattung, die Diego gerade mit der dekorativen Innenbeleuchtung upgraded.

Diego reibt sich zufrieden die Hände: »In jede Hälfte von dem *Eternity* kommt eins von den *Fantasys* rein, so mit wechselnden Farben, dazu ein bisschen Trockeneisnebel. Was meinst du, wie super das ausschaut! Das ist voll der geile Rahmen! Die zwei halben Särge links und rechts. Und in der Mitte das Rednerpult. Ich sag's dir: voll das Debakel! Die Leute werden sich anschiffen, so geil schaut das aus!«

Andi kratzt sich am Kopf, ist sich nicht mehr ganz sicher, ob das mit der Krimilesung im Beerdigungsinstitut wirklich eine so gute Idee war. Die Idee schon, die ist ja schließlich von ihm, aber Diegos Engagement ist mal wieder etwas *over the top*. Im schlimmsten Fall fällt die Technik dann im entscheidenden Moment aus oder ist unkontrollierbar. Alles schon da gewesen. Er denkt an die Katastrophe bei der Rockerbestattung in Deggendorf. Absolutes Fiasko! Auslöser war ein kleiner technischer Defekt, als die Sargdeckelöffnungsmechanik nicht ganz so funktionierte, wie sie sollte. Wobei, daran lag es eigentlich nicht. Es war die am Deckel verhakte Lederjacke, die den toten Vizerockerboss Urga zum Hitlergruß veranlasst hatte, als sich der Sargdeckel mittels Elektromotor öffnete. Mit schlimmen Folgen. Als die versammelte Rockertrauerschar Urgas letzten Gruß erwiderte, setzte ein eingeschleuster V-Mann das SEK in Bewegung. Am Ende gab es acht tote Nazirocker und viele Schwerverletzte. Erschütternde Bilanz. Kein Wunder, dass der Clubpräsident Wotan hinterher rechtem Gedankengut abschwor.

Tja, was soll's, a bisserl Schwund ist immer, denkt Andi jetzt. Und so eine schicksalhafte Verkettung unglücklicher Umstände gibt's ja nicht zweimal.

Heute haben sie jedenfalls kein so hochriskantes Publikum. Fast schon intellektuell – Menschen, die Krimis lesen.

Institutschef Miller war schwer begeistert von Andis Idee mit der Krimilesung. »Das ist genau das, was die Branche braucht! Frischen Wind!«, hatte er getönt und ihnen einen langen Vortrag gehalten über den Niedergang des Trauergewerbes: »Sarg-Discount, Urnenbestattung, Trauerhaine und was es sonst noch für Schmarrn gibt. Alles Ausreden, um den Aufwand und die Kosten für eine traditionelle Bestattung niedrig zu halten. Kein Wunder, dass die Branche aktuell kein allzu lebensfrohes Image hat, wenn sie wirtschaftlich so unter Druck steht. Jungs, das muss sich grundlegend ändern! Das eine zieht das andere runter. Wir müssen den Leuten wieder Lust machen auf eine ordentliche Bestattung!«

Die Gedanken treiben Miller schon länger um. Deswegen hat er Andi und Diego auch kürzlich Anzüge aus einer Maßschneiderei spendiert. Nicht Betroffenheitsgrau, nicht Schwarz, sondern edles Mitternachtsblau. Und tatsächlich – die beiden sehen super aus, speziell der stark untersetzte Diego. Ja, er wirkt fast schon schlank. Stimmt einfach – Kleider machen Leute. Auch wenn Diegos erste Reaktion bei der Anprobe war: »Jetzt kann ich ja nie mehr zunehmen!«

»Wer schön sein will, muss leiden«, war Andis lakonische Antwort gewesen. Er selbst gefällt sich ausgezeichnet in seinem neuen Anzug – endlich zumindest eine Ahnung von Schultern. Auch Wotan trägt jetzt ein schickes Sakko. Ja, der ehemalige Boss vom Rockerclub *Wotan-Clan* aus Deggendorf, den sie bei der vorweihnachtlichen Rockertrauerfeier und deren Nachwehen kennen- und schätzen gelernt haben, hat vor Kurzem bei Miller angeheuert. Und Wotan soll ebenfalls *bella figura* machen – gerade bei seinem offensichtlichen Handicap als Rollstuhlpilot. Dort sitzt er nämlich seit dem fatalen Abend. Ein Rocker als Trauerberater? Warum nicht. Da ist Miller tolerant. Er hat ihn nur gebeten, bei Kundenverkehr Handschuhe zu tragen, da Wotans Fingerrückentattoos F-U-C-K und H-E-L-L ihr seriöses Ambiente etwas konterkarieren. Mit seinen weißen Stoffhandschuhen kommt sich Wotan ein bisschen vor wie Michael Jackson – nicht wirklich sein Geschmack als treuer Fan von *Black Sabbath* und der Gothic-Metal-Band *Letzte Tage von Walhalla*. Aber wenn es dem Geschäft dient, sind Handschuhe schon okay für ihn. Er will sich bei Gelegenheit mal nach schwarzen Lederfingerlingen umsehen. Vielleicht mit ein paar eleganten Nieten?

Heute Abend hat die *Trauerhilfe Miller* im Rahmen des Festivals von *Monaco Crime* die erste Gelegenheit, sich einem größeren Publikum als lebensfrohe Einrichtung zu präsentieren, in der sich Kreativität und Geist frei entfalten können. »Was passt da besser als eine Krimilesung? Tod ist unser beider Geschäft!«, hatte Andi bei einem Treffen mit dem Veranstalterpärchen getönt.

Andi hat sich ein bisschen schlaugemacht in der Veranstaltungsbranche und teilt diese Erkenntnisse gern noch mal mit den Kollegen: »Wisst ihr, die Verlage lechzen nach geilen Locations für ihre Autoren. Und die Bestatterbranche ist ja durchaus beliebt bei Krimiautoren. Also thematisch. Da kommen jetzt bei uns eventtechnisch zwei gute Dinge zusammen. Bei den Kollegen von *Servus* gab es letztes Jahr schon mal eine Lesung, die recht erfolgreich war. Und hätten die bei *Servus* etwas mehr Pfeffer im Arsch, hätte das ein Riesenerfolg werden können. Aber so – Eintagsfliege. Ihr kennt ja die Warmduscher, so ein bisschen Esprit ist halt nicht deren Kragenweite. Das können wir besser. Was wir halt beachten müssen: Autoren, Publikum und Veranstalter haben zum Teil völlig falsche Vorstellungen von unserem Berufsstand. Die denken, Bestatter sind in speckige graue Anzüge gepresste verklemmte Psychotypen mit fettigen Haaren und schwammiger weißer Haut. Das stimmt ja schon mal gar nicht.«

Wotan sieht in die sonnenstudiogegerbten Gesichter seiner Kollegen und nickt langsam.

Andi fährt fort: »Aber ein paar Vorurteile müssen wir natürlich auch bestätigen. Wir dürfen uns nicht nur als seriöser Handwerks- und Dienstleistungsbetrieb präsentieren, sondern wir müssen auch für eine Grufti-Note sorgen. Viele Leute stehen nun mal auf Vampire, Zombies, Grabräuber und den ganzen Scheiß. Also müssen wir auch den Fans solcher Themen ein Gefühl von Heimat geben. Insgesamt ein offenes Angebot, bei dem sich unterschiedliche Interessenten angesprochen fühlen. In einem edlen kulturellen Rahmen.«

»Oh mei, was du wieder erzählst«, sagt Diego nur.

Doch der eben hinzugetretene Institutschef Josef Miller unterstützt Andis Kurs nachdrücklich: »Ja! Genau! Offenheit! Kultur! Und es ist an der Zeit, dass wir uns von den aggressiven Werbestrategien der letzten Jahre verabschieden – *Trauerhilfe Miller ist ein echter Killer –*, das war zu offensiv. Ein gediegener und zugleich emotionaler Abend mit einer Krimilesung im Institut öffnet unser Gewerbe auch für intellektuelle Feingeister, die mit wohligem Schauer Lesungen in Arrestzellen oder in der Pathologie besuchen. Warum sollte ein Beerdigungsinstitut schlechter sein als ein Sektionssaal? Die Leute wollen den Geruch des Echten. Denkt mal an den Superabend mit diesem Italiener im Circus Krone – das war Action pur! Mit Explosion und allem Drum und Dran. Das hat alle Erwartungen übertroffen. Da verwischen Fiktion und echte Action. Gänsehaut! Genau in diese Richtung muss es auch bei uns gehen.«

Auch Andi und Diego erinnern sich mit Begeisterung an den Abend im Circus Krone. Ja, das war ganz groß. Sehr inspirierend. Und dieser Stand-up-Comedian als Support-Act – sehr lustig! Wie der über das Dekoplakat gefallen ist. Und die Explosion mit anschließender Saalräumung – ganz großes Kino! Der Abend hat ungeahnte kreative Energien bei ihnen freigesetzt. Bei Wotan weckte das allerdings nicht nur angenehme Emotionen, ihn erinnerte das durchaus an die schicksalhafte Rockertrauerfeier für Urga. Jeden Rollstuhlmeter denkt er daran, wie er durch den ungeplanten Schusswechsel schwer verletzt wurde.

»*True crime* ist ja gut und schön«, meint Andi, »aber *true death* hat noch mal ein ganz eigene Note. Wir werden den

Leuten eine Nacht bereiten, die sie so schnell nicht vergessen!«

»Die Nacht der knarzenden Särge«, sagt Wotan.

»Der leuchtenden Särge«, verbessert Diego und aktiviert die Diodenlampen. Der Satin in den Sarghälften schimmert rot und dubios.

»Wenn sich jetzt zur richtigen Musik zwei Peitschenladys aus den Kisten schälen, tät mich das nicht wundern«, sagt Andi.

»Du schon wieder. Immer nur das eine im Kopf.«

»Woher denn, Diego. Du bist doch mein Augenstern.«

»Den Spruch kenn ich. Halt bloß die Klappe, Andi.«

»Selber. Und jetzt lass mal die Finger von der Lichtorgel. Es gibt auch noch richtige Arbeit für uns. Wir müssen die Lady für den Waldfriedhof morgen fertig machen.«

»Oh mei, die Dicke?«

»Genau die.«

»Ich dachte, dass du die schon …«« – »Eh klar. Die werd ich allein machen, du Hirni. Geteiltes Leid ist doppelter Spaß.«

»Hat denn der Schreiner den *XXL-Eternity* schon geliefert?«

»Wie?«

»Ja, hab ich dir doch gesagt.«

»Nix hast du.«

»Also hast du die Bestellung vergessen?«

»Ja mei, wenn immer so viel los ist.«

»Mann, Andi, dein Gehirn wird langsam voll das Sieb.«

Andi kratzt sich nachdenklich am Kopf. »Und jetzt?«

»Na komm, die baatz ma in den *Standard-Eternity*.«

ELEFANTENFUSS

Dosi liegt in der Badewanne. Hat ein paar Teelichter auf den Wannenrand gestellt. Aus dem Wohnzimmer schmalzt Elvis. *Aloha from Hawaii.* Super Album, besonders als knisterndes Doppelalbum auf Vinyl, gespielt von Fränkis Vintage-Hifi-Anlage, die er ihr vermacht hat. Ja, Fränkis Style gefällt ihr, seine Großzügigkeit. Durch den Schaum greift Dosi zur Bierflasche auf dem Stuhl neben der Wanne. Nimmt einen großen Schluck. Eiskalt. Geil! Heißes Wasser – kaltes Bier. Dosi liebt Kontraste. Denkt an die letzten Tage. Irgendwie surreal. Marcello – seine quäkige Stimme. Jetzt ist er tot. Sie haben bei der italienischen Polizei nachgefragt wegen des Unfalls auf der Bergstraße. Ja, der Fahrer des verunglückten Motorrads war Marcello Durelli. Die Erklärung war so einfach wie unbefriedigend: Unfall. War Marcello unaufmerksam gewesen? Aber sie hat mit eigenen Augen gesehen, wie gut er fährt. Die italienischen Kollegen sind kooperativ und haben versprochen ihr noch den Abschlussbericht des Arztes zu schicken.

Auch die anderen Sachen – sehr dubios: die Sache mit dem Koks in der Wohnung des Journalisten, die anschließende Polizeikontrolle, Barolis Berghütte, die zwei maskierten Männer, ihr Sturz im Nebel. Ihr Fuß tut immer noch weh. Außenbanddehnung. Bei der Heizung steht ihr Elefantenfuß. Das Plastikungetüm hat ihr der Orthopäde verpasst. Acht Wochen Innendienst. Das halt ich nicht durch!, denkt sie. Wobei das im Moment nicht so schlimm ist – von Outdoor hat sie erst mal die Nase voll. Sie lehnt sich zurück, versinkt im Schaum.

Es klingelt an ihrer Wohnungstür.

»Oh Mann, Fränki! Du hast doch 'nen Schlüssel!«

Es klingelt noch mal.

Sie flucht und steigt aus der Wanne, räumt dabei ein paar Teelichter ab. Sie hüllt sich in den Bademantel, humpelt zur Tür, reißt sie auf. Ein Blumenbote mit einem Riesenstrauß.

FRÜHBUCHER

Ein Meer von flackernden Grablichtern. Der Andachtsraum der *Trauerhilfe Miller* wirkt festlich wie lange nicht mehr. Findet auch Miller, der seinen Angestellten mit melancholischem Blick erklärt, dass die Angehörigen sich früher hier vor der eigentlichen Beerdigung noch persönlich von ihren geliebten Verstorbenen verabschiedet hätten: »Im intimen Ambiente unseres Andachtsraumes waren noch echte Emotionen möglich. Da flossen die Tränen literweise, und die Klagerufe der Trauernden ließen die Scheiben der Oberlichter erzittern. Taschentücher wurden durchnässt, Seelen gereinigt vom bitteren Salz der Trauer. Heute hingegen wollen die Leute ihren verstorbenen Angehörigen nur noch im offiziösen Rahmen der Aussegnungshalle kurz begegnen, bevor es hinab geht in die ewige Finsternis oder die Särge samt Inhalt ein Raub der Flammen werden. All diese Hektik im Umgang mit dem Tod ist echter Trauer unwürdig – und auch so unbefriedigend! Aber heute Abend werden wir das Institut als emotionalen Erlebnisraum ins Bewusstsein der Menschen zurückbringen.«

Diego, Andi und Wotan nicken einträchtig.

»Eure Gunst ist unser Sterben«, sagt Diego.

»Hä?«, meint Andi.

»Steht am Wappen vom Circus Krone. Weißt schon: Der Kunde ist König. Das gilt auch für unser Gewerbe.«

Andi grinst und murmelt: »Du hast es echt drauf, Diego.«

Die ersten Besucher, ein Damenlesekreis um die fünfundsechzig und ein paar weitere Senioren, haben sich bereits lange vor Beginn der Veranstaltung auf der Straße versammelt und begehren Einlass. Als dieser nun endlich erfolgt, stürmen die Senioren mit erstaunlicher Behändigkeit auf die Plätze in der ersten Reihe. Zufrieden sieht Miller das rege Interesse. Speziell ältere Besucher sind willkommen. Kunden von morgen.

Der Andi ist schon ein Fuchs, denkt Miller. Das ist echt eine gute Idee, eine Investition in die Zukunft. Leider kann er sich die Darbietung heute nicht selber ansehen, er hat noch einen wichtigen Termin. Aber das ist ja nur der Startschuss, der Auftakt für eine ganze Veranstaltungsserie. Miller sieht auf die Uhr. Er muss los. Seine Mutter wartet.

Andi ermuntert die Gäste, auch das Glas Rotwein zu trinken, das im Eintrittspreis inkludiert ist. *Lacryma Christi*. Muss er nicht zweimal sagen. Sogleich ist der Raum erfüllt vom fröhlichen Geschnatter der Besucher. Andi hegt die Hoffnung, dass ihr Marketingkonzept aufgeht und die Besucher in die richtige Stimmung geraten, sich Gedanken darüber zu machen, ob sie das Procedere des eleganten Abschiednehmens nicht am besten selbst organisieren wollen. Damit das dann nicht die Verwandten auf den letzten Drücker erledigen müssen. Vorsorge ist die beste Nachsorge. Auch unter finanziellen Gesichtspunkten eine interessante Option. Mit Frühbucherrabatt. Wenn alles teurer wird, ist es doch nur klug, frühzeitig die Konditionen für die letzte Reise festzuklopfen. Angesichts der allgegenwärtig hohen

Teuerungsraten bei Konsumgütern und Dienstleistungen ein Spitzenangebot. Das alles steht in wohl gewählten Worten auf dem Faltblatt, das auf jedem Stuhl für die informationswilligen Gäste bereitliegt und ihnen die Zeit bis zum Beginn der Veranstaltung verkürzen soll.

Leicht nervös betrachtet Andi die Gruppe junger Erwachsener, die das Institut mit kalkweißen Gesichtern und langen schwarzen Mänteln betreten – gehüllt in eine intensiv duftende Mottenkugelwolke. Die verbreiten echt Endzeitstimmung, denkt Andi. Doch dann grinst er geschäftstüchtig. Wenn die Gothic-Szene zukünftige Geschäftskunden für uns bereithält, dann tretet nur ein, ihr finsteren Gesellen! Vielleicht seid ihr Todessehnsüchtige ja zu einer adäquaten Möblierung eurer Wohngruften zu motivieren? Bei Bedarf lässt sich sogar eine bequeme Boxspringmatratze in den *Eternity de luxe* einbauen. Maßgeschneiderte Lösungen sind unsere Spezialität!

Für das normale Marketing rund um die Lesung, für Buchverkauf und Getränkeausschank ist Wotan zuständig. Früher wäre das eines Rockerchefs unwürdig gewesen, aber heute mit seinem Handicap sieht er so einen Dienstleistungsjob durchaus als Herausforderung. Er hadert nicht mit seinem Rolli-Schicksal, sondern hat die Freude am Erfüllen von Kundenwünschen entdeckt: »Darf's noch ein Gläschen Wein sein? Haben Sie schon ein Buch? Die Toiletten sind bei den Särgen hinten rechts …«

In einer ruhigen Minute lässt Wotan noch mal seinen Werdegang vor seinem inneren Auge Revue passieren. Ja, es ist viel passiert in letzter Zeit. Nach dem Ende des Wotan-Clans hatte er sich mit Andi und Diego zu einer Kooperation entschlossen. Doch das gemeinsame Eventbestattungsinstitut *Ring my Hell* in Deggendorf war leider nicht der Burner geworden, und seine Kompagnons hatten Sehnsucht nach München und traten schon bald den geordneten Rückzug an. Und da war er einfach mitgegangen. Und hat es nicht bereut. Miller hatte nicht gezögert, ihn anzustellen, zumal er unbedingt jemanden für die Buchhaltung brauchte. Mit Zahlen kennt sich Wotan durch seine Erfahrungen in der Bandenkriminalität bestens aus. Eine Win-win-Situation für alle. Vom Restkapital seiner früheren Unternehmungen und dem Verkauf seines Hauses in Deggendorf hat er sich ein kleines Erdgeschoss-Appartement in Obergiesing gekauft. Jetzt ist er hier im Institut Buchhalter und nebenbei auch in Verkauf und Beratung tätig. In den Verkaufsgesprächen sorgt sein Rollstuhl zudem für einen Vertrauensvorschuss beziehungsweise Mitleidsbonus, der sich für Miller in barer Münze auszahlt.

Miller ist jedenfalls hochzufrieden mit den Zuwächsen im Hochpreisbereich, wenn auch die Gesamtumsätze weiterhin sehr unter Druck stehen. Da kommen ihm die Marketinganstrengungen seiner Angestellten – das Erschließen neuer Käufergruppen durch Kultur – sehr entgegen. Wobei Kultur in seinen Augen relativ ist angesichts des Gruselthrillers *Die kalten Zombiehände vom Ostfriedhof*, der heute Abend geboten wird. Die Story findet Miller schon sehr an den Haaren herbeigezogen. In dem Buch bekommt es ein Münchner Kommissar namens Norbert Nagel mit einer Bande mordender Zombies zu tun. Schlimm schlimm Shady, also echt!, war Millers spontanes Urteil, als er die ersten Seiten des Buches gelesen hatte.

Aber seine Leute, allen voran Wotan, hatten zu Rupert Eigner, dem Autor des Buchs, gleich einen guten Draht und sind überzeugt, dass es ein erfolgreicher Abend wird. Der Überzeugung schließt er sich gerne an.

DAS OMEN

Krimiautor Rupert Eigner ist ein bisschen schüchtern, aber sehr nett. Und begeistert vom Austragungsort seiner heutigen Lesung, von dem »superspooky Arrangschement«, wie er es in elegantem Franko-Englisch nennt.

»Ja, das ist so geil, da ist es eigentlich wurscht, was du liest«, bringt Diego es etwas undiplomatisch auf den Punkt. Was dann doch ein bisschen an der Schriftstellerehre kratzt. Rupert Eigner pfeift sich backstage gleich einen doppelten *Glenfiddich* zur Beruhigung rein. Den hat er in seiner Laptop-Tasche dabei. Wie eine große offene Tüte Beefjerky, die auch außerhalb der Tasche ein strenges Fleischaroma entfaltet. Interessante Kombi mit den Desinfektionsmitteldüften hier im Institut, denkt Diego. Sehr fordernd. Gut, dass ich auch das bedacht habe. Er geht nach vorn, um ein bisschen Weihrauch zu entzünden.

Eigner bleibt nervös im Backstage-Bereich zurück. Bislang lag sein Zuschauerrekord bei acht Personen. Heute ist für achtzig Leute bestuhlt. Und es ist voll! Eine Steigerung um das Zehnfache! Dementsprechend verspürt er auch deutlich höheres Lampenfieber als sonst. Er genehmigt sich gleich noch einen großen Schluck.

Der Bühne ist vorbereitet. Der Standsarghälften links und rechts des Lesepults sind noch unbeleuchtet. Der Weihrauchduft verleiht dem Ganzen eine sakrale Atmosphäre. DJ Andi sorgt für die passende musikalische Untermalung. Von CD ertönt leise der Soundtrack von *Das Omen*. Andi kräuseln sich die Nackenhaare. Auf seinem Kontrollgang entlang der Stuhlreihen sieht Andi nur zufriedene Gesichter. Yeah, das ist *Costumer Satisfaction*, denkt er, so schade, dass der Boss heute Abend nicht da ist. Der hat mit seiner Mama einen wichtigen Geschäftstermin. Miller wäre sehr zufrieden mit unserer Präsentation des ältesten Gewerbes der Welt. Kann man das so sagen? Oder führt das zu Verwechslungen? Nein, kann man nicht sagen. Jedenfalls ein Gewerbe mit ganz langer Tradition. Er dichtet im Geiste: Nur wer handelt, wer sich wandelt, bringt sie nach vorn, mit Vollgas, die Bestatterzunft, voll krass, in die Zukunft. Andi ist von seinem lyrischen Höhenflug ganz berauscht. Oder ist es der Weihrauch, der ihn so high macht?

Auch Wotan ist begeistert. Ja, die haben es echt drauf, seine Kumpels Andi und Diego. Vielleicht könnten sie das mit den Lesungen noch größer aufziehen. Die ganz großen Bestsellerautoren kriegen dann ein Staatsbegräbnis mit Trauermarsch und Kondolenzbuch und allem Pipapo. Statt tränenreicher Trauerrede ein paar finstere Seiten aus dem neuesten Serienmörderkannibalenthriller. Ob sie den Stephen King anfragen könnten? Wobei der ja schon mal in München war. Oder ist so ein Großevent zu dick aufgetragen? Warum nicht? Versuch macht klug. Aber Eile mit Weile. Für den Anfang ist das hier schon mal ganz gut.

Als der Andachtsraum der *Trauerhilfe Miller* bis auf den letzten Platz gefüllt ist, klappt Wotan die Geldkassette zu und rollt nach hinten in den Raum mit den Kühlfächern, wo Rupert Eigner auf seinen Auftritt wartet – inzwischen schon ein paar *Glenfiddich* weiter.

Wie ein Profi-Roadie geleitet Diego den Autor mit einer kleinen Stabtaschenlampe durch den schummrigen Raum zum Rednerpult und knipst dort das dezente Leselicht an.

Andi lässt *Das Omen* verstummen.

»Einen schönen guten Abend«, kommt es etwas verwaschen von der Bühne. »Ich bin Rupert Eigner.« Er lächelt unsicher. Keine Antwort. Doch, eine optische: Die Innenbeleuchtung der Standsärge flammt auf. Blutrot. Dann ein heiseres Zischen aus den Düsen der Nebelmaschine. Eine dichte Wolke Trockeneisnebel wird in den Raum geblasen.

Begeistertes Raunen.

Nebel immer dichter, Zischen hört nicht auf, erstes Gekicher. »Zefix!«, flucht Diego und tastet sich zur Nebelmaschine vor, findet aber im Gewaber den Aus-Knopf nicht. Jetzt bekommt er das Stromkabel zu fassen und reißt daran. *Zong!* Die Lichter in den Sarghälften und die kleine Pultlampe erlöschen, es riecht verbrannt. Kurzschluss.

Publikum jetzt hoch aufmerksam.

Andi reicht dem Autor seine Taschenlampe. »Fang endlich an!«, zischt er Eigner durch den Nebel an.

»Es ist eine kristallklare Nacht« – *Gelächter* –, »als Inspektor Norbert Nagel den Friedhof durch die Ostpforte betritt. Nur der leise Wind in den Platanen und der gelegentliche Ruf eines Käuzchens.« – »Au!« – *Riesengelächter*. Diego hat sich einen Stromschlag an der offenbar defekten Steckdose geholt. Aber Diego bleibt dran. Jetzt flammen die Lichter wieder auf. Super, Diego, denkt Andi.

Eigner fährt fort. »Norbert Nagel lenkt seine Schritte den Hauptweg entlang und zählt die Reihen der Gräber. ›13‹ steht auf der vergilbten Visitenkarte des Beerdigungsinstituts. 7, 8, 9 …«

Mit den Kopfhörern auf den Ohren hat Andi den richtigen Track auf dem *Omen*-Soundtrack ausgesucht und auf *Pause* getippt. Er wartet gespannt auf das Lichtsignal von Diego für seinen Einsatz. Diegos Taschenlampe leuchtet auf. Andi fährt die Musik hoch. Voll fett. Meint er. Im Raum bleibt es still. Der Sound ist nur unter seinen Kopfhörern. Andi lässt sich in die Musik fallen. Laut. Majestätisch. Und dazu blinken die Stimmungslichter in den Sarghälften im Rhythmus der Musik. Geil, findet Andi und lässt endlich seinen Blähungen freien Lauf, denn in dem Musikgetöse hört das ja keiner, und der Weihrauchduft übertüncht die Abgase. Letzteres stimmt, Ersteres nicht. Die vom mittäglichen Bohneneintopf induzierten Knatterfürze knallen lautstark durch den stillen Raum. – *Brüllendes Gelächter.* – »Eine Maschinengewehrsalve peitscht über den mitternächtlichen Friedhof«, versucht Diego die Szene zu retten, potenziert damit aber nur das Gelächter. Wovon Andi so rein gar nichts mitkriegt. Denn in seinen Ohren dröhnt *Das Omen*.

Jetzt bemerkt Andi, dass etwas nicht stimmt, und dreht sich um. Zieht dabei den Klinkenstecker aus dem Verstärker. Die Anlage brüllt los. Hektisch dreht er die Lautstärke auf null.

Jetzt ist es ganz still. Autor sprachlos.

»Sag was!«, fährt Diego Eigner an. Der starrt fassungslos ins Publikum. Diego übernimmt: »Nagel hat die 13 erreicht. Vor seinem inneren Auge hat er Donner und Blitz gehört, äh, und gesehen, jetzt ist es an der Zeit, das Grab zu öffnen …« Diego verstummt, überlegt, wie es weitergehen könnte, schaut Hilfe suchend zum Autor. Sieht das panische Glitzern in Eigners Augen. Diego greift in die Innentasche seines Sakkos und holt seinen Flachmann heraus. Reicht ihn dem Sprachlosen. Der nimmt einen tiefen Schluck.

»Ich …!« Mehr kommt nicht. Rupert Eigner greift Halt suchend nach rechts. Findet den halben Standsarg, Sarg stürzt um, Autor ebenfalls. Er fällt weich in die Satinpolsterung.

Atemlose Spannung im Publikum.

Im blutroten Licht liegt der ohnmächtige Autor im Sarg. Tödliche Stille.

Diego setzt die Nebelmaschine wieder in Betrieb. Sie faucht Nebelschwaden durch den Raum.

Diego nickt Andi zu. Der versteht sofort. Cool greifen sie die freie Sarghälfte, machen die Kiste mit dem Autor zu und tragen den Sarg feierlichen Schrittes durch den vernebelten Mittelgang nach draußen.

Im Saal: Stille, Staunen, Ehrfurcht, Entsetzen. Was für ein berührender Moment! Dann erklingt ein einzelnes Klatschen. Es kommt von Wotan, der wieder einmal platt ist, wie kaltblütig und professionell seine Freunde selbst die ausweglgoseste Situation meistern. Die haben echt Nerven! Jetzt klatschen auch andere. Es wird ein donnernder Applaus. Unerhört! Das ist wirklich mal was anderes! Damenlese-kränzchen wie Gruftifraktion sind sich einig: eine ganz neue Qualität der Unterhaltung – absolut final! Keine Lesung mehr im klassischen Sinne. Hammer-Event! Dass Eigners Textbeitrag kaum Anteil an der »Lesung« hatte – geschenkt! Nein, viel wichtiger ist sowieso, was zwischen den Zeilen steht. Emotion, Feeling – *wow!*

DIREKTMARKETING

»Boh, Jungs, ganz groß, echt geil! So lebendig!«, lobt Wotan die Kollegen, als sie nach der Lesung bei Zigaretten und Bier in der Teeküche zusammensitzen. »Und ein gutes Geschäft. Achtzig Leute und jeder fünfzehn Euro, da kommt ganz schön was zusammen.«

»Tja, die Kohle geht leider komplett an die Veranstalter«, meint Andi.

»Echt?«

»Ja, die Ladys von *Monaco Crime* kriegen den ganzen Eintritt. Also, ein bisschen was geben die vermutlich auch an den Autor ab.«

»Echt? Und wir? Was bekommen wir?«

»Den Werbeeffekt.«

»Jetzt nicht dein Ernst. Wir haben die ganze Action, also müssen wir auch den Hauptteil kriegen!«

»Leider nein.«

Wotan lacht auf. »Das wollen wir mal sehen. Ich hab die Kasse. Ich regle das. Wenn die Kohle wollen, läuft das über mich.«

»Wenn du meinst, Wotan. Aber der da kriegt auch seinen Anteil.« Andi deutet zu dem Sarg, in dem Rupert selig schlummert. Sie haben den Deckel wieder abgenommen.

»Falls er Sauerstoff braucht«, erklärt Diego.

»Mist, ich hab das mit dem Büchertisch vergessen«, sagt Wotan.

Diego winkt ab. »Das Buch hat doch keine Sau interessiert.«

Andi grinst. »Hauptsache die Leute haben unsere Werbeflyer mitgenommen. Yes, so goes Direktmarketing! Schade, dass der Miller das nicht gesehen hat.«

Diego nickt. »Ja, der Miller ist immer nur da, wenn etwas nicht klappt.«

»Ist noch Bier da?«, fragt Andi.

»Naa, Bier ist aus. Nur noch dem Rupert sein *Glenfiddich*.«

Andi hält die Whiskyflasche prüfend gegen das Licht. »Also, des is nur noch a Stamperl.«

»Dann gehn ma jetzt ins *Sixty Lions!*«, beschließt Diego.

»Und was ist mit dem Rupert?«, fragt Wotan.

»Den weck ma am Heimweg auf. Der schläft bombenfest. Mei, des kommt von dem Schnaps. Diese Künstler. Immer Alkohol und Guppys.«

»Der Rupert?«, wundert sich Andi.

»Eher so generell, also die Literaten. Der Alk und die Ladys sorgen dafür, dass du genau in der richtigen Stimmung bist, was Geniales zu schreiben. Und die Ladys flippen dann aus, weil du so unglaublich genial bist. Und weil die Stimmung so gut ist, trinkst du gleich noch was. Voll der Teufelskreis. Aber wichtig ist immer, was hinten rauskommt.«

»Mann, Diego, was laberst du da rum? Du glaubst wohl, wenn du nur genug saufst, kannst du auch so ein Buch schreiben?«

»Logisch, Andi. Aber so was von. Nach ein paar Kurzen flutscht des bloß so.«

»Na, dann mach mal. Muss halt was Ungewöhnliches sein.«

»Gibt's denn schon Bücher mit Bestattern?«

»Logisch. Da gibt's sogar eine ganze Fernsehserie.«

»Echt? Schade. Aber warum gibt es dann immer neue Bücher, wenn es schon alles gibt?«

»Weil dasselbe immer anders erzählt wird. Liebe, Tod, Verbrechen – die großen drei. Wenn du Erfolg willst, musst du halt was Altes neu erzählen, aus einer ungewöhnlichen Perspektive.«

»Was meinst du damit?«

»Na ja, zum Beispiel aus der Vögelperspektive.«

»Hey, Andi, was Perverses?«

»Bist du blau, du Sexmonster? Diego, Perspektive! Blickwinkel! Vögel! Von oben. Oder wegen mir von unten. Froschperspektive.«

»Wurmperspektive.«

»Hä?«

»Na, aus der Sicht eines Wurms, der sich gerade durch den morschen Sarg gearbeitet hat und jetzt zu den richtig guten

Sachen kommt, also das weiße Fleisch von dem halb verwesten Leichnam …« – »Aus! Diego! Sofort!«

»Mann, Jungs, ihr macht mich echt fertig!« Wotan rollt zur Tür. »Ich will jetzt endlich ins *Sixty Lions.*«

DURCHSCHUSS

Mader hat gut geschlafen. Hat beim Frühstück an seine Schwester Helene gedacht. So eine schöne Frau. Na ja, er fände sie vermutlich auch schön, wenn sie wie die Glöcknerin von Notre Dame aussieht. Wie ihn seine Schwester wohl findet? Ihn, den Kauz jenseits der fünfzig, alleinstehend, Hochhauswohnung, Dackelbesitzer. Ach, könnte auch schlimmer sein. Ganz sicher. Wie der Typ im Erdgeschoss, der immer so fies nach Nikotin und Urin riecht – der ist voll sonderbar. Und auch allein. Hoffentlich ihre einzige Gemeinsamkeit. Tja.

Mader steigt heute schon am Max-Weber-Platz aus der U-Bahn, um mit Bajazzo noch ein bisschen den sonnigen Münchner Morgen zu genießen. Zwischen den Hausfassaden an der Inneren Wiener Straße befindet sich der Durchgang zu einem Hinterhof. *Zur Kreppe* steht auf dem Straßenschild. Ein paar Stufen bergab auf dem Kopfsteinpflaster, und er steht zwischen alten Handwerksgebäuden und geduckten Herbergshäusern aus dem 19. Jahrhundert. Hier hatten sie schon mal zu tun. Der Fall mit dem in den Tod gestürzten Priester, der hier in einer Privatwohnung ein weltliches Doppelleben führte. In dem Haus, das ausgerechnet in dem Moment explodierte, als sie dort klingelten. Gas. War knapp gewesen damals. Und in den Ruinen lag dann eine verschmurgelte Frauenleiche in der Badewanne, heftig angegriffen von Feuer und aggressiver Säure.

Die Fassade des einst zerstörten Hauses ist jetzt toprenoviert. Über dem Klingelbord ohne Namen thront ein Videobullauge. Hier wohnen sicher keine armen Leute, denkt Mader. Und bestimmt nur Zweitwohnung. Weil immer Starnberger See ist ja auch fad.

Bajazzo läuft kläffend vor zum Wiener Platz und inspiziert dort die Marktstände. Mader kauft sich in der kleinen französischen Bäckerei ein Croissant und wählt den Weg durch den Park. Geht runter zum Kabelsteg. Die Isar führt viel Wasser. Im Wehr haben sich Äste und Baumstämme verkeilt, dazwischen hängt ein zerrissenes Igluzelt. Hoffentlich ohne Bewohner, denkt Mader und setzt mampfend seinen Weg fort. Er sieht auf die Uhr. Er hat keine Eile. Weiter in Richtung Deutsches Museum. Er betrachtet beim Vater-Rhein-Brunnen die knorrigen Äste der Bäume, die sich weit über die Isar beugen und den flirrenden Wasserspiegel beinahe berühren.

Deutsches Museum, Patentamt, Gärtnerplatz, Viktualienmarkt. Und schließlich: Präsidium. Bevor er ins Büro geht, stattet er Gesine einen Besuch in ihrem Reich ab.

»Guten Morgen, Gesine. So, was hast du jetzt für mich?«

»Ich hab mir in einer ruhigen Minute die Röntgenaufnahmen aus der Notaufnahme vom *Rechts der Isar* angesehen.«

»Welche Röntgenaufnahmen?«

»Die Schussverletzungen von Barolis Leibwächtern. Beide Male glatter Wadendurchschuss.«

»Und?«

»Ist das nicht komisch?«

»Wie meinst du das?«

»Wir wissen von den Projektilen, dass sie aus einem Präzisionsgewehr stammen. Der Attentäter schießt auf die Beine.

Unterer Bereich, Waden. Keine Gefahr, dass er die Schlagader trifft. Normalerweise zielen Auftragskiller auf den Oberkörper. Wenn nicht gar auf den Kopf. Und sie treffen mit ihren Präzisionswaffen.«

Mader sieht sie erstaunt an. Ihm dämmert, worauf sie hinauswill. Er nickt. »Ja, klar. Außerdem wäre Baroli das erste Ziel gewesen. Warum wurde er nicht getroffen?«

»Das frage ich mich auch«, sagt Gesine.

Mader nickt. »Das hätten wir uns schon früher mal fragen können. Gute Arbeit, Gesine!«

»Was macht ihr jetzt?«

»Ich weiß noch nicht. Es ist schwierig. Der Fall ist ans LKA gegangen. Organisierte Kriminalität. Vielleicht müssen die das sogar noch eine Etage höher reichen, ans BKA.«

»Wo sind denn die Bodyguards jetzt?«

»Die sind verlegt worden. Nach Mailand. In ein Militärkrankenhaus. Die Geschichte stinkt. Aber die werden nix sagen. Die sind froh, am Leben zu sein. Vielleicht sind sie nur Bauernopfer. Die Jungs büßen stellvertretend für Baroli. Als Warnung: Das nächste Mal treffen wir dich.«

Gesine ist nicht überzeugt. »Aber dann stellt sich doch die Frage: warum so öffentlich? Weil der Täter Baroli von seiner großen Veranstaltung am Abend abhalten will? Da gäbe es wahrlich einfachere Methoden, ihn daran zu hindern.«

»Meinst du, dass die Bedrohung nur inszeniert war?«

»Ja, vielleicht. Die Schusswunden sind jedenfalls relativ harmlos. Und auch die ganze Geschichte im Zirkus – so viel Publikum, so viele Unschuldige. Ihr habt niemanden festgenommen an diesem Abend?«

»Nein.«

»Spuren an dem Sprengsatz?«

»Nichts Verwertbares. Es ist nur der kleinere Sprengsatz explodiert. Der größere unter der Bühne ist nicht losgegangen.«

»Absicht?«

»Ich weiß es nicht.« Jetzt schüttelt Mader den Kopf. »Ja, vielleicht haben die uns auch da verarscht.«

»Aber die Gefahr einer Panik?«, wirft Gesine ein.

»Ganz ohne Risiko geht es halt nicht. Ja, wenn die Saalräumung nicht so vorbildlich gelaufen wäre, hätte es Probleme geben können. Das waren gut zweitausend Leute.«

»Was ist mit der Flucht in dem Taxi?«, fragt Gesine.

»Es war kein Taxi.«

»Ist doch egal. Und?«

»Hummel sagt, dass sie verfolgt wurden. Ein schwarzer Golf. Er hat sich gewundert, warum sie den Golf nicht losgeworden sind. Vielleicht ist es ganz einfach: Baroli hatte noch ein zweites Handy dabei und sich peilen lassen.« Mader schüttelt wieder den Kopf. »Wenn das Ganze inszeniert war, was für ein absurder Aufwand? Wofür? Mit welchem Ziel?« Mader sieht auf die Uhr. »Danke, Gesine, das war sehr hilfreich. Ich muss los.«

»Deine neue Bekanntschaft?«

»Leider nein. Nur mein Schreibtisch.«

KUNDENWUNSCH

Bestens gelaunt rollt Wotan in den *McDonald's* am Ostfriedhof. Er ist etwas erstaunt über die unfröhlichen Gesichter der beiden Kollegen. Die sehen nicht gerade aus wie das blühende Leben. Na ja, ist gestern auch spät geworden. Oder früh. Je nachdem.

»Vertragt's ihr jetzt gar nix mehr?«, fragt er und packt seinen Doublecheeseburger aus. Er beißt hinein, dass die Soße nur so spritzt.

»Wir ham den Rupert vergessen«, sagt Diego.

»Wen?«

»Na, den Dichter gestern.«

»Na, wer da gestern Abend dichter war?« Wotan überlegt kurz, dann prustet er los, sprüht Cheese und Beef und Gurke und Soße über Tisch und Anwesende. »Und? Was sagt der Rupert? Hat er gut geschlafen?«

»Durchaus«, sagt Andi. »So ein Schmarrn! Dass wir den Ruppi einfach vergessen haben. Mit blöden Konferenzen. Also, wir sind morgens rein und haben den Veranstaltungssaal hergerichtet – war 'ne Sauarbeit –, und kaum sind wir fertig, kommt der Miller mit einem Kunden.«

Wotan sieht Andi erwartungsvoll an.

»Na ja, der Typ hatte einen *Eternity* bestellt. Also den *de luxe plus*.«

»Den haben wir ja nicht im Showroom«, erklärt Diego, »der wird ja exakt nach Kundenwunsch gefertigt.«

»Der Miller führt den Kunden in die Werkstatt und will ihm das gute Stück zeigen«, fährt Andi fort, »und da liegt der Rupert drin. Schnarcht selig.«

Wotan bekommt einen Hustenanfall und verteilt den halb zerkauten Cheeseburger auf Tisch und Personen.

»Das ist nicht lustig!«, zischt Andi. »Weißt du, was so ein Sarg kostet?«

»Aber des ist doch wurscht, ob da schon mal einer Probe liegt. Das ist wie in einem Bettenhaus.«

»Hä?«

»Ja, mit den Matratzen. Da liegen die Leute doch auch immer drauf rum.«

»Aber die verkaufst du dann nicht mehr, Wotan!«

»Nein?«

»Nein!«

»Ach so. Also, wie geht's weiter?«

»Jedenfalls wollte der Kunde keinen Second-Hand-Sarg. Der Miller war voll sauer. Das war eine Maßanfertigung. Miller wollte wissen, warum wir kein Ausstellungsstück für die Lesung genommen haben.«

»Und warum?«

»Ja mei, wir wollten uns halt von unserer besten Seite zeigen«, erklärt Diego. »Der Miller hat's ja eigentlich vorher gesehen. Da hätt er ja ruhig was sagen können. Hinterher beschweren ist auch blöd.«

»Und der Rupert?«, fragt Wotan.

»Den gibt's gratis dazu, hat der Miller gesagt. Wenn der Kunde den Sarg trotzdem nimmt.«

Wotan prustet wieder los.

Andi schüttelt den Kopf. »Der Kunde wollte einen jungfräulichen Sarg. Den kriegt er jetzt auch.«

»Und was ist mit dem alten?«

»Der wird unser Event-Sarg. Wir sollen den für unsere Shows nehmen. Der Miller sagt, wir dürfen dafür den Eintritt von den Lesungen behalten. Aber nicht geschenkt. Wir stottern das Teil ab. Zum Einkaufspreis natürlich. Du, drei, vier Shows wie gestern, und der Sarg hat sich amortisiert.«

»Amordi-was?«, fragt Diego.

»Amortisiert.«

»Und was heißt das?«

»Dass sich was rechnet.«

»Ha, lustig. Des passt ja voll zu uns.«

»Wir verdienen dann richtig Asche. Und dürfen die ganze Kohle einschieben.«

»Und der Miller?«, fragt Wotan. »So richtig großzügig kenn ich ihn bislang nicht. Was hat der davon?«

»Na, den ganzen Werbeeffekt. Neue Zielgruppen und so.«

»Wotan, hast du eigentlich schon mit den Veranstalterinnen von gestern gesprochen?«, fragt jetzt Diego.

Wotan grinst. »Alles easy, die Ladys haben echt Panik geschoben, wie ich vorhin bei denen ihrer Reihenhausvilla vorbeigerollt bin. Von wegen: *Duo Mortale*. Das ist eher das *Duo Anale* – die haben sich voll in die Hose geschissen.«

»Was hast du denn gesagt?«

»Was werd ich denen schon gesagt haben, Diego? Dass sie am Arsch sind und es bald ›Willkommen im Rolliclub!‹ heißen könnte, wenn sie lang wegen der Eintrittsgelder rumstressen. Das hat sie überzeugt. Alles paletti. Wir behalten die Kohle. Die ganze. Allerdings waren sie an einer weiteren Zusammenarbeit mit uns nicht interessiert. Aber wozu auch? Das bisschen Werbung werden wir gerade noch allein hinkriegen.«

»Kein Thema. Da ist der Andi ganz groß drin. Gell, Andi?«

»Logisch, Diego. PR ist genau meins.«

BREITCORD

Mader hat sich noch mal mit Helene verabredet. Er hat nicht viel Zeit und deswegen den *Augustiner* in der Fußgängerzone vorgeschlagen. Er findet Helene im historischen Muschelsaal, gebeugt über eine Mappe mit Blättern. Vor sich ein Mineralwasser.

Sie umarmen sich.

»Und, wie läuft's auf der Tagung?«, fragt Mader.

»Stockfad. Aber das ist eine Pflichtveranstaltung. Sehen und gesehen werden. Und bei dir?«

»Schwierig. Wir haben einen sehr komplexen Fall. Ich war heute Vormittag bei Gesine, der Frau, die wir gestern auf der Straße getroffen haben. Sie ist Rechtsmedizinerin.«

»Sehr attraktiv.«

»Sagt sie auch von dir.«

»Und, hatte sie was Interessantes für dich?«

»Ja, tatsächlich. Was es aber auch nicht leichter macht.«

»Was darf ich Ihnen bringen?«, fragt jetzt der Kellner.

Sie geben ihre Bestellung auf. Mader sieht dem Kellner hinterher, wie er im wuseligen Saal verschwindet.

»Du hast Stress in der Arbeit?«, nimmt Helene den Faden wieder auf.

»Ja, ich hasse Stress in der Arbeit.«

»Ich meinte mit einem S.«

Er lächelt. »Na ja, Stress ist vielleicht das falsche Wort. Es passieren Sachen, die ich mir nicht erklären kann. Kürzlich war sogar ein Mitarbeiter von mir verschwunden.«

»Wie – verschwunden?«

Mader erzählt ihr die Geschichte. Ist ja kein Geheimnis, nachdem über die Anschlagsversuche auf Baroli in der Fußgängerzone und im Circus Krone in allen Zeitungen berichtet wurde.

»Ich hab Barolis aktuelles Buch gelesen«, sagt Helene. »*Hartes Land* ist wirklich gut. Spannend wie ein Krimi.«

»Findest du es realistisch?«

»Soweit ich das beurteilen kann, ja. Es liest sich, als wäre er sehr gut informiert. Reinhard kennt Baroli ein bisschen. Also mein Mann. Er hat ihn mal interviewt, fürs *Fazit*. Das ist ein Wirtschaftsmagazin, für das er arbeitet.«

»Und, was sagt dein Mann? Ist Baroli glaubwürdig?«

»Das musst du Reinhard selbst fragen. Hast du denn Zweifel daran?«

»In dem Fall passt vieles nicht zusammen, zum Beispiel …« Er stoppt abrupt.

Sie winkt ab. »Keine Details.«

»Entschuldige.« Er lächelt. »Themenwechsel – attraktive Männer auf dem Symposium?«

»Das wär ja mal was. Nein. Karierte Sakkos oder beiger Breitcord. Und die Frauen in strengen Kostümen, mit blickdichten Strumpfhosen und Betonfrisuren.«

»Und du musst da dabei sein?«

»Eigentlich interessiert mich das Thema. Ästhetik und Naturwissenschaften im 18. Jahrhundert. Eine Zeit des Umbruchs, der Entdeckungen und Erfindungen. Mich interessiert, wie die Leute in dieser Zeit gelebt haben, wie und was sie gedacht, gefühlt und geschrieben haben. Nächstes Jahr wird in München ein Lehrstuhl mit Fokus auf die Aufklärung frei. Ich dachte, ich schau mir das mal genauer an.«

»Echt?«

Sie lacht. »Nein, das mach ich nicht. Ich zieh nicht um. Die Kinder brauchen keine Pendlerin. Ich bin schon jetzt zu viel unterwegs. Du, am Wochenende kommst du jetzt endlich mal zu uns. Meine Familie will dich kennenlernen. Da kannst du dann auch mit Reinhard sprechen.«

»Meinst du wirklich?«

»Und wie ich das meine! Meine Töchter wollen unbedingt ihren Onkel von der Kripo sehen.«

»Du hast ihnen gesagt, was ich arbeite?«

»Ja. Kriminalpolizist ist doch ein ehrenwerter Beruf – oder etwa nicht? Meine Mädels lieben Krimis.«

»Die Wirklichkeit sieht aber ganz anders aus.«

»Gut, wenn ihnen das mal einer sagt, der Ahnung hat. Wir

freuen uns, wenn du kommst. Samstag musst du nicht arbeiten, oder?«

»Nein, muss ich nicht.«

»Dann freu ich mich. Roter-Brach-Weg 7.«

»Das kenn ich. Das ist in Prüfening, oder?«

»Genau. Samstag, drei Uhr.«

OUT OF STYLE

Diego stellt die leere Espressotasse auf das Tablett, mit dem er gerade von dem kleinen italienischen Lokal *Adria* neben der Trauerhilfe Kaffee geholt hat, und schnauft. »Also der Kaffee war schon mal besser, oder?«

Andi zuckt mit den Achseln. »Ach, der war doch wie immer.«

»War er nicht. Viel rauer im Geschmack.«

»Passt doch zu dir.«

»Nein, ich bin eher der senile Typ.«

»Du und feinfühlig?«

»Ja, ich. Und ich mag guten Kaffee.«

»Ach komm, der war doch okay. Außerdem kann man über Geschmack nicht streiten.«

»Warum müssen die immer Sachen ändern?«

»Weil sich immer alles ändert.«

»Quatsch. Ich werd ja auch nicht plötzlich Bayern-Fan.«

»Wieso eigentlich nicht?«

»Spinnst du jetzt, Andi? Hast du 'nen Vogel oder was? Das geht überhaupt nicht. Bayern? Niemals! Und was mach ich dann mit dem großen Löwen-Tattoo auf meinem Rücken? Nur mal als Beispiel.«

»Du, da kenn ich mich aus. Einfach weglasern. Oder du machst die Billigversion mit Batteriesäure.«

»Lass den Scheiß! Einmal Löwe, immer Löwe.« Diego fährt mit dem kleinen Finger über den dunkelbraunen Film in seiner Espressotasse und schleckt den Finger ab. »Puh, der war früher echt besser. Vielleicht kann man damit sogar Tattoos wegmachen? Weißt du, Andi, der Francesco vom *Adria* hat gesagt, dass ihm sein Kaffeelieferant ein Angebot gemacht hat, das er nicht ablehnen konnte.«

»Wow, Diego. Das klingt gefährlich.«

»Hab ich auch gedacht. Aber meinst du, die Mafia hält sich mit ein paar Kaffeebohnen auf?«

»Na ja, verschätz dich mal nicht, Diego. Das ist ein Riesengeschäft. Ganz Italien trinkt Kaffee. Morgens, mittags, abends. Und die Deutschen auch. Sogar die Finnen und …« – »Jaja, ist schon gut, Andi. Vorher war der Kaffee beim Francesco jedenfalls besser.«

»Mein kleiner Gourmet. Nur keine Änderungen.«

»Quality never goes out of style. Weißt eh, Andi: *Sechzig, Sechzig, Sechzig!* – Hey, was'n da los?« Diego deutet durch die schlierige Scheibe der Werkstatt auf den Parkplatz hinaus. Dort steht ein großer schwarzer Lancia, aus dessen Fond gerade ein kleiner glatzköpfiger Mann in dunklen Nadelstreifen aussteigt. »Cool, mit Fahrer. Will ich auch mal.«

»Klar, Diego, wenn du der Manager von Sechzig bist. Und die wieder Kohle haben. Ich geh mal nach vorn in den Showroom. Der Glatzkopf sieht nach *Barbarossa* aus. Wenn nicht gar *Eternity*. Vielleicht können wir ihm das gebrauchte Teil verschnalzen.«

»Ich denk, wir sollen den Sarg behalten?«

»Der Kunde ist König. Für die Lesungen tut's schließlich auch was Rustikales.«

»Also nach ›verschnalzen‹ schaut der Typ nicht aus.«

»Überlass das mal einem Meister des Marketings – mir.«

Andi betritt den Verkaufsraum. Diego hält sich im Hintergrund, betrachtet die Szenerie von nebenan durch das Werkstattfenster. Der kleine Mann nimmt interessiert die Parade der Särge ab.

»Suchen Sie etwas mit Destination?«, fragt Andi.

»Ja, den Chef. Sind Sie das?«

»Ich bin der Stellvertreter. Sie haben einen Trauerfall?«

»Nicht nur einen.«

»Oh Gott, das tut mir leid.«

»Der Tod ist mein Geschäft.«

»Aha?«

»*Funebre Italiano Classico*, Milano.«

»Fun, was?«

»Kein Fun. Funebre – Bestattungen. Wir sind Kollegen. Ein schönes Geschäft haben Sie hier. Läuft?«

»Wir können nicht klagen. Gestorben wird ja zum Glück immer. Leider ist der Trend zur Urne ungebrochen.«

»Ja, davon können wir ein Lied singen in Italien. Aber im Vergleich ist Deutschland da noch mustergültig. Hier zählen Erdbestattungen noch etwas. Haben Sie auch Särge im oberen Preissegment?«

»Natürlich. Das ist unsere Spezialität. Wenn ich Ihnen ein besonders schönes Exemplar unseres Flagschiffs *Eternity de luxe* zeigen darf …« Er führt ihn zu ihrem Spitzenmodell. »Topfertigung, alle Extras sind Handarbeit durch und durch. Besonders hervorzuheben sind die handgeschmiedeten Beschläge. Ganz was Feines. Innenausstattung fertigen wir individuell nach Kundenwunsch. Wir hatten sogar schon einmal Ziegenleber, äh, Ziegenleder.«

»Weißes Ziegenleder?«

»Exakt. Polsterung in Rosshaar regionaler Herkunft. Haflinger in der 16. Generation aus dem Chiemgau. Ausgezeichnete Ökobilanz. In der Werkstatt haben wir noch ein Modell in Sonderausstattung. Fast ohne Aufpreis.«

Der kleine Mann lacht. »Du gefällst mir. Und du bist der Chef von dem Laden?«

»Der Stellvertreter – wie gesagt.«

»Gut, dann bestell deinem Chef einen schönen Gruß.« Er drückt Andi eine Visitenkarte in die Hand.

»Einen Gruß? Sonst nichts?«

»Sag ihm, dass ich den Laden kaufen will.«

»Aber …«

Der Mann legt den Zeigefinger auf die Lippen und dreht sich um.

Als sich Andi wieder fängt, fährt der schwarze Wagen schon vom Hof.

»Was war das?«, fragt Diego.

»Eine feindliche Übernahme.«

»Was wollte der?«

»Den Laden kaufen.«

Jetzt sieht Andi auf die Visitenkarte und merkt, dass es nicht nur eine Visitenkarte ist. Darunter verbirgt sich ein zusammengefalteter Fünfhunderter.

»Hey, Andi, das ist ja ein …«

»Schnauze, Diego.«

»Du nimmst Geld von fremden Leuten!«

»Ich tu gar nix.«

»Ja, klar, das war nur so ein Versehen. Der hat ein paar Fünfhunderter in der Tasche, und da rutscht ihm zufällig einer …« – »Schnauze, Diego! Ich geb's zurück.«

»Also, das macht jetzt auch keinen Sinn. Wir teilen das und gut ist. Und der Wotan kriegt auch seinen Anteil.«

ZUSTÄNDIG

Hummel stellt Dosi im Büro einen Kaffee hin.

»Danke. Mit meinem Klumpfuß verschütt ich ja alles.«

Er deutet auf ihren Monitor. »Was machst du da?«

»Der Bericht vom Arzt aus Italien zu Marcellos Unfall ist da. Ich hab ihn tatsächlich bekommen.«

»Und?«

»Ich wart noch auf die italienische Übersetzung. Mein Italienisch beschränkt sich auf Pizza, Pasta, Prego, Grazie, Vino, Amore und Arrivederci.«

»Das ist schon mal nicht schlecht. Wer macht denn die Übersetzung?«

»Gesine.«

»Gesine kann Italienisch?«

»Du sagst das, als wäre es eine Krankheit. Gesine war mal mit einem Italiener verheiratet.«

»Echt?«

»Ja, warum nicht? Sind doch fesche Burschen.«

»Nein, ich mein, mit Mitte dreißig schon verheiratet, also geschieden?«

»In welcher Welt lebst du eigentlich, Hummel?«

»Ach so, ich vergaß, dass du das auch schon hinter dir hast.«

Hummel setzt sich an seinen Schreibtisch. Dort stapeln sich unerledigte Akten. Alles Fälle, die mal ein scharfes Auge oder einen wachen Geist bräuchten. Und Muße. Hat er zurzeit alles nicht. Außerdem kann er immer nur eine Sache erledigen. Alles nacheinander, eins nach dem anderen. Er betrachtet den Stapel. Ein paar Sachen sind bestimmt schon hinfällig. Denn nicht selten arbeitet Kommissar Zeit für sie. Oder dessen Bruder Kommissar Zufall. Alles schon da gewesen: ein Totgeglaubter feiert Wiederauferstehung, das schlechte Gewissen drängt einen sensiblen Mörder plötzlich zum Geständnis oder eine Tatwaffe taucht wieder auf und das gleich noch mit perfekten DNA-Spuren. Er schnauft auf. Letztlich nur billige Ausreden, um sich ja nicht mit den liegen gebliebenen Fällen beschäftigen zu müssen. Der aktuelle Fall ist ganz anders als die Fälle, die sie sonst auf dem Tisch haben. Genau genommen gibt es nicht mal eine Leiche. Nicht wirklich ihr Zuständigkeitsbereich. Laut Günthers Stellvertreter definitiv nicht. Trotzdem. Außerdem gibt es Tote: In Italien sind zwei Menschen zu Tode gekommen – der Motorradpolizist und der Journalist vom *Profilo*. Zählt man die zwei Kaffeefabrikanten dazu, sind das sogar vier Tote. Das sind ganz schön viele. Aber eben nicht hier, sondern in Italien.

Dosi unterbricht Hummels Gedanken: »Gesine sagt, dass an dem Bericht nichts Auffälliges ist. Innerlich verblutet. Nieren- und Leberriss, verursacht durch den heftigen Aufprall. Marcello ist mit einem Pfosten der Leitplanke kollidiert.«

»Aber was hat zu dem Unfall geführt? Ein Ölfleck? War ein Draht auf der Straße gespannt? Waren die Bremsen in Ordnung?«

»Im Bericht der Polizei steht was von vermutlich überhöhter Geschwindigkeit und Rollsplitt in der Kurve. Aber das glaub ich nicht. Ich hab gesehen, wie Marcello Motorrad fährt. Wie ein junger Gott.«

»Na, dann kommen wir da auch nicht weiter. Wo ist denn Zankl eigentlich?«

»Der wollte nur schnell Clarissa vom Kindergarten heimbringen.«

SENSIBILITÄT

Von wegen nur schnell. Eine blöde Geschichte: Zankl hat Clarissa um zwei Uhr beim Kindergarten abgeholt, und sie hat sich auf dem Heimweg im heimischen Treppenhaus den Arm verletzt. Bei einer hitzigen Debatte über den tieferen Sinn des Zähneputzens nach dem Mittagessen im Kindergarten zeigte sie sich kompromisslos. Genauer gesagt: Clarissa wollte sich im Eifer des Gefechts von seiner fürsorglichen Hand losreißen, und er umklammerte ihre Hand noch immer fest. Plötzlich schrie sie wie am Spieß. Und warf sich auf den Boden und schrie noch viel mehr. Natürlich kam genau in diesem Moment Jasmin mit Angelo vom Kinderarzt zurück und machte ihm im Treppenhaus eine Riesenszene, damit es auch ja alle Nachbarn mitbekamen. Zur Hölle! Zumindest konnte er noch verhindern, dass Jasmin den Krankenwagen rief. Wie hätte das denn ausgesehen? Zumal Clarissa das Schreien dann doch einstellte und es durch ein leises Weinen ersetzte. Das ihm aber emotional den Rest gab.

Jetzt sitzt er mit Clarissa in der Notaufnahme der Haunerschen Kinderklinik und hat schon geraume Zeit am Empfang mit der Erfassung der persönlichen Daten verbracht. Das Erstgespräch mit der jungen Ärztin war seltsam verlaufen. Sie hatte ihn gefragt, ob das öfter vorkommt, und misstrauisch Clarissas Arme auf blaue Flecken hin untersucht. Er war tief gekränkt.

»Im besten Fall ist der Arm nur ausgerenkt«, hatte die Ärztin gesagt und hinzugefügt: »Es kommt immer wieder vor, dass Väter zu stark an den Armen ihrer Kinder ziehen. Häufig fehlt es da an der nötigen Sensibilität. Manchmal auch an Respekt.«

Er hatte sie nur entsetzt angesehen. Was glaubte sie denn? Er war schon kurz davor gewesen, zu explodieren und ihr mit aller Sensibilität und dem nötigen Respekt ins Gesicht zu schreien, dass er verdammt noch mal niemand ist, der sein Kind misshandelt. Doch darauf hätte die Ärztin wahrscheinlich nur gewartet. Nein, das ist auch nicht fair, denkt er jetzt. Weiß ich denn, wie viele Kinder hier täglich hergebracht werden und welche Ausreden überforderte Eltern für die Verletzungen ihrer Kinder haben? Trotzdem – er fühlt sich zu Unrecht als Grobian verdächtigt. Jetzt warten sie aufs Röntgen.

»Wir kommen bestimmt gleich dran«, sagt er zu Clarissa.

»Hoffentlich nicht.«

»Du musst keine Angst haben.«

»Ich hab keine Angst. Ich möchte das Buch noch fertig anschauen.« Clarissa steckt die Nase wieder in das abgegriffene Bilderbuch mit den Abenteuern eines kleinen dicken Igels. Die Stacheln des Igels sind rostrot. Unwillkürlich muss Zankl an Dosi denken und lacht.

»Herr Zankl!«, erklingt jetzt die scharfe Stimme einer korpulenten Schwester, die ihn und Clarissa mit Röntgenblick mustert. »Sie sind dran!«

Zankl nimmt Clarissa an der Hand des gesunden Arms.

Das Ambiente des Röntgenraums schüchtert Zankl wie Clarissa gleichermaßen ein. Der große weiße Stahlkasten, die schwenkbare Röntgenkamera.

»Wie bei *Star Wars*«, murmelt Zankl.

»Bei wem, Papa?«

»Wie in einem Science-Fiction.«

»Wo, Papa?«

»Ach, nix.«

»So, meine Süße, jetzt gib deinen Arm mal her«, sagt die muskulöse Schwester und dreht Clarissas Arm auf die Plattform des Röntgenapparats. Das Knacken geht Zankl durch Mark und Bein.

»Öha!«, meint die Schwester.

Oh, Gott!, denkt Zankl. Jetzt ist es passiert! Sie hat Clarissa endgültig den Arm gebrochen! Und jeder wird glauben …

Clarissa sieht die Röntgenschwester nur erstaunt an. Diese schickt Zankl raus.

Kurz darauf darf er wieder eintreten, die behandelnde Ärztin zeigt ihm das Röntgenbild auf dem Monitor. »Alles gut, kein Bruch, der Arm ist nicht einmal ausgerenkt.«

Kein Wunder, wenn hier Metzgerinnen arbeiten, denkt Zankl, sagt es aber nicht. Er ist einfach froh, dass sie gleich wieder hier raus können. Hat die rabiate Schwester eigentlich gut hingekriegt. Wenn man mit einem gesunden Arm reinkommt, würde sie ihn wahrscheinlich ausrenken oder brechen. Aber mit einem gesunden Arm kommt man ja in der Regel nicht hierher. Insofern macht sie einen guten Job.

INTERNATIONAL

Miller steht dem Angebot des Italieners gar nicht mal so ablehnend gegenüber, wie seine Mitarbeiter gedacht haben. Was vielleicht daran liegt, dass Andi ihm etwas von einer »Kooperation« erzählt hat, die der italienische Bestattungsunternehmer anstrebe, eine deutsch-italienische Zusammenarbeit. Das lässt angesichts der angespannten wirtschaftlichen Lage Millers imaginäre Registrierkasse in höchsten Tönen klingeln: »Miller's International Services. Hey, das klingt doch sehr vielversprechend!«, jubelt Miller. »Da expandiern ma dann so richtig. Vielleicht so was wie Re-Sales. Raus aus dem Land und gleich wieder rein und doppelt so teuer. Von Bayern nach Italien und dann zurück nach Deutschland. Re-Import – wie bei Autos. Aber nicht zum Steuersparen, damit es billiger wird, sondern zur Steigerung des Genuss- und Erlebnisfaktors und damit des Preises. Wir pimpen die Särge mit Dolce Vita und kassieren einen satten Aufschlag. Vielleicht geht sich da sogar ein Deal mit dem Vatikan aus, so mit Label: *Blessed in Italy*. Das wird richtig gut. Wisst ihr, Lederhosen mag ja nicht jeder, aber Italien findet selbst der Fischkopf gut.«

Das waren Millers Worte gewesen, nachdem er mit dem geheimnisvollen Glatzkopf telefonisch ein Geschäftsessen in der *Osteria Centrale* in der Schellingstraße vereinbart hatte. Ohne Andi und Diego. Und mit Wotan schon gar nicht. Denen fehlt es an Weltläufigkeit, die so ein internationales Business erfordert, denkt Miller und stapelt im Kopf schon die Bündel mit Banknoten, als er ins Taxi steigt. Er fährt heute nicht selber, denn er hat sich vorhin noch im Internet die Speise- und Weinkarte des Lokals angesehen. Exzellent! Soweit er das mit seinen bescheidenen Gastrokenntnissen beurteilen kann.

»Superschade, dass wir nicht dabei sind«, sagt Diego und sieht dem Taxi hinterher. »Der Laden soll richtig gut sein. Die haben so frittierte Artischocken, hab ich gelesen.«

»Ja klar, mein kleiner Vegetarier.«

»Andi, des hat doch gar nix mit vegetarisch zu tun, wenn die gute Artischocken machen. Wäre schon ein feiner Schachzug gewesen, wenn der Miller uns mitgenommen hätte.«

»Mei, Diego, der Miller steht halt auf Vier-Augen-Prinzip. Außerdem müssen wir den Laden hier ja am Laufen halten, während die beiden die Rahmenbedingungen für die Zusammenarbeit verhandeln.«

Diego schaut auf den leeren Parkplatz. »Also, so richtig läuft da nix im Moment. Außerdem denk ich, dass der Typ ihm den Laden abkaufen will? Ich weiß nicht, ob das so gut war, wie du dem Miller die Geschichte erzählt hast.«

»Was hab ich ihm denn erzählt?«

»Na, dass der Typ einen Geschäftspartner sucht, das stimmt doch gar nicht. Der will doch einfach den ganzen Laden schlucken.«

»Ach komm. So was ist doch reine Verhandlungssache. Da steigt jeder doch erst mal mit seiner Maximalforderung ein, und nach ein paar Gläsern Wein näherst du dich an und kritzelst eine Vereinbarung auf eine Serviette.«

»Auf eine Stoffserviette?«

»Nein, auf eine Papierserviette. Schaust du keine Filme? Das ist dann der Vertrag.«

»Die Ostereia ist ein teures Lokal. Da gibt es doch keine Papierservietten!«

»Mann, Diego, du machst mich alle. Erstens heißt das ›Oster-i-a‹ und nicht ›Oster-Eier!‹ Und zweitens: Der Miller verkauft doch nicht einfach den Laden. Das würde seine Mama nie erlauben. Und schließlich: Überleg doch mal – so als Italiener kannst du nicht einfach herkommen und Leute beerdigen. Im deutschen Behördendschungel. Meinst du, der kennt sich mit unseren Bestattungsbestimmungen aus? Davon hat der doch null Ahnung. Ohne uns kriegt der hier keinen Fuß unter die Erde. Da sind wir die Profis.«

NERO

Dosi legt den Telefonhörer auf, dreht sich zu Hummel und Zankl. »Die Kollegen von der Organisierten Kriminalität haben was für uns. In vielen italienischen Lokalen und Feinkostläden wechselt die Kaffeemarke.«

»Bei uns in der Cafeteria könnten die auch mal den Kaffee wechseln«, meint Hummel.

»Viele steigen jetzt um von *Batta Caffè* auf *Caffè Nero*. Na, klingelt da was?«

»Der Mailänder Kaffeekrieg. Offenbar ist der jetzt sogar hier angekommen.«

»Interessiert uns das?«, fragt Zankl.

»Na ja, so generell – da geht es um viel Geld, da sind mehrere Leute in Italien gestorben, die Chefs von *Batta Caffè*, dann der Journalist vom *Profilo*, der in dem Fall recherchiert hat. Und vielleicht hat auch Marcellos Tod etwas damit zu tun.«

Hummel zuckt mit den Achseln. »In ein paar Tagen packt Baroli aus. Dann wird man sehen. Wir sind raus aus der Nummer. Bin gespannt, ob sein Deal klappt und man seine Familie freilässt. Ich glaub ja, er verzockt sich.«

»Was ist jetzt mit dem Kaffee?«, fragt Dosi. »Das wär doch interessant.«

Zankl winkt ab. »Es ist nicht unser Ressort, und es passiert nicht in unserem Land.«

»Doch, es passiert hier«, sagt Dosi. »Dieser Kaffeeproduzent drückt sein Produkt auch hier durch.«

»Ach komm, du siehst hier in München schon Mafiastrukturen, oder was?«, fragt Zankl.

»Ja, die seh ich.«

»Ach komm. Hauptsache, der Kaffee schmeckt.«

Dosi stöhnt auf. »Ja, klar, Zankl. So einfach kann man es sich machen.«

»Dosi, das ist alles sehr komplex, diese Wirtschaftssachen. Wir sind bei der Mordkommission.«

»Kannst du nicht noch mal Carlo fragen? Ich will wissen, was hier gerade abgeht.«

»Was soll das bringen?«

»Der ist doch Geschäftsmann. Der weiß bestimmt, was seine italienischen Kollegen so alles treiben. Geh doch mit ihm essen, mach ein bisschen Small Talk. Ganz spontan.«

»Weißt du, was Essengehen mit Carlo kostet? Der geht nicht mal schnell auf 'nen Leberkäs mit Ei.«

»Die Rechnung zeichnet Mader bestimmt ab. Ist ja ein Geschäftsessen. Nur Lunch. Ganz spontan.«

»Na, dann«, seufzt Zankl.

WELLE

»Hey, Carlo, wie geht es?«, begrüßt Zankl seinen Freund, als er ihn an dem Fenstertisch der *Osteria Centrale* entdeckt hat.

»Passt schon, Franco. Komm, setz dich.«

»Ancora due, prego«, sagt ein Mann zwei Tische weiter.

Zankl sieht zu dem Tisch. Ist irritiert. Den einen Typen kennt er doch? Mit dem hatte er doch schon mal zu tun?

Carlo folgt Zankls Blick. »Bekannte?«

»Ja, jetzt weiß ich's. Dem einen gehört ein Beerdigungsinstitut. Du kennst nicht zufällig den anderen?«

»Woher sollte ich ihn kennen?«

»Er spricht Italienisch.«

»Franco, wie viele Italiener gibt es in München? Und das hier ist ein italienisches Lokal. Hier sind öfter Italiener. Ziemlich oft. Ziemlich viele. Ich kenne viele Italiener. Aber hier im Lokal außer dem Chef und dem Personal kenne ich aktuell keinen. Der eine ist Bestatter, sagst du?«

»Ja, der rechte, er hat einen Laden am Ostfriedhof.«

»Ein Mann mit Geschmack jedenfalls. Was das Essen angeht. So, jetzt lass uns bestellen. Ich hab einen Bärenhunger!«

»Hau rein, du bist mein Gast.«

»Lass ich mir nicht zweimal sagen.«

Sie stoßen mit einem Trebbiano d'Abruzzo an.

»Carlo, hast du irgendwas gehört, dass der Mailänder Kaffeekrieg jetzt auch nach Deutschland kommt? Viele Anbieter und Lokale wechseln zu *Caffè Nero*.«

»Ja, die expandieren sehr.«

»Wird da Druck ausgeübt?«

»Nein, welche Ware gelistet wird, entscheidet jeder Großhändler selbst. Und die Gastronomen suchen dann beim Großhändler aus, was sie ihren Gästen anbieten.«

»Wirklich? Da gibt's keinen Druck?«

»Druck klingt so negativ. Ich würde eher von Marketingmaßnahmen sprechen. Da geht es um Provisionen und Rabatte. So funktioniert Marktwirtschaft.«

Zankl schnalzt mit der Zunge. »Ja, wahrscheinlich ist das so.«

»Franco, am Ende muss jeder selbst wissen, was er will. Und der einzelne Händler entscheidet. Wenn ihm der Kaffee nicht schmeckt, kauft er ihn nicht, sondern nimmt ein anderes Produkt. Denn wenn den Gästen der Kaffee nicht schmeckt, ist das schlecht fürs Geschäft. Wirtschaftliche Gefahr kommt in dem Bereich eh aus einer ganz anderen

Richtung. Die eigentliche Bedrohung sind die amerikanischen Ketten, die sich überall in Europa breitmachen. In Italien noch nicht. Da gibt es noch Hunderttausende kleine Bars. Das ist eine uralte Kultur, die zerstört wird, wenn diese Ketten mit ihren Pappbechern nach Italien kommen sollten.«

»Sind die nicht schon längst da?«

»Nein, da ist Italien anders als Deutschland. Italien ist da weitgehend ein weißer Fleck. Die Bars sind Kulturgut, Teil unserer italienischen Identität, Ausdruck unserer Individualität. Noch ist die Welt in Ordnung. Aber wie lange noch?«

Zankl nickt nachdenklich.

»Aber um auf deine Frage vorhin zurückzukommen«, sagt Carlo. »Es gibt keine Absprachen, niemand wird beim Kaffee-Einkauf unter Druck gesetzt. Weißt du, was die hier im *Centrale* für Kaffee haben?«

»Italienischen, schätz ich mal.«

»*Fausto.*«

»Aha. Italienisch.«

»Nicht Italien. Monaco. Untergiesing. Eine kleine Rösterei. Du siehst, jeder kann selbst entscheiden, welchen Kaffee er kauft und anbietet. Selbst der italienische Patron ordert den heimischen Kaffee. Am besten, der Geschmack entscheidet.«

»Dann bin ich ja beruhigt. Sag mal, hast du irgendwas Neues aus Mailand gehört? Was macht der Prozess?«

»Baroli mach eine ziemliche Welle. Es gibt bereits Verhaftungen, Hausdurchsuchungen, Beschlagnahmen. Noch bevor der Prozess eigentlich losgeht. Die Mailänder Geschäftswelt ist nervös. Das ist nicht gut. Weißt du, was da für ein wirtschaftlicher Schaden entsteht? Weiß Baroli das?«

»Hey, Carlo, was redest du? Gesetz geht vor Profit! Auch wenn das altmodisch klingt.«

»Was, wenn sich der Staatsanwalt täuscht?«

»Wieso sollte er sich täuschen?«

»Wer weiß, ob Barolis Unterlagen wirklich wasserdicht sind, also stichhaltig.«

»Das ist Sache der Gerichte. Oder weißt du mehr?«

»Nur, dass da viel Unruhe ist. So, jetzt lass uns bestellen. Ich sterbe vor Hunger.«

Carlo winkt den Kellner an den Tisch. Zankl sieht aus dem Fenster. Sieht draußen die Autos vor der Ampel. Hört das Röhren eines Sportwagens.

»Ey, Franco?«

»Entschuldigung. Ich nehm das Gleiche wie du.«

Der Kellner verschwindet. Carlo redet wie ein Wasserfall. Über die Kinder, die Familie, die Arbeit, sein neues Auto. Zankl hört ihm nicht wirklich zu. In seinem Kopf arbeitet es. Stichhaltig? Was soll das heißen? Dass man Baroli aufs Glatteis geführt hat? Zankl spült die Zweifel mit einem großen Schluck Wein hinunter.

CANNELLONI

»Ui, was ist denn mit dem los?«, fragt Diego, als der Chef mit Grabesmiene in seinem Büro verschwindet.

»Scheiße drauf«, lautet Andis Blitzanalyse.

»Sollte man nicht nach gutem Essen. Sieht aus wie eine beleidigte Cannelloni.«

»Ja, der Herr Gourmet.«

»Das ist nicht gut, wenn man Geschäfte macht beim Essen. ›Achtsam genießen‹ ist das Zauberwort.«

»Das sind zwei Wörter, Diego.«

»Im aktuellen *Schöner Essen* steht ein großer Artikel dazu.«

»Ah, dein Lesezirkel. Sitzt du jetzt ständig beim Urologen im Wartezimmer?«

»Woher denn, Andispatzl. Ich hab seit letztem Monat ein Abo vom *Schöner Essen*. Voll die geile Prämie. Ein Spiralschneider.«

»Ist das ein Folterinstrument?«

»Du schon wieder. Immer nur Sex im Kopf. Mit einem Spiralschneider kannst du Gemüsenudeln machen, aus Zucchini zum Beispiel.«

»Zucchini, du?«

»Ja, Zucchini – ich. Was dagegen?«

»Nein. Hey, erst Artischocke, jetzt Zucchini – von A bis Z. Voll das Fitnessprogramm. Hauptsache, du bist gut drauf. Der Chef ist es jedenfalls nicht.«

»Na ja, siehst du, das ist vielleicht so wie bei unseren Nachbarn neben dem Institut. Wahrscheinlich hat denen der Lieferant auch irgendwas von internationaler Kombination vorgelabert, und am Ende müssen sie einfach den neuen Kaffee nehmen. Sonst …« Diego hebt wissend die Augenbrauen.

»Sonst was?«

»Passiert halt was.«

»Meinst du, der Italo-Bestatter hat dem Miller gedroht?«

»Du hast dich doch mit dem Typen unterhalten. Ist der gefährlich?«

Andi überlegt ein bisschen. »Kann schon sein.«

Jetzt erscheint Miller im Verkaufsraum. Blick sorgenumwölkt. Aber klar bei Stimme: »Holt's a mal den Wotan!«

Gesagt, getan. Die drei sind gespannt, was der Chef ihnen mitzuteilen hat. Kommt jetzt ein Schwanengesang? Hören sie die letzten Worte ihres Arbeitgebers? Teilt er ihnen mit, dass ihre Arbeitsplätze leider hinfällig geworden sind?

Dass sie nur noch Treibgut sind am zugemüllten Strand der Globalisierung, die den kleinen Handwerks- und Dienstleistungsbetrieben wie dem ihren den Todesstoß versetzt? Solch traurige Gedanken geistern durch die Gehirnwindungen der drei Mitarbeiter der *Trauerhilfe Miller*.

Miller holt tief Luft, dann stößt er sie mit pointierten Worten wieder aus: »Expansion, Wettbewerb, Konzentration.« Pause. Irritierte Blicke. Er fährt fort: »Die Zeichen der Zeit stehen auf Veränderung. Auch in der altehrwürdigen Bestattungsindustrie. Wir sind gezwungen zu handeln!«

»Du willst verkaufen?«, platzt Diego heraus.

»Niemals, nur über meine Leiche! Die *Trauerhilfe Miller* ist mein Lebenswerk! Das ist ein Familienbetrieb und wird immer ein Familienbetrieb bleiben. Wir dürfen nicht zum Totengräber unseres eigenen Berufes werden, wir dürfen uns nicht dem billigen Massengeschmack beugen! Unsere Stärken sind: Handwerk, Tradition und individuelle Betreuung. Dafür steht die *Trauerhilfe Miller*. Und für dieses Geschäftsmodell brauche ich eure Unterstützung! Und eure Loyalität! Wir verkaufen nicht an die Konkurrenz! Nie und nimmer! Wir werden diesen gesichtslosen Massenabfertigungsbetrieben, denen es nur um Gewinnmaximierung geht, die Stirn bieten!«

Allgemeiner Jubel.

»Und wenn der Typ Stress macht?«, fragt Diego, als der Jubel verebbt ist.

»Was meinst du mit Stress?«, fragt Miller.

»Na ja, der ist ja Italiener. Vielleicht hat er Verbindungen. So von wegen: Mafia.«

Miller lacht dröhnend. »So weit kommt's noch. Wir sind ja nicht in Neapel oder in Catania. Das hier, das ist München!«

ABGESPEICHERT

Samstag. Zeit für Muße. Und Familie. Letzteres gilt eigentlich nur für Zankl, dem einzigen klassischen Familyman im Team. Muße findet er momentan aber eher am Arbeitsplatz. Seine Samstage sind geprägt von Einkaufen, Mithilfe beim Putzen und Aufräumen und steten Wiederholungen bei der Kleinkindpflege: Windelwechseln, Eincremen, Umziehen, auch sich selbst, wenn ihn Angelo mal wieder vollgesabbert oder angepieselt hat. Und dann die schwerste Übung: Angelo in den Schlaf schunkeln. Zankl leidet schon am Restless-Arm-Syndrom. Füttern ist zum Glück noch allein Jasmins Job. Aber Clarissa will auch was mit ihm unternehmen. Wenigstens kann er dann auf dem Spielplatz in Ruhe sein *Kicker*-Heft lesen. Zur Sportschau kommt er schon lange nicht mehr. Zankl empfindet die Samstage als ewig gleichlaufendes Loop, in das er sich mal besser und mal schlechter einfügt.

Dosi und Hummel arbeiten am Wochenende an ihren Beziehungen: Spazieren, gemeinsam ins Stadion gehen, im Café sitzen, Dinge tun, die man gerne macht und unter der Woche nicht schafft.

Mader hingegen waren Wochenenden bisher immer egal. Zumindest in der Zeit ohne seine Ex-Frau Leonore. Keine familiären Verpflichtungen, einfach Samstag und Sonntag ohne Arbeit verstreichen lassen, mit Bajazzo durch München streifen. Wird das jetzt anders? Vielleicht. Heute ist er in einer wichtigen Familienangelegenheit unterwegs. Er ist nervös, als er in Regensburg-Prüfening aus dem Zug steigt.

Er sieht vom Bahnhofsvorplatz zum Schlossberg hinüber. Heißt der wirklich so? Hinter den Mauern verbirgt sich das Kloster Sankt Emmeram. Vielleicht auch Klosterberg? Aber das Schloss Prüfening gibt es hier ebenfalls. Egal, wie der Berg heißt, Mader kann sich gut erinnern, wie sie hier als Kinder im Winter gerodelt sind. Wenn der Weg vereist war, bis ganz unten in die dornigen Büsche. Er, Hubert und Peter. Die beiden fallen ihm jetzt zum ersten Mal seit vielen Jahren wieder ein, seit Jahrzehnten. Warum erst jetzt? Sie waren als Kinder unzertrennlich. Ob seine alten Freunde noch in Prüfening wohnen?

Bajazzo zerrt an der Leine.

»Gleich, Bajazzo, wir sind zu früh.«

Bajazzo bellt und zieht.

»Jaja. Wir drehen noch eine Runde.«

Mader steuert die verwitterten Mauern an, die den Park des Klosters umgeben. Er lässt Bajazzo von der Leine. Bajazzo tobt den Weg hoch, entdeckt ein Kaninchen, jagt ihm hinterher durchs Unterholz.

Mader sieht ein Kruzifix am Wegesrand. Erinnert sich. Er berührt den Holzpfosten und geht um das Kreuz herum. Betrachtet aufmerksam die Rückseite. Jetzt sieht er es. HKP. Hubert – Karl – Peter. Ins dunkle Holz geritzt. Damals frisch und hell, jetzt sind die Buchstaben schwarz. HKP – ihr Zeichen. So lange her. Sie waren unbeschwert und glücklich. Drei Musketiere. Freunde für immer. Von wegen.

Bajazzo kommt zu ihm zurück. Sein Fell ist struppig, dornige Ästchen stecken darin.

»Na, ist das Kaninchen entwischt?«

Bajazzo bellt.

»Wie, auf einmal weg?«

Bajazzo bellt.

»Ja, sind alle gleich, die Kaninchen.« Mader sieht auf die Uhr. »Okay, dann lernen wir jetzt mal Helenes Familie kennen. Mal sehen, ob ihre Töchter Hunde mögen. Bestimmt, oder?«

Bajazzo bellt.

Als sie das Haus am Roten-Brach-Weg kurz hinter der Bahnunterführung erreichen, wundert Mader sich. Das hat er sich anders vorgestellt. Er muss lachen. Über sein Vorurteil, dass eine Professorin standesgemäß lebt. Das hier ist eine Doppelhaushälfte, die schon bessere Zeiten gesehen hat und der ein neuer Anstrich nicht schaden würde. Garten verwildert. Mitten auf dem struppigen Rasen ein 2CV, eine Ente, die fröhlich vor sich hin rostet. Jetzt sieht er die Hühner in der Rostlaube und den Maschendraht an den Fensterrahmen. Ein Hühnerstall! Bajazzo schießt in den Garten und jagt die restlichen Hühner in die Ente. Lautes Bellen und Gackern. Federn fliegen.

»Hey, Karl!«, begrüßt ihn Helene.

»Hallo, Helene.« Mader entschuldigt sich mit einem Achselzucken für seinen ungestümen Hund.

Helene lacht. »Die sind das gewohnt. Bomba macht das auch immer.«

Schon stürmt hinter ihr ein Boxer aus der Haustür. Bajazzo ergreift die Flucht und versteckt sich in der Hecke. Erfolglos. Lautes Bellen im Duett.

»Die werden sich schon anfreunden. Komm rein«, fordert Helene Mader auf.

Drinnen herrscht fröhliches Chaos: eine überbordende Garderobe, in der bunte Sportklamotten einen scharfen Duft entfalten, an die Wand sind zwei zerbrochene Hockeyschläger genagelt, irgendwo dudelt B 3.

»Wo sind deine Töchter?«

»Noch beim Hockey. Kommen aber bald.«

Ein Mann steckt den Kopf aus der Küche. »Hallo, ich bin Reinhard. Ich bin gleich bei euch.«

Helene führt Mader ins Wohnzimmer. Alles voll mit Büchern, Zeitschriften und Papieren. Helene räumt ihren Laptop vom Esstisch.

Reinhard bringt ein großes Tablett mit Tassen, Tellern, Kaffee und einem Gugelhupf. Der Kaffee schwappt aus der großen Espressokanne und zischt auf dem heißen Metall. Reinhard stellt das Tablett ab und verteilt das Geschirr. Dann schüttelt er Mader die Hand. »Hab schon viel von dir gehört.«

»Ebenfalls.« Was nicht so ganz stimmt. Mader grinst unbeholfen. Reinhard wirkt wie ein Student Ende zwanzig. Klar, ein paar graue Haare, aber insgesamt jugendlich mit seiner verwuschelten Frisur, dem grauen T-Shirt und den alten Jeans. Einen Wirtschaftsjournalisten hat Mader sich anders vorgestellt – eher mit Anzug. Na ja, zu Hause wohl kaum. Ist Reinhard jünger als Helene? Warum nicht?

Maders Angst, dass die Konversation eckig werden könnte, verpufft sofort. Reinhard redet drauflos über Politik und Wirtschaft, über Bücher und Kino. Mader bekennt sich zu seiner eigenen Überraschung auch gleich zu seiner Vorliebe für französische Filme im Allgemeinen und für Catherine Deneuve im Besonderen. Bis die Töchter lautstark ins Wohnzimmer platzen. Sie sind ihrer Mutter aus dem Gesicht geschnitten und halten sich nicht lang mit Formalitäten auf. Nach einer kurzen Begrüßung verschwinden sie mit großen Kuchenstücken nach oben.

»So sind sie«, sagt Helene und macht keine Anstalten, mehr über ihre Tochter zu erzählen.

Mader atmet durch. Seine Angst, dass die Begegnung mit dem Onkel peinlich werden könnte, war unbegründet. Hier ist alles wunderbar normal, ein bisschen chaotisch, hell und freundlich.

Als Mader und Helene auf die Terrasse raustreten, liegen Bajazzo und Bomba einträchtig nebeneinander auf den sonnenwarmen Waschbetonplatten.

»Na also, geht doch«, meint Helene und nimmt einen tiefen Zug aus ihrer Zigarette.

Ja, geht doch, denkt Mader und sieht in den Himmel. Derselbe Himmel, unter dem ich als Kind gespielt hab. – Was für ein Kitschgedanke! Natürlich ist es derselbe Himmel. Aber irgendwie doch ein Gefühl von Heimat und Kindheit. Regensburg – der Baggersee in Prüfening, die Donau, das verwilderte Hochufer, das Flussschwimmbad bei der Pfaffensteiner Brücke, der Volksfestplatz, die Kammerlichtspiele und die Bruce-Lee-Filme. Und das Gloria Filmtheater und mein erster Film mit Catherine. Ihm fällt seine peinliche Affäre mit Monika im letzten Jahr ein. Wenn man es überhaupt Affäre nennen kann. Seine Regensburger Jugendliebe hatte ihn schamlos ausgenutzt. Das Schöne und das Hässliche liegen oft nah beieinander, denkt er. Nein, hoffentlich nicht.

Helene lächelt ihn an. »Woran denkst du?«

»Ich bin hier aufgewachsen. Irgendwie, ich weiß auch nicht … Doch, alles ist da drinnen abgespeichert.« Er tippt sich an die Stirn.

Jetzt tritt Reinhard zu ihnen heraus und zündet sich auch eine Zigarette an. Helene geht rein, will nachsehen, was die Mädchen machen. Reinhard spricht Mader auf Baroli an.

»Helene hat dir erzählt, dass ich mit ihm zu tun hab?«, fragt Mader.

»Ja. Stimmen die Geschichten in der Zeitung denn? Dass auf ihn geschossen wurde?«

Mader berichtet in knappen Worten, was in der Fußgängerzone und im Zirkus passiert ist. Dann fragt er Reinhard, was er von Baroli hält.

»Erstklassige Quellen, profunde Hintergrundinfos, hervorragender Stil. Wer sich mit der Mafia und ihren Strukturen beschäftigt, kommt an Baroli nicht vorbei.«

»Aber?«, fragt Mader.

»Ich weiß nicht. Stell dir vor, du triffst jemanden zum Interview und bekommst lauter erstklassige Antworten. Alles genauestens durchdacht, pointiert, wasserdicht.«

»Was meinst du damit?«

»Als würdest du mit einem Politiker sprechen.«

»Und?«

»Sind Politiker glaubwürdig?«

»Nein.«

»Baroli macht perfekt Werbung in eigener Sache.«

»Wenn es der Wahrheit dient.«

»Das ist genau der Punkt. Die Wahrheit.«

»Das mit dem Meineid weißt du?«, fragt Mader.

»Ja, ich hab ihn damals im Interview darauf angesprochen.«

»Und, was sagt er?«

»Das übliche Gerede von ›Jugendsünden‹, ›dazugelernt‹, ›geläutert‹. Du darfst über die Details deiner Ermittlung nicht sprechen, oder?«

»Nicht bei laufenden Verfahren. Streng genommen ist es auch nicht mehr unsere Ermittlung. Das LKA hat übernommen.« Er sieht Reinhard nachdenklich an. »Wirst du jetzt anfangen, zu Baroli zu recherchieren?«

»Das wäre reizvoll. Aber nein. Ich bin kein Kriminalreporter. Meine Ressorts sind Wirtschaft und Finanzen. Hier in Deutschland. Ich mail dir unser Interview im *Fazit*.«

»Das wäre super. Sag mal, einen Emanuele Riccardi kennst du nicht? Journalist beim *Profilo*.«

»Nein. Was ist mit ihm?«

»Enthüllungsjournalist. Wirtschaftsthemen. Er ist tot. Mitte April. Von der Dachterrasse gefallen.«

»Aha. Fremdverschulden?«

»Ungeklärt.«

»Was glaubst du? Mord?«

»Möglich. Aber es gibt keine konkreten Hinweise. Vielleicht kannst du dich mal über ihn umhören. Riccardi hatte vor allem zu dem sogenannten Mailänder Kaffeekrieg recherchiert. Sagt dir das was?«

Reinhard nickt. »Scharfer Verdrängungswettbewerb. Ist Baroli ebenfalls an der Geschichte dran?«

»Ja. Zusammen mit diesem Riccardi. Also, als er noch lebte.«

»Und, was glaubst du?«

»Na ja. Vater und Sohn von der Kaffeefabrik *Batta Caffè* sind ums Leben gekommen, Riccardi ist von der Dachterrasse seines Hauses gestürzt, auf Baroli gab es in München ein Attentat. Es könnte gut sein, dass das alles zusammenhängt. Hörst du dich mal um?«

»Ja, mach ich.« Reinhard lächelt. »Jetzt hast du doch über euren Fall gesprochen.«

»Wie gesagt, es ist nicht unser Fall. Was in München passiert ist, liegt jetzt beim LKA. Was in Italien passiert ist, das ist Sache der italienischen Behörden.«

Reinhard nickt nachdenklich. Mader spürt es: Er hat Reinhards journalistische Neugier geweckt. Die Wirtschaftspolitik in Oberitalien und ihre mafiösen Strukturen haben bestimmt auch Auswirkungen auf den deutschen Markt. Ganz wohl fühlt Mader sich nicht, wenn er Berufliches mit Privatem vermischt.

POPOSITO

Wotan rollt in die Teeküche. »Hey Leute, was is'n mit dem Miller los? Erst die ganze Motivationskiste, und jetzt ist er schon wieder so scheiße drauf? Wegen der Oma vorhin?«

Diego schüttelt den Kopf. »Nein, die Oma war doch voll super.«

Andi stöhnt. »Voll super? Dass du die ganzen Blumen umräumst?«

»Ach komm, Andi. Das kann doch jedem mal passieren. War doch gut für die Stimmung.«

»Ja, alle haben gelacht«, sagt Andi.

»Eben. Du musst dem Tod den Stachel nehmen.«

»Ah, der Herr Diego, der Poet.«

»Logisch. Jedenfalls waren's dann alle besser drauf in der Aussegnungshalle.«

»Nur der Miller nicht«, meldet sich Wotan wieder zu Wort. »Pssst!« Er deutet zur Tür.

Miller durchmisst mit großen Schritten die Halle, wirft einen müden Blick auf die Arbeitsplatte und den bleichen Körper und betritt die Teeküche. Er hält ihnen wortlos den Ausdruck einer Mail hin. Neugierig betrachten sie das Blatt. Absender: *info@fun.it* steht ganz oben.

»Was heißt das – fun.it?«, fragt Diego. »Spaß in Italien?«

»*Funebre Italiano*«, erklärt Andi. »So was wie Italo-Bestattungen. Eigentlich sogar *Classico*. Stand auf seiner Visitenkarte.«

»Uh, mach mir die Rigatoni.«

»Später vielleicht, Diego«, sagt Miller. »Jedenfalls ist das die Firma von dem Glatzkopf.«

Sie vertiefen sich in den Text der Mail.

Sehr geehrter Herr Miller,
mit großem Erstaunen habe ich erfahren, dass Sie unser großzügiges Angebot zur Geschäftsübernahme bzw. die Eingliederung Ihres Instituts in unser europaweit agierendes Unternehmen Fun-It nicht in Erwägung ziehen.
Anders übrigens als ihre Münchner Kollegen bzw. Konkurrenten. Wenn Sie bis zum Letzten dieses Monats nicht ebenfalls zustimmen, werden wir weitere Schritte vorbereiten. Wir würden es außerordentlich begrüßen, auch Ihr kleines Unternehmen im Schoß der großen Funebre-Italiano-Familie aufnehmen zu dürfen.
Mit herzlichen Grüßen, Fabrizio Cuore

»Cuore heißt Herz«, sagt Diego.

»Sehr süß, Diego. Und?«

»Was – und? Andi? Ist doch ganz freundlich. Hat's halt versucht.«

»Das ist eine verdammte Drohung!«, stößt Miller hervor. »Ich hab dem zurückgemailt, dass er sich seine italienischen Särge sonst wohin schieben kann, am besten in seinen italienischen Poposito, der Riesenarsch.«

»Echt?«, fragt Wotan.

»Echt.«

»Stark!«

»Nein, das ist nicht stark! Das war ein ganz schwacher Moment! Das ist doch ein Typ mit Verbindungen!«

»Du meinst Mafia, Chef?«

»Ja, ich mein Mafia, Diego!«

»Aber du hast doch gesagt: München ist nicht Neapel.«

»Nein, München ist nicht Neapel. Und auch nicht Catania. Aber die scheiß Mafia ist trotzdem hier.«

Diego nickt. »Dann musst du aufpassen, dass dir nicht plötzlich was zustößt. Also, wir passen natürlich auch auf dich auf, aber wir sind ja nicht immer bei dir.«

»Sollen wir nicht lieber zur Polizei gehen?«, fragt Andi.

»Damit die unseren Laden unter die Lupe nehmen?« Miller schüttelt heftig den Kopf. »Auf keinen Fall!«

»Haben wir denn was zu verbergen?«, fragt Wotan.

Andi grinst schief. »Na ja, der *Eternity de luxe* aus echter deutscher Eiche ist nicht zu allen Teilen aus echter deutscher Eiche, also eigentlich gar nicht. Eiche sind nur die Füße. Der Rest ist Kiefer und Pressspan, ein bisschen Furnier. Nur so als Beispiel.«

Wotan lacht. »Aber das schnallt die Polizei doch nicht.«

Diego schüttelt den Kopf. »Es ist nicht gut, wenn die Cops hier ein und aus gehen. Unser Geschäft ist Direktion. Immer unter dem Sonar bleiben.«

Miller kratzt sich am Kopf, dann nickt er. »Wir müssen wachsam sein. Dann passiert schon nix. Ich hör mich mal bei der Konkurrenz um, ob die tatsächlich auch so ein Angebot bekommen haben, und falls ja, ob die sich wirklich darauf einlassen.«

»Okay«, meint Andi, als Miller gegangen ist. »Jetzt mach ma den Heini hier noch fertig und bringen ihn zum Friedhof rüber zum Aufbahren. Und dann geh ma auf 'n Bier.«

FLIESSEND

Hummel sitzt in der *Blackbox* und sieht Beate beim Arbeiten zu. Nein, sie arbeitet nicht. Sie tanzt. Vom Tresen durch die Tische. Ihre nackten Arme schwingen, schimmern golden im Kneipenlicht. Alles eine fließende Bewegung. Ihre Kneipe – sein Ort: die Musik von Marvin Gaye, die alten Konzertplakate, die schwarz lackierten Tischplatten mit den eingekratzten Namen und Liebesschwüren. Schon ein ganz eigener Mikrokosmos, nein, ein Universum. Hier hat er Beate das erste Mal gesehen, das ist jetzt bestimmt zehn Jahre her. Und es hat fünf Jahre gedauert, bis sie ein Paar waren und dann wieder nicht und dann doch wieder und so weiter. Ein ewiges Hin und Her und Auf und Ab. Die Trennung im vorletzten Jahr war schlimm. Er hat gelitten wie ein Hund. Und dann tauchte Karla mit ihrem Sohn Paul auf, und er hatte plötzlich eine Kleinfamilie. Kurz hatte er gedacht, dass das geht. Aber nur kurz. Es hatte nicht genug Substanz, keinen echten Tiefgang. Man muss auch in die Seele des anderen schauen wollen, denkt er. Nicht so psycho – *Ich will jetzt alles wissen von dir!* –, sondern einfach einen Blick in die Tiefe des anderen wagen wollen. Seele wie *Soul* – Bass, Gitarre, ein straighter Beat und eine tiefe warme Stimme, vielleicht ein bisschen brüchig. So Bobby Womack. Ja, sich in die Augen sehen und dazu der Sound von *110th Street*. Den Kern sehen, spüren, ganz tief. Keine Fragen stellen. Bei Karla hatte er nie den Wunsch, mehr zu erfahren. Sie war so klar, geradeaus, ohne Zweifel. Beate hingegen – bis heute ein einziges Rätsel. *Oh, Beate!*

»Na, alles klar bei dir?«

Hummel sieht auf. Plumpst in Beates Augen. Sagt nichts.

»In einer halben Stunde mach ich Schluss.«

»Mit mir?«

»Idiot.« Sie küsst ihn.

BEST OFFER

Das Telefon klingelt im Dunkeln. Mader ist im Wohnzimmersessel eingeschlafen. Er steht auf, schlägt sich das Schienbein am Couchtisch an. Als er das Telefon von der Anrichte nehmen will, fällt ihm der Hörer runter.

»Hallo?«, kommt es aus dem Gerät.

Mader flucht und tastet nach dem Hörer. »Ja?«

»Ich bin's, Reinhard.«

»Reinhard?«

»Der Mann von Helene.«

»Oh, hallo.«

»Alles gut bei dir, Karl?«

»Alles bestens.«

»Wirklich?«

»Bin nur gestolpert.«

»Entschuldige die späte Störung.«

»Ist was mit Helene?«

»Ich hoffe nicht. Sie ist mit ihren Freundinnen aus. Ich ruf wegen Riccardi an. Also wegen seiner Recherchen. Unserer Redaktion ist Material angeboten worden zum Mailänder Kaffeekrieg. Preisabsprachen, Schmiergelder im Großhandel, das Umgehen von Zollgesetzen und vieles mehr. Bis hin zur Kinderarbeit. Das volle Programm. Es geht um Betrug im dreistelligen Millionenbereich. Das wäre eine super Story für *Fazit*. Ich schätze mal, dass Riccardis Nachforschungen die Grundlagen dieser Informationen sind.«

»Warum bietet jemand das euch an, also einer deutschen Zeitschrift?«

»Wir werden nicht die einzigen sein. Auch hier in Deutschland nicht. Wir bekommen das, weil wir eine der führenden Wirtschaftszeitschriften sind. Und weil es Verwicklungen mit deutschen Lebensmittelkonzernen gibt. Aber wie gesagt, ich vermute, dass Redakteure beim *Spiegel*, *Stern* oder *Focus* die gleiche Mail bekommen haben.«

»Und, kauft ihr die Informationen?«

»Wir sind uns nicht sicher. Die ersten Dokumente sind sehr vielversprechend. Der Anbieter will eine Viertelmillion. Cash. Unser Verleger weiß nicht, ob es das wert ist.«

»Ist Baroli der Anbieter?«

»Hab ich auch schon überlegt. Aber das macht keinen Sinn. Dann kann er sich seinen großen Auftritt vor Gericht ja sparen. Und sein nächstes Buch auch. Und seine Familie ist ja weiterhin nicht in Freiheit, oder?«

»Das wüssten wir vermutlich. Könnt ihr die Mail zurückverfolgen?«

»Hey, wir sind nicht die NSA. Aber ihr könnt so was, oder?«

»Ich weiß es nicht. Wenn der Anbieter schlau ist, weiß er, wie man die IP verschleiert. Ich tippe mal, dass das Angebot aus Italien kommt.«

»Vermutlich. Karl, selbst wenn anderen das Material angeboten wird, wir beide kennen schon die genaueren Hintergründe. Wir wissen bereits, dass wegen dieser Daten der Journalist Riccardi in den Tod gestürzt ist, dass Barolis Familie entführt wurde, dass Baroli aktuell im Zeugenschutz ist … Das wissen die Redaktionen der anderen Zeitschriften nicht in diesem Umfang. Wir haben einen Informationsvorsprung.«

»Die Polizei hat einen Informationsvorsprung.«

»Du weißt, wie ich's meine.«

»Du hast deinem Verleger doch nichts von dem erzählt, was ich dir gesagt hab?«

»Natürlich nicht.«

»Habt ihr so was häufiger, solche Angebote?«

»Gelegentlich.«

»Auch mit Konkurrenz?«

»Auch das.«

»Und dann bieten die Verlage gegeneinander?«

»Wenn wir die Informationen wirklich haben wollen, machen wir ein *best offer*.«

»Was ist das?«

»Ein sehr gutes Angebot, und die anderen sind raus. Also hier z. B. eine halbe Million statt 250 000.«

»Und der Anbieter will das Geld cash?«

»Er, sie – ja.«

»Ist das üblich?«

»Na ja, keine Kontobewegungen, keine digitalen Spuren.«

»Also eine Übergabe.«

»Ja, vermutlich.«

»Mach das Angebot.«

»Wir haben keine halbe Million einfach so.«

»Natürlich nicht. Wir locken den Anbieter nach Deutschland, und dann nehmen wir ihn fest. Das ist kein ausgebuffter Profi. Ein Profi würde sich das Geld auf irgendein Offshore-Konto überweisen lassen.«

»Du meinst, ein Laie?«

»Ja, vielleicht ein Trittbrettfahrer.«

»Und du nimmst ihn dann fest?«

Mader überlegt. »Ich bin bei der Mordkommission. Hm. Aber, ja, wir sollten das probieren.«

Reinhard sagt nix.

»Bist du noch dran?«, fragt Mader.

»Ja, ich denk nach. Und meinem Chef, was sag ich dem?«

»Um den geht's hier nicht. Es ist nur ein Bluff.«

»Falls der Typ die Daten hat, bekommen wir sie dann auch?«

»Reinhard, das kann ich dir nicht garantieren. Aber du bist bei der Übergabe dabei.«

»Okay, ich mach's. Ich mach mit dem Typen einen Übergabeort aus.«

»In Bayern bitte.«

»Ich versuch mein Bestes.«

Mader legt nachdenklich auf. Mit der Aktion überschreitet er ganz klar seine Kompetenzen.

ABRAHAM

Als die Bestatterjungs das *Sixty Lions* um zwei Uhr nachts verlassen, sehen sie den Feuerschein am Himmel. Und das Flimmern der Blaulichter.

»Das ist beim Friedhof«, sagt Diego.

»In der Straße vorm Friedhof«, präzisiert Andi. »Scheiße! Unser Laden!«

Schon sind sie im Laufschritt beziehungsweise im Rollschritt unterwegs. Wotan setzt sich mit seinem Rollstuhl an die Spitze.

Es ist genau so, wie Andi befürchtet hat: Die *Trauerhilfe Miller* brennt lichterloh. Die Feuerwehr löscht, was das Zeug hält. Unter den Schaulustigen auch Miller selbst, Tränen im geröteten Gesicht.

»Das verdammte Schwein!«, zischt er statt einer Begrüßung.

»Meinst du, das war dieser Italiener?«, fragt Andi.

»Wer denn sonst? Das wird der mir büßen!«

Jetzt sehen sie, wie ein Rettungstrupp in das weitgehend zerstörte Gebäude eindringt.

»Haben wir gerade irgendwelche Leichen in Arbeit?« Miller schnüffelt.

Andi schüttelt den Kopf. »Nein, ist gerade alles ausgeliefert. Und der Brauereibesitzer kommt erst morgen.«

»Wenigstens das.«

Diego gluckst. »Ja, das wäre blöd. Feuerbestattung, und du hast Erdbestattung gebucht.«

»Sehr witzig.« Miller deutet zu den Feuerwehrleuten. »Und was ist das? Oder besser: Wer ist das?«

Die Rettungsleute bringen gerade jemanden auf einer Trage aus dem brennenden Gebäude. Sieht nicht gut aus, ein bisschen wie ein geschmolzener Schokoweihnachtsmann oder eine verkohlte Voodoo-Puppe in groß.

»Ach du Scheiße!«, murmelt Wotan.

»Weißt du, wer das ist?«, fragt Miller.

»Könnte der Rupert sein.«

»Wer?«

»Na, der Autor, der bei uns gelesen hat.«

»Wotan, was macht denn der immer noch bei uns? Ich hab doch klar und deutlich gesagt, dass sich das nicht wiederholen darf!«

»Na ja, der Ruppi hat gesagt, dass das mit dem Sarg eine ganz neue Erfahrung für ihn war. Also, er hatte ja Schlafstörungen, so ganz schlimm. Aber in dem *Eternity* hat er gepennt wie in Abrahams Schoß.«

»Und dann schläft er hier? Bei uns?«

»Ich wollte ihm ja einen Sarg verkaufen, also für zu Hause. Aber er hat gemeint, das ist nicht dasselbe wie bei uns im Institut.«

»Na super, Wotan«, meint Andi, »du verdienst dir jetzt was dazu?«

»Ich nehm doch kein Geld und geb euch dann nichts ab! Der Rupert hat gesagt, dass er dafür weiterhin Lesungen bei uns macht. Ohne Honorar.«

»Ganz toll«, stöhnt Miller. »Mich fragt ja keiner.«

»Aber Chef, wir sind ja noch in der Testphase.«

»Und die ist jetzt vorbei. Für immer, wie es aussieht.«

»Schade eigentlich«, findet Diego. »Auch wegen dem Rupert. Das war echt ein netter Typ. Der wird doch nicht etwa geraucht haben im Sarg?«

Wotan schüttelt den Kopf. »Nein, der Rupert hat nicht geraucht. Also generell nicht. Nur getrunken. Und nix von dem billigen Zeug. Wohldosiert natürlich nur. War ja eher so der Nachdenker. Der steckt uns nicht aus Versehen den Laden in Brand.«

»Vielleicht schafft er ja jetzt den Durchbruch«, murmelt Andi.

Diego sieht ihn irritiert an. »Hä, wie meinst du das?«

»Man sagt doch immer, dass Schriftsteller erst nach ihrem Tod berühmt werden.«

»Na dann haben seine Erben ja vielleicht noch was von dem Herrn Bestsellerautor«, sagt Miller. »Wotan, du kommst jetzt mit und erklärst den Polizisten das mit dem Dichter. Und ihr zwei haltet euch im Hintergrund. Ist schon genug passiert heute.«

Als Miller mit Wotan abgezogen ist, sagt Andi: »Diego, der Miller redet grad so, als könnten wir was dafür.«

»Woher denn? Wo wir sind, da ist Perfektion.«

»Genau. Aber den Wotan haben wir unterschätzt. Der ist voll der Geschäftsmann. Und hat ein Herz für Dichter. Wer hätte das gedacht!«

»Sag ich ja immer. Harte Schale, weicher Keks.«

DRACULA

Als Hummel am Montag um zehn Uhr im Büro aufläuft, sind Dosi und Zankl bereits schwer beschäftigt.

Zankl winkt mit einem Schnellhefter. »Ich hab ein bisschen Sonntagsarbeit gemacht.«

»Um der Familienidylle zu entkommen?«

»Der Mix macht's. So ein ganzer Sonntag zu Hause ist nicht immer einfach.«

»Und, was hast du?«

»Mal was ganz anderes: Brandstiftung mit Todesfolge. So sieht's im Moment jedenfalls aus. Bei unserem Lieblingsbestatter.«

»Und wer wäre unser Lieblingsbestatter?«

»Die *Trauerhilfe Miller*. Das sind die mit den Fußballbestattungen. Du erinnerst dich? Der Tote in der Allianz Arena. Und das Interessante ist: Ich hab den Chef von dem Laden erst kürzlich gesehen. Mittags in der *Osteria Centrale*.«

»Zankl, du musst es ja dick haben?«

»Geschäftsessen mit Carlo. Leider ohne großen Erkenntnisgewinn. Ich wollte ihm noch mal auf den Zahn fühlen, ob die Mafia auch bei uns in München operiert.«

»Natürlich tut sie das.«

»Ja, schon klar, Hummel. Aber ein bisschen genauer wollte

ich es schon wissen. Ob diese Kaffeegeschichte von Baroli auch bei uns ein Thema ist. Carlo sagt, dass hier bei den Händlern kein Druck ausgeübt wird. Jedenfalls war in dem Lokal der Miller mit irgendeinem schicken Italiener. Hat ausgesehen wie ein Geschäftsmann. Und jetzt behauptet der Miller, dass genau dieser Typ seinen Laden angezündet hat. Ein gewisser Fabrizio Cuore, dem ein großes italienisches Bestattungsunternehmen gehört – *Funebre Italiano Classico.*«

»Lass mich raten: Die wollen expandieren?«

»Genau. Und Miller soll verkaufen. Will aber nicht. Und jetzt sagt er, dass dieser Cuore ihm den Laden angezündet hat. Also nicht er selbst, aber dass er bestimmt den Auftrag dazu erteilt hat.«

»Aha. Arbeiten denn in dem Laden noch unsere zwei Armleuchter, die damals die Leiche am Olympiaturm gefleddert haben?«

»Ja. Die sind weiterhin fröhlich dabei. Die zwei sorgen immer noch auf interessante Art und Weise für eine eindrucksvolle letzte Reise. Die bieten Eventbestattungen an. Und jetzt gab es ein Pyrotechnikevent in dem Laden. Samt Personenschaden. Tödlich.«

»Andi oder Diego?«

»Mitarbeiter und Chef sind putzmunter. Aber in einem der Särge lag einer.«

»Eine Leiche?«, fragt Hummel.

»Jetzt schon.«

»Wie, keine Leiche? Also vor dem Brand?«

»Nein. Offenbar vermieten die auch Särge zum Schlafen an irgendwelche Gruftis.«

Hummel schnauft auf. »Boh! Echt? Ist das erlaubt?«

»Weiß nicht. Na ja, solang du Steuern zahlst auf die Mieteinnahmen. Haha. War angeblich ein Gegengeschäft. Der

Typ, der in dem Sarg gepennt hat, war ein Kollege von dir, Hummel.«

»Ein Polizist?«

»Nein, ein unbekannter Buchautor.«

»Na danke, Zankl. Und warum hat der Typ da gepennt?«

»Der hatte Schlafstörungen. Außer wenn er bei denen in einem Sarg lag. So draculamäßig. Die haben ihn jedenfalls da schlafen lassen. Als Gegenleistung sollte der Autor kostenlos im Institut Lesungen machen. Eigentlich eine coole Geschäftsidee. Aber das wird jetzt nichts mehr. Und der Chef von dem Laden wusste angeblich nicht, dass er da pennt. Jedenfalls verdächtigt er wegen des Brands diesen Fabrizio Cuore von *Funebre Italiano Classico*.«

»Der Name klingt wie ein schlechter Witz.«

»Aber es gibt den Typen. Der Miller sagt, er war mit ihm in der *Osteria*. Und das stimmt, denn ich hab die beiden da gesehen. Das Unternehmen gibt es auch, mit Sitz in Mailand. Den geheimnisvollen Herrn Cuore kennt dort allerdings niemand. Seine Mail-Adresse führt ins digitale Nirwana. Die Kollegen haben das bereits überprüft.«

»Was machen wir, Zankl?«

»Aktuell nichts. Wir warten die brandtechnische Untersuchung ab. Vielleicht ist es ja auch einfach nur Versicherungsbetrug von Miller. Für eine Totalrenovierung. Und der tote Buchautor ist nur ein Unfall. Miller sagt ja, dass er nichts wusste von dem Schlafgast. Sein Alibi und das seiner Mitarbeiter sind wasserdicht. Der Chef war bei seiner Mama. Und unsere beiden Lieblinge waren mit einem Kollegen beim Saufen.«

Dosi ist die ganze Zeit nur still dagesessen und hat versucht, ihr Kopfweh in den Griff zu kriegen. Was ihr nicht wirklich gelingt. Sie sollte am Sonntag nicht bis ultimo ausgehen. Sonst Nebel des Grauens am Montag. Wenigstens hat sie beim Kickern gegen Fränki gewonnen – und das mit einem kaputten Fuß! Jetzt klinkt sie sich doch noch in das Gespräch ein: »Die Kollegen vom Organisierten Verbrechen sollen sich mal wegen der italienischen Bestattungsfirma umhören. Also bei den Münchner Bestattern. Ob da noch andere unter Druck gesetzt wurden. Langsam hab ich schon den Eindruck, dass sich das häuft mit den Mafiageschichten. Als ob das ewige Gerede über die Mafia die erst hierherlockt. So *self fulfilling prophecy*.«

»Heyheyhey«, meint Zankl. »Red ma jetzt Business-English, Miss Europol?«

»Yes, international ist das definitiv: Baroli, der Hype um sein Buch, der Mailänder Kaffeekrieg, der plötzliche Wechsel der Kaffeemarken in vielen italienischen Lokalen in München, und jetzt auch noch ein italienisches Bestattungsunternehmen, das auf den deutschen Markt drängt.«

»Ja«, meint Hummel, »vielleicht hängt das tatsächlich alles zusammen. Neue Exportideen, neue Absatzwege, Expansion, Verdrängung. Eventuell ist München so was wie ein Testlabor für italienische Produkte. Würde ja passen. Wir haben hier ja schon fast italienischen Lebensstil.«

Zankl stöhnt auf. »Hummel, du glaubst also auch, dass die Mafia hier die Strippen zieht?«

»Nicht zwingend. Vielleicht sind das wieder nur *Die Freunde Italiens*. Wie bei der Kardinal-Faulhaber-Straße.«

»Vorsicht! Dünnes Eis! Das ist ein Kulturverein, in dem neben Carlo auch unser lieber Dr. Günther Mitglied ist. Und das Centro Italiano ist ja gar nicht schlecht geworden.«

»Dr. Günther mit seiner rosa Italienbrille«, murmelt Dosi. »Der würde einen Mafioso noch nicht mal erkennen, wenn er direkt neben ihm steht.«

ÜBERGANGSWEISE

Miller steht im Innenhof der *Trauerhilfe Miller* oder besser gesagt inmitten der traurigen Überreste des einst stattlichen Familienunternehmens. Neben ihm am Gehstock seine neunzigjährige Mutter. In ihrem zerknitterten Faltengesicht leuchten zwei hellblaue Augen. Sie kickt mit ihrem Gehstock einen unförmigen Klumpen aus Schmorplastik über den Hof. Verbranntes Holz und verkokelter Kunststoff sorgen noch immer für scharfen Duft. Der Dachstuhl der Ruine fehlt fast völlig. Nur ein paar poröse Balken stechen schwarz in den weißen Frühlingshimmel über Giesing.

Miller hat ganz feuchte Augen. »Dreck!«

»Mei, nach'm Krieg hat alles so ausg'schaut«, sagt seine Mutter trocken.

»Wir sind nicht im Krieg, Mama.«

»Natürlich sind wir im Krieg, Bub. Wir kämpfen gegen den Verfall der Sitten, gegen den Niedergang der Trauerkultur, gegen die Konkurrenz. Und gegen so einen Italo-Wichtel geben wir noch lange nicht klein bei!«

»Mama, das ist kein Wichtel, das ist ein Mann mit Verbindungen.«

»Dein Vater hätte sich so was nicht bieten lassen.«

»Aber nur, wenn er sich Mut angetrunken hat.«

»Wie redest denn du über deinen Vater? Der hat sich nix bieten lassen.«

»Ja, klar. Weil er allerweil besoffen war.«

Jetzt stehen der alten Dame die Tränen in den Augen.

»Entschuldige, Mama.« Er legt ihr den Arm um die

schmalen Schultern. »Der Betrieb war dem Papa so wichtig, das weiß ich doch. Wir geben nicht auf.«

»Nein, wir geben nicht auf!«

»Aber das wird ein paar Monate dauern, bis das wieder hergerichtet ist. Und bis die Versicherung zahlt. Wenn sie zahlt.«

»Ruf den Onkel Franz an.«

»Wieso den Franz? Damit der alles plattmacht?«

»Auch das. Der Franz hat immer ein paar Objekte, die nicht gleich abgerissen werden. Ihr könnt's bestimmt irgendwo übergangsweise rein.«

»Das wär gut. Wir haben diesen Monat noch eine ganze Reihe von Aufträgen. Der Rahmenvertrag mit dem St.-Alfons-Heim ist jetzt endlich unter der Erde, äh, unter Dach und Fach. Bei denen im Altersheim ist ja immer voll die Fluktuation. *Sarg herbei, Zimmer frei!*«

»Obacht, Bub!«

»Mama, so ist es doch.«

»Ja, so ist es.«

SILBERSCHWARZ

Der Mond steht hoch am Firmament. Die Umrisse der Berge zeigen scharfe Kante zum Silberschwarz des Himmels. Reinhard hat die Übergabe vereinbart. Bayern ist es nicht geworden. Österreich. Brenner-Bundesstraße. Die letzten Meter vor der Grenze zu Südtirol. Hier kann Mader niemanden festnehmen. Egal, jetzt sind sie vor Ort. Warten gespannt, was passieren wird. Ob was passieren wird. Momentan sieht es noch nicht danach aus. Auf der alten Brennerpass-Straße sind nur selten Autos zu hören, Scheinwerferpaare zu sehen. Leises Echo der Brenner-Autobahn, die sich auf hohen Betonstelzen durch die Berglandschaft schiebt. Die Luft ist schneidend kalt. Reinhard sieht den Wolken nach, die er beim Atmen und Rauchen ausstößt. Er hat den Jackenkragen hochgeschlagen, die rechte Hand in der Hosentasche vergraben, die linke wölbt sich um die Zigarette, damit sie im kalten Nachtwind nicht erlischt. Er hat schon viel erlebt als Journalist, aber das hier ist neu für ihn. *Jetzt kommt ein Wagen aus dem Schwarz, die Lichter blenden, die Türen gehen auf, nur der Umriss eines großen Mannes ist im Gegenlicht zu sehen. Er geht mit dem Geldkoffer auf den Mann zu. Plötzlich …!* Quatsch! Alles Kino. Kein Auto. Reinhard wirft die Kippe in die Nacht und setzt sich zu Mader in den Wagen.

Mader hat die Lehne ein wenig zurückgestellt und lauscht der Stimme von Yves Montand.

»Du stehst auf das alte französische Zeug?«, fragt Reinhard.

»Nicht alt – zeitlos. Was hörst du denn?«

»Hip-Hop, ein bisschen R&B.«

»Soul auch?«

»Manchmal.«

»Das ist Hummels Lieblingsmusik. Er hat die ganze Wohnung voll mit Platten und CDs.«

»Das ist der, den sie entführt haben?«

»Hatten.« Mader sieht auf die Cockpit-Uhr. Sie zeigt drei Uhr. »Jetzt müsste er eigentlich kommen. Es geht doch um einen Mann?«

»Ich weiß es nicht.«

Sie warten zehn Minuten.

Nichts passiert.

»Vielleicht war das Ganze nur eine Finte?«, meint Reinhard schließlich.

»Glaub ich nicht. Warum?«

Jetzt schlängelt sich ein Scheinwerferpaar durch den Bergwald.

»Bisschen schnell«, bemerkt Reinhard.

Mader nickt und konzentriert sich auf das Lichterpaar. »Zu schnell«, murmelt er.

Er lässt die Scheibe runter. Sie hören, wie ein Motor aufjault, ein Getriebe widerspenstig rattert – Motorbremse. Macht man im Rennsport. Oder wenn die Bremsen nicht funktionieren! Reifen quietschen durch die Nacht. Immer wieder tauchen Scheinwerfer im Bergwald auf und ab. Jetzt beschreiben die Lichtpunkte einen weiten Bogen durch die Luft. Äste splittern. Metall, Glas, Kunststoff bersten. Das Auto landet mit stumpfem Knall irgendwo im steilen Bergwald.

»Scheiße!«, entfährt es Reinhard.

Mader greift zum Handy und ruft die Rettung.

Dann steigt er aus. »Komm, vielleicht können wir noch helfen.«

Sie steigen durchs Unterholz und kommen bis auf wenige Meter an den Unglücksort heran. Mader sieht die kleine blaue Flamme. Er hält Reinhard zurück, drückt ihn zu Boden. Im nächsten Augenblick gibt es eine Verpuffung. Eine Hitzewelle schießt durch die Nacht.

Sie heben die Köpfe. Sehen, dass sie nichts mehr tun können. Das Unterholz steht in Flammen. Es riecht nach verbrannten Nadeln. Und bitter nach geschmolzenem Kunststoff.

»Komm, wir hauen ab!«, sagt Reinhard.

»Nein, wir müssen auf die Rettung warten.«

»Wir können hier nichts mehr machen!«

»Die haben meine Handynummer und werden fragen, warum wir nicht geblieben sind. Unterlassene Hilfeleistung …«

Sie sehen zu dem Wrack. Die Flammen sind schon kleiner, es stinkt nach verbranntem Fleisch, nach Haaren. Reinhard stolpert ein paar Schritte zurück, übergibt sich. Mader geht näher an das Auto heran, hält sich die Nase zu. Der Gestank ist unerträglich. Er prägt sich das italienische Nummernschild ein.

ZACKZACKZACK

»Boh, so ganz dasselbe ist das nicht«, sagt Diego enttäuscht, als sie die leere Halle betreten.

»Ach, ich find's cool«, meint Andi. »So übergangsmäßig. Die Leute stehen doch auf diesen Fabriklook. Vor allem Besserverdiener. Die Sehnsucht nach dem anderen. Alles nicht so geschleckt.«

Wotan düst wie ein kleines Kind mit Vollgas in seinem Rolli durch die Halle und zieht eine beachtliche Staubfahne hinter sich her.

»Müsste man mal fegen«, findet Diego.

»Hat der Miller auch gesagt. Heute Nachmittag kommen die Särge, bis dahin muss alles picobello sein.«

»Das schaffen wir nie.«

»Ich hab beim Studiservice angerufen. Um zehn Uhr schicken die uns zehn Leute. Die erledigen das.«

»Sehr gut, Andi. Du hast es echt drauf.«

»War Millers Idee. Wir müssen aber auch arbeiten. Wir sollen solange den Kühlraum klarmachen.«

Diego gluckst. »Weißt du, was das vorher war?«

»Ein Großmarkt.«

»Ja, aber hier hinten, der gekachelte Bereich?«

»Woher soll ich das wissen?«

»Eine Metzgerei mit eigener Schlachtung.«

»Aha.«

»Für Großabnehmer und Gastronomie. *Huber's Fleischmanufaktur.*«

»Heyhey.«

»Klingt besser, als es war. Eher so Fleischfabrik. Das waren die mit dem großen Abfallskandal vor ein paar Jahren. *Zackzackzack, Huber's feines Rinderhack.* Ich sag's dir – was da alles drin war!«

»Aha.«

»*Vom Guten nur das Feine, Huber's halbe Partyschweine.*«

»Auch schön.«

»*Huber's Leberkäs voll krass – machst du dir die Hose nass.*«

»Das hast du jetzt erfunden, Diego.«

»Naa, der Schuhbeck.«

»Ach komm.«

»Das haben wir immer gesagt.«

»Wer wir?«

»Na, die Kollegen und ich.«

»Du hast mal hier gearbeitet?«

»Klar, hab ich das nie erzählt?«

»Du, als Metzger?«

»Metzger, das wäre jetzt zu viel gesagt. Das war Fließbandarbeit. Fleisch klein machen, in so Plastikschalen rein, Folie drüber, zum Wiegen und Stickern und fertig ist das Gourmetsteak. Fleisch war schon immer mein Werkstoff. Kann ja nicht jeder aus der Modebranche kommen wie du.«

»Hairstyling, nicht Mode, Diego.«

»Sagt man nicht auch Haarmode?«

»Ich weiß nicht. Vielleicht. Und beim Styling hab ich nicht nur Haare gemacht.«

»Ich weiß schon, Andi. Augenbrauen zupfen und Nägel lackieren. Ich seh's genau vor mir: du – allein unter Frauen.«

»Das war nicht immer leicht.«

»Mir kommen die Tränen.«

»Ich sag's dir: Der scheiß Nagellack und was sich die Ladys da an Chemie in die Haare ballern, das geht voll auf die Pupille. Aber alles nix gegen das Gelaber: Wetter, Mode, Promis, Sex. Die kennen da gar nix. Ohne Punkt und Semikolon.«

»Hui, du Grammatist! Ja, da ist unser jetziges Klientel pflegeleichter. Kein unnötiges Gelaber, keine Sonderwünsche. Sag mal, was meinst du, kriegen wir den Rupert gut hin?«

»Der wird eine Herausforderung, Diego. Brandopfer hatten wir noch nicht.«

»Doch, damals der Typ in dem Jaguar, der war ziemlich zamgschnurpselt. Well done – wie man im Steakhouse sagt.«

»Ach, das war ein Spaziergang. Die Sitze waren aus Leder. Aber dieses blöde Kunststofffutter in Ruperts Sarg – nicht schön.«

»Ja, wenn das schmilzt, dann ist das nicht schön. Das müssen wir dem Miller mal sagen. Wo Satin droben steht, muss auch Satin drin sein. Und kein Plastik. Da schwitzt du ja voll, wenn du drin liegst! Ist ja echt Beschiss.«

»Wie so manches am *Eternity de luxe*. Der Rupert wird jedenfalls ein ziemliches Stück Arbeit.«

»Den kriegen wir schon hin. Das sind wir dem Ruppi schuldig. Mann, das ist alles so was von schade! Das hat sich so gut angelassen mit den Lesungen. Voll blöd.«

»Wir finden schon einen neuen Autor, Diego. Schriftsteller gibt's ja wie Sand am Meer. Und wenn wir einen neuen haben, müssen wir halt im Vorfeld vereinbaren, dass bei uns das Liegen in den Särgen untersagt ist. Also nachts zumindest, wenn keiner da ist. Das mit den Lesungen ziehen wir dann jedenfalls richtig professionell auf.«

»Die Möbelidee aber auch. Das ist doch eine Megageschäftsidee: Särge als Schlafmöbel. Statt Bett. So von wegen: *ewige Ruhe*. Oder: *Tiefer schlafen geht ned!*«

Andi sinniert ein wenig. Dann grinst er. »Ja, da hast du keine Konkurrenz im Möbelmarkt. Das ist *special interest* – nix für den Massengeschmack. Was meinst du, wie die Typen vom Segmüller, IKEA oder Böhmler schauen werden, wenn das durch die Decke geht. Und selbst wenn das dann Mainstream wird, können die es nicht einfach nachmachen.«

»Wieso nicht?«

»Na, viel Spaß mit der Handwerkskammer. Da musst du schon vom Fach sein, um da durchzusteigen. Es kann ja nicht jeder einfach Särge zimmern.«

»Und die Branchenkollegen?«

»Die trauen sich das nicht. Diego, du kennst doch die Langweiler. Aktuell zumindest nicht. Aber den Warnhinweis am Sarg dürfen wir dann nicht vergessen.«

»Was denn für einen Warnhinweis, Andi?«

»So wie auf den Zigarettenschachteln. *Im Sarg liegen kann Ihre Gesundheit gefährden.*«

»Hä, ich denk, wir wollen die Särge auch als Betten verkaufen. Und jetzt kommst du an mit Warnhinweisen?«

»Der Warnhinweis kommt nur aus versicherungstechnischen Gründen dran. Denk an den Ruppi. Und gleichzeitig macht das die Särge erst so richtig interessant. Glaubst du, dass sich auch nur ein Raucher um den Aufdruck auf den Schachteln schert? Wenn du rauchst, fühlst du dich doch allein schon wegen dem Aufdruck wie ein Outlaw. Genauso muss das sein, wenn du in einem Sarg von uns liegst.«

»Ja, wir sind Outlaws«, sagt Diego und reicht Andi die Zigarettenschachtel.

Andi betrachtet nachdenklich das Schockbild von der frisch entnommenen Teerlunge auf der Schachtel. »So Bilder gehen natürlich gar nicht. Vielleicht ein schönes, filigranes Kreuz, ein hübscher Grabstein …«

Sie qualmen. Eine Nikotinwolke steigt in die Höhen der Halle. Dort steht *Große Marken – Kleine Preise* in Neongelb auf einem türkisen Blechschild, das von der Decke baumelt.

»Können wir glatt dranlassen, wenn das hier der Showroom wird«, meint Diego. »An großen Marken mangelt es uns nicht. *Eternity de luxe, Barbarossa grande, Timeless Memory.*«

»Nein, der Miller möchte auf keinen Fall ein Discounter-Image. Wir stehen für Handwerk und Tradition. Das Schild kommt weg. Sollen nachher die Studenten machen, ich kletter da nicht hoch.«

»Wo bleiben die denn überhaupt? Es ist schon nach zehn.«

»C.t.«

»Was?«

»Con Tempo. Oder so.«

»Also nach Tempo sieht das jetzt nicht aus, Andi.«

»Nein, ›mit Zeit‹, das ist Latein.«

»Aha. Und bedeutet?«

»Dass du nicht auf die Minute kommen musst. Sind doch Studenten.«

»Cool. Sag ich dem Miller auch mal, wenn er wieder rumstresst, der Don Tempo. Apropos – wo ist denn der Wotan eigentlich?«

Andi zuckt mit den Achseln.

Diego schüttelt den Kopf. »Wenn man den nur eine Minute aus den Augen lässt. Immer Unfug im Kopf. Komm, wir suchen ihn mal.«

Sie finden Wotan schließlich. Hilflos. Er ist mit den Rädern seines Rollstuhls zwischen zwei Bodenplatten in der Toilette stecken geblieben.

»Wow! Des stinkt ja voll pervers hier«, stellt Diego fest.

Andi ist geschockt. »Wotan, krass, was hast'n da für 'n Ei gelegt?«

»Halt's Maul, Andi. Das war ich nicht. Holt mich aus dem verdammten Scheißhaus raus!«

»Weißt schon, hinterher immer spülen, du kleiner Dreck-bär.« Diego drückt die Spülung und zieht ihn aus der Kabine. »Sachen machst du«, murmelt er und geht auf die Toilette nebenan.

»Boh, du kennst auch gar nix«, ruft ihm Andi hinterher.

»Ja, Andi, ich liebe die Herausforderung.« Diego spült und geht in die nächste Kabine und spült und geht in die nächste Kabine und spült. Schließlich verlässt er die Sanitäranlagen und wischt sich die Hände an der Hose ab.

»Was war denn das für eine Aktion, Diego?«

»Ich hab gespült.«

»Aha?«

»Weißt du, warum das so stinkt?«

»Ja, weil die Leute da reinscheißen. Wie der Wotan.«

»Ja klar. Aber da war schon länger keiner mehr auf der Schüssel. Und weißt du, was das bedeutet?«

»Dass die Klobrillen kalt sind?«

»Das auch. Das stinkt so, weil des Wasser in der Sinfonie verdunstet ist.«

»In den was?«

»So nennt man den Knick im Rohr unter der Schüssel.«

»Sinfonie?«

»Ja, klar.«

»Bist du sicher?«

»Logisch. Da kenn ich mich aus. Jedenfalls bleibt da das Wasser stehen, also nach dem Spülen, damit von unten aus den Rohren nicht der ganze Gestank hochsteigt. Wenn jetzt das Wasser verdunstet, weil keiner mehr aufs Häusl geht, dann kommt der Gestank von unten hoch. Deswegen stinkt's hier so krass.«

»Was du alles weißt, Diego. Respekt!«

»Tja, man kann sich nicht immer nur mit Mode, Make-up und Frisuren beschäftigen.«

»Genau, du Sinfoniker. So – Wotan, du rollst zum Parkplatz raus und schaust, ob die Studenten endlich da sind.«

ZULU ALFA CHARLY

Mader ist hundemüde, als er am späten Vormittag ins Bett fällt. Er hat Reinhard noch nach Regensburg gefahren. Seine Augen brennen, der Geruch von verbrannten Haaren und Fleisch hängt noch immer in seiner Nase. Er hat Dr. Günther wegen der Autonummer angerufen und ihn gebeten, den italienischen Halter herauszukriegen. Jetzt muss er dringend schlafen. Aber er kann nicht schlafen. Immer wieder sieht er die Scheinwerfer durch den Wald zucken, hört die splitternden Äste und das dröhnende Bersten der Karosserie. Ob das wirklich ihre Verabredung war? Wenn ja – tragen sie eine Mitschuld? Unsinn, wenn sie es nicht gewesen wären, hätte sich der Informant mit jemand anderem verabredet. Und dann wäre das Gleiche passiert. Reinhard konnte keine Verbindung zu seinem Informanten herstellen – die Mails kamen als unzustellbar zurück.

Was war da am Brenner passiert? Hatten die Bremsen des Autos versagt? Waren sie manipuliert worden? Er konnte das bei den österreichischen Beamten nicht einfach ansprechen. Die hätten Fragen gestellt. Nein – er hätte es tun müssen. Damit die österreichischen Kollegen Ermittlungen aufnehmen. Aber dann wäre es kompliziert geworden. Für sie. Ja, er hätte die Karten auf den Tisch legen sollen. Das war nicht korrekt. Schwierigkeiten hin oder her. Das war sicher kein Unfall. Bestimmt war das ihre Verabredung. Sicher wurden die Bremsen manipuliert.

Sein Handy vibriert. Er will nicht drangehen, trotzdem sieht er hin. Nummer unterdrückt. Er geht dran. »Hallo?«

»Zulu zulu alfa charly.«

»… öh …?«

»Mader, ich bin's, Ihr suspendierter Chef. Also: Der Wagen gehört einem Studenten aus Trient. Steffano Bassani. Macht irgendwas mit Medien und Computer.«

»Und lebt der noch?«

»Das weiß ich noch nicht. Aber bald. Wer in dem Auto saß, das müssen die österreichischen Polizisten rauskriegen. Haben Sie den Kollegen vor Ort gesagt, dass es nicht wie ein Unfall aussah?«

»Nein, hab ich nicht. Ich kann auch nicht ausschließen, dass es ein Unfall war. Vielleicht war der Typ einfach zu schnell dran. War es denn überhaupt ein Mann in dem Auto?«

»Das weiß ich nicht. Aber gut, dass Sie nichts gesagt haben. Sonst müssten die ermitteln.«

»Das sollten sie auch.«

»Mader, Sie haben das ganz richtig gemacht. Wenn uns jetzt komische Fragen gestellt werden, wäre das nicht gut. Für Sie nicht, für mich nicht.«

»Haben Sie sonst noch was für mich? Über den Wagenhalter?«

»Bassanis Eltern sind aus Segonzano. Er arbeitet dort gelegentlich bei der Spedition *Eurotrans* als Nachtwächter. Studentenjob.«

»Riccardi hatte sein Büro auf dem Gelände von *Eurotrans*. Dort ist er auch vom Dach gefallen.«

»Passt doch, oder?«

»Wie man's nimmt. Ja, der Pförtner ist laut Zankl ein Student, der sich hervorragend mit Computern auskennt. Vermutlich hat er sich Riccardis Daten organisiert und wollte sie zu Geld machen.«

»Woher wusste er denn von den Daten?«, fragt Günther.

»Wahrscheinlich waren schon vor Zankl und Roßmeier Leute da, die da rumgewühlt haben. Oder er kannte Riccardi näher und hat ihm bei Computerproblemen geholfen. Vielleicht sogar dabei, wie man Daten am besten sichert und verschlüsselt.«

»Jetzt lebt er offenbar nicht mehr. Oh Mann, in diesem Fall sterben die Leute wie die Fliegen. Mader, was ist mit diesem Journalisten, der gestern Nacht mit Ihnen am Brenner war?«

»Was soll mit dem sein?«

»Hält er dicht?«

»Der sagt nichts.«

»Sind Sie sicher?«

»Für den leg ich meine Hand ins Feuer. Der gehört zur Familie.«

»Wie meinen Sie das?«

»Er ist der Mann meiner Schwester.«

»Sie haben eine Schwester?«

»Ja, warum nicht?«

»Ich verlass mich auf Sie, Mader. Seien Sie diskret. Da laufen Sachen, deren Tragweite wir nicht überblicken. Können wir uns heute Nachmittag treffen? Passt Ihnen das?«

»Wo? Im Präsidium?«

»Sehr witzig. Ich bin suspendiert. Ich schick Ihnen eine Nachricht mit dem Treffpunkt. Was Feines. Und jetzt schlafen Sie sich aus.«

Es klickt in der Leitung. Mader sieht mit leerem Blick das Telefon an – *Was Feines?* – und sinkt ins Kissen.

WACHKOMA

Mader und Günther treffen sich im Café unter der Glaskuppel im Edelkaufhaus *Oberpollinger* am Stachus. »Was Feines« ist nicht unbedingt die Beschreibung, die Mader hier ambientemäßig in den Sinn kommt. Als er die vielen Rolltreppen hochfährt, fühlt er sich ein bisschen wie auf einer Reise durch einen Vulkankegel. So Jules Verne. Aus dem Inneren der Erde hinauf in den weiß-blauen Himmel hinter Glas. Oben ist irgendwie auch nicht oben, eher ein Zwischenreich – denn hier ist es nicht laut, nicht leise. Von unten dringen die Geräusche und Stimmen und Lautsprecherdurchsagen hoch wie durch dichten Wattenebel, das Klirren von Gläsern und Geschirr und das Gemurmel der Cafégäste ist ein beständiges Rauschen, gedämpft und doch überpräsent. Ein paar müde Palmwedel aus Kunststoff deuten exotische Treibhausatmosphäre an. Die stickige Luft steigt von unten herauf als träges Gas, das Mader die Energie aus Kopf und Körper zieht. Das Prinzip leuchtet Mader ein: Man ist verdammt zum Konsum von Kaffee und Torte. Koffein und Zucker als Gegengifte zum Wachkoma. Mader scannt das Seniorenpublikum und entdeckt Günther schließlich an einem der kleinen Bistrotische. Günther winkt fröhlich.

»Hier war ich noch nie«, sagt Mader mit wenig Begeisterung und setzt sich zu ihm.

»Es ist perfekt«, sagt Günther strahlend. »Ganz nah bei der Arbeit, und man trifft sicher keine Kollegen. Ausschließlich wohlsituierte Rentner. Ist ja nicht billig hier.«

»Da pass ich ganz gut rein, oder?«

»Aber, Mader, Sie sind doch im besten Alter. Früher gab's hier sogar einen Pianospieler, der war gar nicht übel. Ein paar der Damen sind nur seinetwegen gekommen. Aber der ist schon lange wegrationalisiert. Eingespart. Gefeuert. Wie ich.«

»Sie sind weder gefeuert noch eingespart. Nur suspendiert.«

»Nur suspendiert. Ja. Und warum? Man spart sich kritische Fragen zu Baroli und dieser Mafiageschichte. Der ganze Fall stinkt zum Himmel! Haben Sie was Neues?«

»Offiziell haben wir damit nichts zu tun. Wir sind die Mordkommission.«

»Inoffiziell bitte!«

Mader erzählt noch mal im Detail, was am Brenner passiert ist.

Günther berichtet im Gegenzug, dass jetzt sicher ist, dass es sich bei der Leiche im Auto um den Autohalter handelt, den Studenten mit dem Nachtwächterjob bei der Spedition. Überreste seiner Ausweispapiere sind bei der verkohlten Leiche gefunden worden.

»Das haben Ihnen die österreichischen Kollegen gesagt?«, fragt Mader.

»Ja, ich kenn da ein paar Leute.«

»Wurde sonst noch was gefunden? Datenstick, CDs, Laptop?«

»Nichts. Leider. Was denken Sie – was sind das für Daten, wo kommen sie her?«

»Na ja, Ich gehe davon aus, dass der Student dieselben Informationen verkaufen wollte, auf die sich Baroli bezieht. Wie gesagt, ich denke, dass er die Daten von Riccardis Computer gezogen hat. Oder dass er Zugang hatte zu seinem Account in der Cloud.«

»Wenn wir da drankämen, würden wir sehr viel klarer sehen. Jetzt ist der Student tot. Wie dieser Journalist. Zufall ist das nicht. Und in beiden Fällen können wir nicht selber ermitteln. Das ist Sache der Österreicher und Italiener. Wissen wir inzwischen eigentlich mehr zum Todesfall des Carabiniere Marcello Durelli?«

»Gesine hat gesagt …«

»Wer?«

»Dr. Fleischer. Im Bericht steht ›Motorradunfall‹. Nichts Außergewöhnliches. Todesursache: innere Blutungen, massive Organschäden. Der Fall ist für die Italiener abgeschlossen. Also es ist gar kein Fall. Auch das ist tragisch. Durelli hinterlässt eine Frau und zwei kleine Kinder.«

»Ist seine Rolle in der Sache klar?«

»Keineswegs. Zankl und Roßmeier mutmaßen, dass Durelli sie vielleicht an der Nase rumgeführt hat. Er hat sich jedenfalls konspirativ mit Baroli getroffen, ihm vermutlich vorher auch das Versteck besorgt, eine Berghütte in der Nähe von Segonzano.«

»Und jetzt ist er tot. Sehr sonderbar, das alles. Ich weiß nicht, wer auf welcher Seite steht. Außer bei Ihnen und Ihrem Team natürlich. Und wenn ich an Ihren neuen Vorgesetzten Janowski denke, wird mir übel. Wir waren mal Kollegen. Ein wirklicher Ungustl. Ein Karrierist. Ich weiß nicht, welche Strategie unser Polizeipräsident aktuell verfolgt. Ja nicht einmischen, keine Nebengeräusche, vermute ich mal. Da störe ich im Moment.«

Mader nickt stumm.

Günther grinst. »Ich weiß, was Sie denken. Dass das sonst mein Job ist. Auf die Außenwirkung der Polizei achten. Mag sein. Aber momentan bin ich nicht im Dienst. Und ich sag Ihnen eins: Mal abgesehen von den ausgebremsten Ermittlungen – es ist nicht das Schlechteste, mal von außen auf die eigene Arbeit zu schauen.«

Mader sagt immer noch nichts.

Doch Günther ist gut in Fahrt: »Wir werden es denen zeigen! Die können die ganzen Vorfälle nicht einfach unter den Teppich kehren. Dafür ist zu viel passiert. Fangen wir mit den letzten Ereignissen an: Ich will, dass das Unglücksauto von der Brennerpass-Straße untersucht wird.«

Mader sieht ihn erstaunt an. »Offiziell? Mit welcher Begründung? Und das ist in Österreich passiert.«

»Zur Hölle mit ›offiziell‹! Ich kenn da ein paar Leute bei der Verkehrspolizei in Österreich, die können uns das Wrack organisieren. Und dann nehmen wir es hier in der KTU auseinander.«

»Das wird schwierig. Selbst wenn wir den Wagen ohne großes Tamtam kriegen. Unsere KTU ist komplett überlastet, da braucht's definitiv eine Dienstanweisung. Und die ist von Ihrem Stellvertreter nicht zu erwarten. Im Gegenteil, der wird Fragen stellen.«

»Mader, Sie sind doch sonst nicht so bürokratisch. Sie kennen doch den Bronner von der KTU ganz gut, oder? Dem haben Sie damals geholfen, als seine Frau verschwunden ist.«

»Das wissen Sie?«

»Sie würden sich wundern, was ich alles weiß. Der Heiratsschwindler aus Tölz. Auch kein Fall für die Mordkommission. Und Sie haben ihn geräuschlos gelöst.«

»Ja, gut, ich frag den Bronner, wenn Sie das Auto organisiert haben.«

Günther spießt ein letztes Stück Torte auf seine Gabel und betrachtet es fasziniert. »Suspendiert ist gar nicht so schlecht. Die Bezüge laufen munter weiter, und ich hab seit Jahren mal wieder Zeit für ein paar eigene Gedanken. Kommen Sie, jetzt suchen Sie sich noch ein schönes Stück Kuchen zum Kaffee aus, ich lade Sie ein.«

Mader ist leicht verwirrt, als er die Käseglocke verlässt und die Rolltreppen durch das brummende Kaufhaus nach unten fährt. So kennt er Günther gar nicht. Der sprüht ja nur so vor Energie. Puh, Energie – die Sachertorte liegt ihm bereits jetzt bleischwer im Magen. Ihm ist blümerant. Kann aber auch an der speziellen Kaufhausluft liegen, dem Mix aus verbrauchter Atemluft, Schweiß, Parfüm.

Mader atmet tief durch, als er vor den *Oberpollinger* tritt. Er beschließt noch eine Runde zu drehen und überquert die Straße zum Alten Botanischen Garten, bleibt an der verkehrsumtosten Kreuzung bei der Karlstraße stehen. Sieht zum Lenbach-Palais hinüber. Da war er mal vor Urzeiten mit Günther beim Essen. Ganz schlimm, Grenzerfahrung. Gott sei Dank ist das Chichi-Lokal dort schon lange Geschichte. Nur Qualität hält sich. Alte Regel. Er spaziert durch den Alten Botanischen Garten und umrundet einmal den Neptunbrunnen, dann geht er zurück zur Arbeit, am Künstlerhaus und BMW-Pavillon vorbei zum Polizeipräsidium. Schön, dass ihre Büros immer noch hier sind und nicht wie die der anderen Mordermittler im Westend. Irgendwann wird sich das ändern. Leider. Zentrum ist hier. So schrecklich die Kaufingerstraße und Neuhauser Straße für sich genommen sind. Jetzt fällt ihm ein, dass er ja zu Bronner in die KTU will. Soll er erst anrufen? Nein, das macht er direkt. Er geht zum Stachus und steigt in die U-Bahn.

Bronner – eine tragische Figur. Er hatte damals nach ein paar Recherchen den Heiratsschwindler überführt und auffliegen lassen, und Bronners Frau war reumütig zu ihrem Mann zurückgekehrt. Alles schien gut zu sein. Doch kurz darauf wurde bei ihr Krebs diagnostiziert. Hoffnungslos. Bronner verschuldete sich haushoch für modernste, noch nicht zugelassene Therapien im Ausland. Umsonst. Seine Frau starb schneller als erwartet. Seitdem ist Bronner nur noch ein Schatten, der durch die Werkshallen und Labore der KTU huscht. Hervorragende Fachkraft, aber sozial inkompatibel und zudem mit Alkoholproblem.

Mader verlässt im Westend die U-Bahn und zeigt seinen Ausweis an der Pforte der KTU vor. Er steuert auf eine der Fahrzeughallen zu. Dort schrauben zwei junge Männer in Blaumännern an einem demolierten Laster. Sie öffnen gerade den doppelten Boden der Ladefläche.

»Servus, Jungs. Was ist da drin?«, fragt er.

»Servus, Herr Mader. Drogen, Waffen, staubige Luft. Wir werden es gleich wissen.«

»Wo ist der Chef?«

»Hinten im Labor.«

Mader sieht Bronners Kopf durch die Glasscheibe des Labors. Bronner schaut konzentriert auf die Arbeitsfläche. Mader tritt leise ein, um Bronner nicht zu stören.

»Komm ruhig näher, Mader«, sagt Bronner, ohne aufzusehen. »Du bist es doch gewohnt, dem Bösen ins Auge zu schauen.«

»Dich halt ich gerade noch aus.«

»Schau, was siehst du hier?«

Mader betrachtet die Metallhülse auf der Arbeitsplatte.

Ein bisschen größer als ein Füller, ein bisschen dicker. »Eine Gaspatrone?«, rät Mader.

»Gut geraten. Eine Sodapatrone.«

»So was hat man früher in Bars benutzt.«

»Manchmal heute noch. In altmodischen Edelbars.«

»Aha, und wozu brauchst du das? Für deine Hausbar?«

»Soda im Whiskey ist für Warmduscher. Aber ich bin mittlerweile auf Bier runter. Weißt du, dass sich Emmas Todestag diese Woche das fünfte Mal jährt?«

»So lange ist das schon her? Wie die Zeit vergeht.«

»Und irgendwie nicht. Wenn man alles verliert, dann fühlt sich der Schmerz jeden Tag an wie am ersten Tag. Die Zeit steht still. Vergeht gar nicht.«

Mader nickt.

»Verstehst du nicht, oder?«

»Nein, versteh ich nicht. Aber ich stell mir vor, wie du dich fühlst, wie groß der Verlust ist. Emma war so schön.«

»Warum muss man immer verlieren, warum kann man nicht auch mal gewinnen, ein bisschen zumindest.«

Kann man, denkt Mader. Ich hab eine ganze Familie gewonnen. Aber er sagt es nicht. Stattdessen: »Die Patrone gehört zu einem Verbrechen?«

»Komm mit.«

Bronner führt ihn zu einer Vitrine aus Panzerglas. Er schraubt die Patrone auf eine Aluflasche und platziert sie in der Vitrine. Schaltet die Videokamera an. »Wir sehen uns das lieber von draußen an.«

Sie gehen in den Nachbarraum, und Bronner holt sich das Kamerabild auf den PC-Bildschirm. Mit einem ferngesteuerten Roboterarm drückt er auf den Ventilknopf der Sodaflasche.

Die Explosion ist sogar durch die Stahltür zu hören, die Sodaflasche samt Patrone ist nur noch ein Haufen Metallsplitter. Bronner lässt das Video in Superzeitlupe laufen. Erst platzt die Patrone, dann zerfetzen die Metallsplitter der Patrone die Aluhaut der Sodaflasche.

»Ist jemand so zu Tode gekommen?«

»Ja, ein Barkeeper.«

»Warum weiß ich das nicht?«

»War nicht in München. Ich bereite das für die Polizeiakademie vor. Die Sache ist in Stuttgart passiert.«

»Und die haben's nicht rausgekriegt?«

»Nicht, wie es technisch läuft. Dabei ist es gar nicht kompliziert. Statt Kohlensäure füllst du unter hohem Druck Kerosin in die Patrone ein. Statt eines Ventils verwendest du einen Piezoknopf. Den drückst du und erzeugst einen elektromagnetischen Funken. Und es macht BUMM! Schwierig nachzuweisen, denn bei der Explosion entstehen sehr hohe Temperaturen. Das Kerosin verbrennt rückstandslos.«

»Und wie bist du draufgekommen?«

»Die Wahrheit steckt meistens im Detail. Unter den Metallsplittern waren auch die Reste eines Piezozünders. Handelsübliches Bauteil. Kriegst du in jedem *Conrad Elektromarkt* für sechs bis zehn Euro.«

Mader nickt stumm.

»Der Barkeeper ist tot. Und ein Gast. Die Metallsplitter haben den beiden die Gesichter weggeschossen.«

Mader schluckt. »Hat man den Täter?«

»Nein. Ich schick die Ergebnisse heute weiter. Das hilft bestimmt. Man braucht ein paar handwerkliche Fähigkeiten, um so eine Mini-Bombe zu basteln. Ich weiß ja nicht, wie viel Piezozünder in den einschlägigen Stuttgarter Elektroläden verkauft werden, aber endlos viele werden es nicht sein. Und wenn es in einem größeren Laden gekauft wurde, dann haben die ein Warenwirtschaftssystem, und man kann rauskriegen, wann der Artikel verkauft wurde. Vielleicht gibt es dann ein Video oder Leute an der Kasse, die sich an den Käufer oder die Käuferin erinnern. Wie man das eben so macht. Aber das ist Aufgabe der Ermittler. – So, was kann ich für dich tun?«

Mader erzählt ihm, was Günther vorhat. Und was Bronner untersuchen soll, wenn sie das Wrack tatsächlich bekommen. Vor allem, ob die Bremsen des Unglücksfahrzeugs manipuliert wurden.

Bronner zuckt mit den Schultern. »Das klingt nicht besonders anspruchsvoll. Warum machen das nicht die österreichischen oder italienischen Kollegen?«

»Weil die gar nicht ermitteln. Und vielleicht auch kein Interesse daran haben. Wir müssen es diskret machen, Dr. Günther wurde bereits suspendiert wegen der Geschichte. Da wollen irgendwelche Leute ganz oben nicht, dass ihnen wer in die Karten schaut oder in laufende Ermittlungen reinpfuscht. Ich war als Zeuge bei dem Unfall dabei. Der Wagen ist ungebremst eine Bergstraße runtergedonnert.«

»Lasst das Auto auf meinen Hof in Oberschleißheim bringen. Hier können wir das nicht machen. Das fliegt sofort auf.«

»Danke, ich sag es Günther.«

Nachdenklich geht Mader zur U-Bahn. Fünf Jahre ist Emma bereits tot. Wirklich? Seitdem hat er nicht viel mit Bronner zu tun gehabt. Den Kontakt mit der KTU halten meistens seine Leute. Warum hat er sich nicht wenigstens mal mit Bronner zum Mittagessen getroffen? Man lebt aneinander vorbei. Jeder ist auf seiner eigenen Umlaufbahn unterwegs.

Als Mader zurück im Büro ist, trifft er dort niemanden. Auch keinen Bajazzo. Der Anflug von Panik legt sich gleich wieder, als er Dosis Post-it an seinem Bildschirm entdeckt: *Bin mit Bajazzo Gassi, Doris.*

SCHNEEWITTCHEN

»Gut gemacht«, lobt Miller seine Angestellten, als er am späten Nachmittag die neuen Örtlichkeiten inspiziert. Die Studenten haben für eine besenreine Halle gesorgt.

»Das Schild da oben muss noch weg.« Er deutet auf *Große Marken – Kleine Preise*.

Andi schüttelt den Kopf. »Geht nicht. Da kommst du mit der Leiter nicht dran. Da brauchst du eine Hebebühne.«

»Ja, genau, die werden wir jetzt extra mieten. Kommt nicht infrage. Lasst euch was einfallen. Eine kostengünstige Lösung. Also ohne Kosten. Wo sind die Studenten?«

»Vor der Halle. Rauchen. Ist denn der Lkw schon da?«

»Steht hinten. Andi, du sagst ihnen, was wohin soll. Schön staffeln. Die günstigen ganz vorne, die Lockangebote, dann immer ein bisschen teurer werden und ganz hinten dann die Edelkisten. Den Abschluss machen der *Eternity* rechts und der *Barbarossa* links. Alles klar?«

»Aye-aye.«

»Diego, du gehst raus auf die Laderampe. Andi, du bist in der Halle.«

»Und ich?«, fragt Wotan.

»Du machst nix kaputt.«

»Haha, sehr witzig.«

»Wotan, du schaust, dass die Studenten die Ware nicht beschädigen. Ich kenn die Typen doch. Huschhusch einen Hunni verdienen.«

Kurz darauf herrscht hektische Betriebsamkeit. Diego weist die Studenten hinten an der Rampe ein, Andi bellt

Kommandos durch die Halle wie ein Feldwebel, sekundiert von Wotan. Die Studis stöhnen wegen des hohen Gewichts der Särge. Ihre Körper dampfen in der kühlen Halle, es riecht schweißsauer.

Nach einer guten Stunde sind alle Särge an der richtigen Stelle. Von *Peter Pan, in Fichte naturbelassen* über *Evita, in Kirschbaum geölt* bis hin zu *Barbarossa, in Eiche geflammt* und dem Spitzenmodell *Eternity de luxe* ist alles da, exakt gestaffelt nach steigenden Ansprüchen an die letzte Reise.

Diego und Andi betrachten ihr Werk.

»Ich weiß nicht«, murmelt Diego.

»Was weißt du nicht? Das sieht doch geil aus! So festlich.«

»Andi, überleg mal. Irgendwie schaut das doch aus wie nach einem Flugzeugabsturz, wenn man die Särge in irgendeiner Halle aufstellt, damit die Verwandten von den sterblichen Überresten ihrer Liebsten Abschied nehmen können.«

»Nein, woher denn. Eher so Walhalla. Das findet der Wotan doch bestimmt auch. Wo steckt denn der schon wieder?«

»Keine Ahnung. Hoffentlich steckt er nicht wieder irgendwo fest, der Racker.«

»Ach, Mist, jetzt sind die Studenten schon weg, und das blöde Schild hängt immer noch da oben.«

Vom Halleneingang kommt jetzt ein Gabelstapler angedüst. Hintendran: Wotan! Haltepunkt etwas ungünstig, denn der Auspuff bläst ihm rußige Dieselreste ins Antlitz.

Der Stapler stoppt, und Wotan wischt sich grinsend den Ölfilm vom Gesicht. Deutet auf die Gabel und nach oben.

Andi schüttelt den Kopf. »Wenn du glaubst, ich steig da drauf und lass mich hochfahren, dann hast du dich gewaltig geschnitten.«

Wotan lacht. »Andimausi, mach dir bloß nicht deine Künstlerhände schmutzig.«

Wotan parkt rückwärts vor dem Stapler. Der dicke Fahrer fährt die Gabelträger zusammen und schiebt sie unter Wotans Rollstuhl. Alles klar. Wotan grinst breit und deutet mit dem Daumen nach oben.

Schon schwebt der Rollstuhl himmelwärts. Der Staplerfahrer geht auf maximale Höhe, und Wotan kommt gerade so an die Kette mit dem Schild. Er holt eine Kneifzange aus der Brusttasche seiner Jeansjacke und zeigt sie stolz den Kollegen. Die präsentieren die gestreckten Daumen: Top! Diego kappt eine der Ketten. Das Schild schießt einseitig nach unten, scheppert gegen den Hubmast. Trifft einen Hydraulikschlauch. Ein scharfer Strahl Öl spritzt in weitem Bogen aus der versehrten Kunststoffpipeline. Andi und Diego springen gerade noch zur Seite, können aber nicht verhindern, dass *Schneewittchen mondän* eine Breitseite abbekommt. Da haben sie den Salat: schwarz auf weiß.

Der Staplerfahrer steigt aus und schimpft nach oben: »Oh mei, Wotan, du bist so ein Depp!«

Natürlich kommt Miller genau jetzt in die Halle.

»Wer zahlt mir das?«, fährt ihn der Staplerpilot an und deutet auf den Schlauch, der inzwischen nur noch einen feinen Strahl Öl absondert.

Miller hat nur Augen für *Schneewittchen mondän*. »Und wer zahlt *mir* das?!«

Andi und Diego heben die Hände. Unschuldig. Mit der Aktion haben sie nicht das Geringste zu tun. Allein Wotans Werk.

Jetzt scheppert es. Das Blechschild ist auf den Boden geknallt. Blicke nach oben zu Wotan. Der grinst unsicher und hält beide Hände hoch. In einer: die Kneifzange.

Miller sackt zusammen. Hat eine Hand am Hals. Um das sprudelnde Blut zu stoppen. Das scharfkantige Blechschild hat ihn getroffen.

Andi schüttelt den Kopf. »Oh mei, der schöne Boden.«

DETAILS

Mader steht mit seinem Auto wie verabredet an der S-Bahn-Haltestelle auf der Donnersberger Brücke. Als ein junger Typ mit Jeans und Lederjacke und Pilotenbrille im Dreitagebartgesicht breitbeinig auf ihn zugeht, greift Mader instinktiv an sein Schulterholster. Kurz vor dem Auto nimmt der Typ die Sonnenbrille ab. Mader staunt. Dr. Günther! Was Kleidung ausmacht!

»Das Nichtstun bekommt Ihnen«, begrüßt er seinen Chef.

»Ich bin gut beschäftigt.«

»Aha?«

»Ich habe gestern Abend meine Aktivitäten im Lyrikzirkel wieder aufgenommen. Die lagen in letzter Zeit leider komplett auf Eis. Tja, Karriere ist nicht alles. Muße ist auch wichtig. Haben Sie Ihrer Frau schon mal ein Liebesgedicht geschrieben?«

»Ich hab nur eine Ex-Frau.«

»Aber früher war sie Ihre Frau?«

»Durchaus.«

»Und? Haben Sie?«

»Nein, hab ich nicht.«

»Sehen Sie.«

»Was sehe ich?«

»Dann wäre es vielleicht anders gelaufen. Ich sag's Ihnen,

meine Frau war gestern völlig aus dem Häuschen, als ich sie spätabends mit einem Liebesgedicht überrascht habe. Es überkam mich in dem Café unter der Glaskuppel. Sie wissen schon – dem Himmel so nah. Ich habe es hastig hingeworfen. First Draft. Mit dem Kuli auf eine Papierserviette. Ein kleines Meisterwerk. Fanden meine Freunde im Lyrikzirkel auch. Und meine Frau jubilierte, als ich ihr das Poem spätabends vortrug. Sie ist über mich hergefallen. Ich erspare Ihnen die Details.«

Mader fädelt in den dichten Verkehr ein.

»Und was sagt Bronner?«, fragt Günther.

»Die Bremsleitungen waren manipuliert. Bronner meint, dass wir das den Kollegen sagen müssen.«

»Sehr gut. Also nicht gut. Welchen Kollegen? Ich sehe schon die Gesichter der österreichischen Polizisten, wenn ihnen ein Piefke Bescheid stößt, was sie versemmelt haben. Außerdem können wir ja schlecht sagen, dass wir uns das Wrack selbst organisiert haben. Aber egal. Manipuliert, das will ich selbst sehen. Und dann überlegen wir die nächsten Schritte. Mader, Sie lagen richtig. Das Ganze ist eine Riesenverschwörung. Sind die Daten, die der Student verkaufen wollte, denn eigentlich noch interessant? Der Prozess beginnt doch jetzt?«

»Ich weiß es nicht. Das übersteigt ein bisschen unsere Fachkenntnisse. Ja, wenn Baroli vor Gericht auspackt, ist der Junge umsonst gestorben. Dann kommt im Prozess eh alles ans Tageslicht.«

»Bleibt Baroli denn dabei, auszusagen? Obwohl seine Familie immer noch in Geiselhaft ist?«

»Offenbar. Und der Staatsanwalt gibt mächtig Gas. Zankl hat Informationen, dass es im Vorfeld des Prozesses erste Verhaftungen gab. Da ist ziemlich dicke Luft in der Mailänder Geschäftswelt.«

»Woher weiß Zankl das? In der Zeitung steht davon noch nichts.«

»Auch wir haben unsere Quellen.«

Günther lächelt gnädig.

Das Navi führt sie in die nördliche Peripherie Münchens.

Eintönig ist die Landschaft hier, denkt Mader mit Blick auf die monotonen Ansammlungen von tristen Eigenheimen, die von Feldern unterbrochen werden. Oder ist es umgekehrt? Jedenfalls nichts, was das Auge reizt.

Günther inspiriert das durchaus, denn er beginnt mit den Fingern zu schnippen und zu rappen: »Tristesse im Norden/wir checken das Morden/in der Stadt und auf dem Land/greifen wir mit harter Hand/bei der Wurzel die Verbrecher/wir sind es – der Gesetze Rächer.«

»Sehr schön«, sagt Mader.

»Ja, meine Freunde vom Lyrikzirkel haben gestern Abend gesagt, ich soll es einfach mal fließen lassen. Die waren ganz erstaunt, dass ich momentan so gechillt bin.« Er schnippt unverdrossen weiter. »Es geht darum, den richtigen Beat zu finden, / den Reim, darum, Impressionen zum Klingen zu bringen, / die Umwelt und ihr Chi zu besingen, / den Weg zur Seele freizugeben, / um sich selbst und die eigene Rolle im Leben / einmal nackt und klar zu sehen / und nicht blind und taub immer weiterzugehen.«

Bajazzo gähnt.

Schließlich ein paar Weiler, ein Hof, Mader fährt rechts ran. »Wir sind da.«

»Was passiert da?«, fragt Günther und deutet auf das Gelände, auf dem mehrere desolate Autos stehen, Oldtimer und Unfallwagen, und vor allem ein Laster, auf den gerade ein Autowrack geladen wird. Bronner steht teilnahmslos daneben, hört dem Mann, der auf ihn einredet, nicht wirklich zu. Ein zweiter Mann wartet in einem schwarzen Mercedes.

»Irgendwer hat gesungen«, sagt Günther. »Die haben ihre Leute überall. Bronner wird Ärger bekommen. Wir auch.«

»Ach, vielleicht passiert auch nichts. Wenn das jemand an die große Glocke hängt, dann müssen sie ja erklären, warum sie das Autowrack mit manipulierten Bremsen einkassieren, warum sie Beweismittel wegschaffen.«

»Mader, ist Ihnen schon mal der Gedanke gekommen, dass wir ebenfalls in Gefahr sein könnten?«

Mader kratzt sich am Kopf. Merkwürdig, der Gedanke ist ihm tatsächlich noch nie gekommen. So fernliegend ist das nicht. Aber nein, er hat keine Angst.

Sie rutschen in den Sitzen runter, als der Laster, gefolgt von dem Mercedes, den Hof verlässt.

Kurz darauf fahren Mader und Günther auf das Gelände. Von Bronner ist nichts zu sehen. Dafür schießt ein Schäferhund bellend auf sie zu.

»Aus, Urs!«, ruft Bronner aus einer der Garagen.

Der Hund stoppt sofort. Mader und Günther steigen aus. Bajazzo zieht es vor, es sich hinten im Fußraum des Autos bequem zu machen.

»Kann ich Bajazzo rauslassen?«, fragt Mader.

»Nur zu, Urs tut ihm nix.«

Zögerlich steigt Bajazzo aus der Hintertür, die ihm Mader geöffnet hat. Urs trabt auf Bajazzo zu, sie beschnuppern ihre Hinterteile, beschließen, nett zueinander zu sein.

»Wer waren die Leute?«, fragt Günther.

»Irgendwelche Typen von der Zollfahndung. Haben gesagt, dass sie das Auto mitnehmen müssen. Beweismittel in einem Prozess.«

»Zollfahndung – wer's glaubt.«

»Haben sie gedroht?«, fragt Mader.

»Nein. Sie haben nur gesagt, dass das Auto konfisziert ist. Beweismittel. Sie haben auch nicht groß gefragt, warum ich ausgerechnet dieses Autowrack auf dem Hof habe.«

»Weil sie es eh wissen. Sonst wären sie ja nicht gekommen.«

»Tja, unser Beweismittel wäre damit futsch«, sagt Günther enttäuscht.

»Wie das Leben so spielt«, meint Bronner. »Kommt rein.«

Sie folgen Bronner über den Hof. Er geht nicht in das Wohnhaus, sondern in den Anbau. Als er das Licht in der Halle anschaltet, sehen sie dort einige Oldtimer: einen DKW, einen verrosteten Mercedes SL, eine Zündapp Krokodil, einen gepflegten Borgward. Hinten, vor einer Wand aus Glasbausteinen, steht auf der Hebebühne ein Autowrack – ausgebrannt.

Mader sieht Bronner erstaunt an. »Sag bloß?«

»Ich sag gar nichts.«

»Die haben das falsche Auto?«

»Könnte sein. Ich hab draußen ja ein paar so Kisten rumstehen. Auch ausgebrannte. Jetzt eine weniger.«

Günther schüttelt den Kopf. »Bravo, Bronner, das nenn ich Einsatz! Fan-tas-tisch! Aber wenn die das merken?«

»Die merken nix«, sagt Mader. »Die entsorgen das Teil garantiert in der nächsten Schrottpresse.«

Bronner zeigt ihnen mit einer Stablampe am Autowrack, wo die Bremsleitungen verlaufen. Die feinen Schlitze sind mit bloßem Auge kaum zu erkennen, sehr wohl aber die ausgetretene ölige Flüssigkeit.

»Eine Zeit lang hält der Druck, da merkt man nicht viel. Aber auf einer steilen Bergstraße beim starken Bremsen tritt die Bremsflüssigkeit dort aus …«

»Was sagt uns das jetzt?«, fragt Günther.

»Dass es kein Unfall war. Dass das Bremsversagen herbeigeführt wurde.«

Mader nickt. »Die Leute, die das gemacht haben, schrecken vor Mord nicht zurück. Die Daten sind offenbar extrem heiße Ware. Aber das wissen wir ja bereits.«

BACK IN BLACK

Der Backstage-Raum der neuen *Trauerhilfe Miller* ist nicht ganz so komfortabel wie der alte. Nackter Beton und ein sehr kleines Fenster in zwei Meter Höhe, das auch in offenem Zustand kaum Entlastung bringt von den dichten Zigarettenschwaden der drei Mitarbeiter. Der alte Küchentisch und die harten Stühle verbreiten ebenfalls nicht allzu viel Gemütlichkeit. Der Raum wird dominiert von dem neuen Kühlschrank, mannshoch – ein Traum in Edelstahl – und zum Einstand von Miller vollständig gefüllt mit Augustiner Bier. Das kommt bei den Mitarbeitern sehr gut an. »Aber erst nach Einbruch der Dunkelheit«, lautete Millers Anweisung vom Krankenbett aus. Bei dem kleinen Malheur hat er eine Menge Blut verloren, aber er ist schon wieder guter Dinge. Und das blöde Schild ist weg. Solche Discount-Schilder können das ganze Ambiente diskreditieren, wenn es um Qualität und Anspruch geht. Die Halsverletzung ist jedenfalls nicht so schlimm, wie sie auf den ersten Blick aussah. Und der blutbefleckte Boden ist auch schon wieder in Bestzustand. Wotan kannte da ein super Hausmittel mit Natron.

So gern sie schon ein Bier hätten, sie halten sich an Millers Ansage und laben sich jetzt an bitterem Filterkaffee, zubereitet von Wotan höchstpersönlich. Pechschwarz. Für Milch war im Kühlschrank kein Platz mehr. Würde dem Kaffee auch die unerbittliche Härte nehmen. Andi und Diego sind von Wotans Kreation beeindruckt – *fortissimo!* Die Stimmung ist jedoch nur mittelmäßig, was vor allem an Wotans Gefühlshaushalt liegt.

»Hey, Wotan, jetzt mach nicht so'n Gesicht«, meint Andi. »Es war doch eine sehr schöne Beerdigung. Rupert wäre stolz auf so viele Leute.«

Diego nickt. »Ja, das ist echt ein Ding: Zu Lebzeiten will keiner dein Zeug lesen, und kaum nippelst du ab, wirst du bekannt. Und dann kommen Hinz und Kunz zu deiner Beerdigung.«

»Und die Leute jammern, dass du nichts mehr schreiben kannst«, ergänzt Andi. »Tragisch.«

»Hey, Wotan, was sagst du denn dazu?«, fragt Diego. »War doch vor allem dein Freund.«

»Nix«, sagt Wotan traurig.

»Wotan, jetzt nimm es halt nicht so schwer. Das war ein Unfall.«

»Warum passiert immer mir so was?«

»Hey, komm, der Ruppi wollte das ja. Du hast ihn ja nicht dazu gedrängt, sich da reinzulegen.«

»Und dann die Sache mit dem Miller. Stellt euch vor, der wäre verblutet, und ich bin schuld.«

»Mach dir keine Sorgen, der Miller ist hart im Nehmen. Der hält das aus. Außerdem wollte er ja unbedingt, dass das Schild wegkommt. Jetzt ist es weg, und in zwei Tagen ist der Miller auch wieder an Bord. Alles gut. Du hast doch gehört, dass er nicht nachtragend ist.«

»Und dann noch der blöde Sarg! Scheiß *Schneewittchen!*«

Andi nippt vorsichtig an seinem Kaffee. »Ja, klar, der Miller findet das nicht so groovy. Aber das mit den sechstausend Euro meint der nicht so.«

»Sagst du.«

»Sag ich.«

»Das glaub ich nicht.«

»Schau, Wotan, wir kaufen eine große Dose Klavierlack und aus *Schneewittchen mondän* wird *Beethoven back in black.* Das kostet maximal hundert Euro. Und ein bisschen Arbeit. Nicht die Welt.«

»Meinst du echt?«

»Aber klar doch. Und jetzt trinken wir endlich auf den Rupert.«

Sie stoßen mit ihren Kaffeebechern an.

Diego holt aus der Brusttasche seines Hemds einen Flachmann und verfeinert den Kaffee. »Kann ja sonst keiner saufen.«

Wotan sieht ihn beleidigt an.

»Nur Spaß, Wotan, super Kaffee. Das nächste Mal ruhig a bisserl stärker.«

»Meinst du echt, Diego?«

»Ja, logisch. Sonst kommt mein Kreislauf gar nicht in Schwung.«

»Wotan, sag mal – hat der Ruppi eigentlich Verwandte?«, fragt Andi.

»Nein, er hat gesagt, dass er ein Einzelkind ist und seine Eltern tot sind.«

»Kein Wunder, dass er dann so düsteres Zeug schreibt. Wer kriegt denn jetzt seine Sachen? Also, was in seiner Wohnung ist. Oder sein Geld. Weil jetzt läuft das Buch ja.«

Diego nickt. »Ja, das läuft jetzt richtig gut. Da kommt jetzt voll die Kohle rein. Wer kriegt denn jetzt das Geld aus den Buchverkäufen?«

»Irgendwelche Verwandten gibt es bestimmt.«

»Und wenn nicht?«, fragt Wotan.

»Wotan, es gibt immer wen. Entfernte Verwandte. Warum fragst du das?«

»Ruperts Laptop lag in der Teeküche.«

»Hier?«

»Nein, wie denn? In der alten Teeküche. In der Brandnacht. Also danach.«

»Und?«, hakt Diego nach.

»Das Ding ist unversehrt. Nur die Tasche ist ein bisschen angekokelt. Was, wenn da Sachen auf dem Rechner sind?«

»Natürlich sind da Sachen auf dem Rechner«, meint Diego. »Daten.«

Andi grinst. »Wotan, hast du nachgeschaut – sind da noch Geschichten vom Rupert droben, Manuskripte?«

»Ich komm nicht rein, das Ding hat ein Passwort. Ich hab schon alles Mögliche probiert. Seinen Namen, seinen Nachnamen, seinen Geburtstag. Nichts.«

»Wir könnten Fränki fragen«, schlägt Diego vor. »Der kennt sich doch super mit Computern aus.«

»Ja, genau, Diego. Und was sagen wir, wem das Ding gehört?«

»Na, uns. Also dem Wotan. Er sagt, dass er das Passwort im Suff vergessen hat. Der Fränki kann uns bestimmt helfen. Da gibt's doch Programme, einen Passwortfinder oder so. Hab ich mal gehört.«

»Ach komm.«

»Doch, ehrlich. Du hängst das Teil an den Computer, und das testet dann Unmengen von möglichen Passwörtern in Windeseile.«

»Und wie kommen wir an so ein Ding?«

»Das fragen wir den Fränki.«

»Echt nicht, Diego. Seine Freundin arbeitet bei der Kripo.«

»Mordkommission, Andi. Ganz andere Baustelle.«

»Bist du dir sicher, dass die uns nicht auf dem Sonar haben? Vielleicht ermitteln die immer noch wegen Brandstiftung mit Todesfolge. Der eine Polizist hat doch was von Versicherungsbetrug gefaselt. Der Depp.«

»Quatsch, Andi. Solche Befragungen sind reine Routine. Der Miller hat gesagt, dass das der Italiener war, aus Rache, weil er mit dem nicht zusammenarbeiten will. Und der Italiener kann ja nicht gewusst haben, dass der Ruppi da in 'nem Sarg pennt. Und wir haben sowieso das Top-Alibi mit den ganzen Gästen im *Sixty Lions*. Also wegen dem Computer können wir problemlos den Fränki fragen. Der hat ja mit der ganzen Sache nix zu tun. Und der wird seiner Freundin ja nicht jeden Schmarrn weitererzählen.«

Andi schüttelt den Kopf. »Das ist mir jetzt eine Nummer zu lässig. Sag mal, Wotan, du kennst den Ruppi doch am besten. Hat er dir wirklich nix erzählt – über irgendwelche Bekannte, Freunde, jemand, der ihm sehr nahesteht? Weißt du, oft nimmt man ja als Kennwort den Namen der Ehefrau und so was.«

»Der war nicht verheiratet. Das hätte er mir erzählt. Freunde hatte der Ruppi eigentlich auch nicht viele, vielleicht sogar gar keine, also außer uns.«

»Ihr habt euch gut verstanden?«, fragt Andi.

»Ja, super. Also für die kurze Zeit.«

»Hol mal den Laptop, Wotan.«

»Jetzt gleich?«

»Jetzt gleich. Oder hast du den Rechner schon zu Hause?«

»Nein, der ist im Spind.«

»Was hast du vor, Andi?«, fragt Diego, als Wotan von dannen gerollt ist.

»Ach, Versuch macht klug.«

Kurz darauf steht der Laptop aufgeklappt vor Andi. Er konzentriert sich, sieht angestrengt auf das kleine Eingabefenster, das ihn auffordert, das Kennwort einzugeben. Er sieht das Fenster an, als ob er es hypnotisieren will. Endlos viele Möglichkeiten. Aber *Andi Superhacker* ist das digitale Grauen des Pentagons, des Bundestags, der Stadtteilbibliothek. Keine Datenbank, kein Server ist vor ihm sicher. Es gibt Millionen von Möglichkeiten. Wird *Andi Superhacker* die Kiste knacken?

Er tippt: *Klick – Klick – Klick – Klick – Klick.*

BING!

Er ist drin.

Die anderen sehen ihn fassungslos an.

»Nennt mich Superhirn«, sagt Andi.

»Superhirn, wie hast du das gemacht?«, fragt Diego.

»Ganz einfach: W-O-T-A-N.«

Wotan strahlt über beide Ohren. »Der gute alte Rupert.«

Andi klickt sich bereits durch die Dateien. »Hey, das nenn ich geil, richtig geil: *Die Zombies vom Ostfriedhof schlagen zurück, Zombie-Krieg in Milbertshofen, Zombie-Rache im Olympiastadion, Die letzte Zombie-Wiesn, Endspiel in der Zombie-Arena.* Und so weiter und so fort. Jede Menge Textdateien mit Zombie-Storys. Perfekt! Der Markt schreit nach Ruperts Zombiegeschichten. Sein erstes Buch ist ja dank seines aufregenden Ablebens jetzt der totale Knaller. Und das ist nur der erste Streich! Das Zeug hier ist eine verdammte Goldgrube!«

»Ein Goldschatz, Andi«, verbessert Diego. »Weil: eine Grube kann es ja nicht sein.«

»Hä?«

»Na, wer andern eine Grube gräbt, du weißt schon. Da ist ja nicht zwingend was drin.«

»Klar, Diego, du Korinthenknacker. Eins ist aber schon mal klar: Wenn wir das Zeug rausbringen, dann sind wir reich!«

»Geil. Wir hauen alles auf einen Schlag raus. Und dann sind wir Millionäre. Wir zischen ab in die Südsee. Und alle können uns mal am Arsch lecken. Also, natürlich geht das alles durch drei, gell, Wotan?«

»Klar. Alles für alle.«

»Leute, mal ganz langsam!«, sagt Andi. »Das Zeug müssen wir dosiert rausbringen. So von wegen: *Der neue Bestseller* und dann im nächsten Jahr *Der Nachfolger des Bestsellers* und so weiter. Den Markt nicht überhitzen.«

»Aber wir haben da ein kleines Problem«, meint Wotan. »Der Autor ist tot.«

»Ja und? Das sind Texte, die er hinterlassen hat.«

»Und dann melden sich plötzlich doch irgendwelche Verwandten. Ihr wisst doch, wie das ist: Da kriegt irgendeiner mit, dass doch was zu holen ist, und plötzlich stehen sie alle auf der Matte und wollen ihr Stück vom Kuchen. Bisher war der Ruppi ja nur ein ganz kleines Licht, aber jetzt, wo er abgenippelt ist, ist er plötzlich der große Bestsellerautor …«

»Wir müssen halt ein Testament verfassen.«

»Wie, Andi – Testament? Verfassen?« Diego sieht Andi verwirrt an. »Das ist ja Urkundenfälschung! Wir können doch nicht einfach ein Testament fälschen!«

»Dann eben eine Nummer kleiner: Wir machen eine schriftliche Vereinbarung.«

Diego schüttelt den Kopf: »Ich hab irgendwo gelesen, dass es ziemlich oft vorkommt, dass Testamente gefälscht werden, also hinterher, wenn der über den Jordan ist, also der, der was zu vererben hat.«

»Aha, stand das wieder in *Schöner Essen?*«, fragt Wotan.

»Jetzt fang du auch noch an. Der Andi packt es schon immer nicht, wenn ich was weiß, was er nicht weiß.«

Andi winkt ab. »Ganz ruhig, Diego. Für die Vereinbarung brauchen wir eine Unterschrift von Rupert. Also eine, die wir originalgetreu nachmachen können.«

»Andi, du weißt schon, bei Zweifeln geben die Verwandten ein seismologisches Gutachten in Auftrag. Und wenn auffliegt, dass wir die Unterschrift gefälscht haben, dann sind wir am Arsch.«

»Blödsinn. Der Rupert ist doch hinüber, wie soll man das noch verlässlich checken? Außerdem hat der alles mit dem Computer geschrieben. Ich hab ihn doch tippen gesehen. Wie ein Maschinengewehr. Von Ruppi gibt es bestimmt nicht viele Schriftproben. Hm, wir brauchen unbedingt eine Unterschrift von ihm …«

Wotan rauscht aus der Teeküche.

»Was hat er denn jetzt schon wieder, unser Sensibelchen?«, fragt Diego.

»Vielleicht ist er beleidigt, dass wir hier schon die Beute verteilen? Wo er noch in tiefer Trauer ist? Oder ihn treibt sein krasser Kaffee aufs Klo. Der ist wirklich eine Zumutung.«

Kurz darauf ist Wotan zurück. Mit einem Buch. *Die kalten Zombiehände vom Ostfriedhof.* Auf dem Innentitel steht *Meinem lieben Wotan! Dein Freund Rupert Eigner.*

Andi reibt sich die Hände. »Cool, sehr cool, Wotan. Das wird gehen. Die Unterschrift sieht nicht kompliziert aus. Wie von einem Zweitklässler. Die üb ich ein paarmal, dann kann ich die perfekt. Was meint ihr, was ich schon alles gefälscht hab. Aber erst die Vereinbarung.«

Er öffnet ein neues Worddokument auf dem Laptop und beginnt zu tippen:

Vereinbarung für den Fall meines frühzeitigen Ablebens

*Da ich in letzter Zeit Herbert »Wotan« Koch und seine
Freunde Andreas »Andi« Wohlmeier und Dieter »Diego«
Wallner als die einzigen warmherzigen Personen auf
diesem kalten Planeten kennengelernt habe, so sollen
sie – falls mein Leben unerwartet früh ein Ende findet –
die Veröffentlichungsrechte an meinen noch unveröffent-
lichten Manuskripten und sämtliche damit verbundenen
Einnahmen erhalten.*

»Warum nicht auch die von den *Kalten Zombiehänden?*«,
fragt Diego. »Das ist doch schon draußen und läuft super.«
Andi tippt weiter:

*Die Honorare aus Die kalten Zombiehände vom Ostfried-
hof gehen im Fall meines Todes an das Tierheim in Riem
für die Errichtung eines Tierfriedhofs. Bei Planung und
Durchführung der Anlage des Tierfriedhofs ist die Trauerhilfe Miller der Exklusivpartner. Sämtliche Einnahmen
aus Verpachtung und Pflege der Grabstellen gehen an die
Trauerhilfe Miller.*

»Wahnsinn, Andi, du bist so ein Fuchs! Voll die soziale Ader
und trotzdem Kohle einstreichen.«
»Ja, Diego, so geht das. Du musst immer ans Portfolio denken. Breit aufstellen, dann stehst du stabil.«
»Vielleicht wird das mit den Tierbestattungen der Zu-
kunftsmarkt Nummer 1. Ich meine, überleg mal! Hinz und
Kunz haben doch heute Haustiere. Wenn die Vereinbarung
unterschrieben ist, steht der Bestsellerproduktion nichts mehr
im Weg.«

»Müssen wir das Schriftstück eigentlich irgendwo anerkennen lassen?«, fragt Diego. »Bei einem Rechtsanwalt oder einem Notar?«

»Das fragen wir die von Ruperts Verlag, wenn es in die konkreten Verhandlungen geht.«

»Wow, du bist so cool, Andi! Als hättest du dein Leben lang nix anderes gemacht!«

Andi strahlt. »Jetzt üb ich noch die Unterschrift, dann drucken wir den ganzen Schmarrn aus und hauen unser Servus drunter. Und dann geh ma ins *Sixty Lions* und trinken ein paar Gedächtnis-Halbe auf den edlen Spender.«

Diego grinst. »Das würde dem Ruppi sicher auch gefallen. Oder, Wotan?«

Wotan nickt müde.

KRIMINELLER KAFFEE

Die Verhaftungswelle in Mailand legt beträchtliche Teile der lokalen Wirtschaft lahm. Selbst in den Vorstandsetagen börsenorientierter Unternehmen macht sich Unruhe breit. Besonders heftig sind die Auswirkungen für die Aktien des Kaffeeherstellers Carelli. Diese sind um fast 30 Prozent eingebrochen. Und das nach dem kometenhaften Aufstieg seiner neuen Kaffeelinie Caffè Nero. Noch sind keine Details über die Gründe für die Verhaftungen bekannt, aber es geht um Preisabsprachen großen Stils. Aus dem Einzelhandel sind schon seit Längerem Stimmen zu vernehmen, dass kleinere Kaffeeproduzenten aus dem Geschäft gedrängt werden. Der Handel mit Kaffeeprodukten ist in Italien ein Milliardengeschäft mit enormen Gewinnspannen. Neben wirtschaftskriminellen Aspekten ist der Kaffeehandel für

die Justiz auch wegen der eventuell damit in Verbindung stehen-
den Todesfälle der Kaffeefabrikbesitzer von Batta Caffè und des
Wirtschaftsjournalisten Emanuele Riccardi von Interesse. Ist der
Kaffeeskandal nur die Spitze des Eisbergs?

Reinhard legt den *Corriere* weg und nimmt einen Schluck von seinem inzwischen kalten Kaffee.

Mader sieht ihn aufmunternd an. »Dein Italienisch ist echt gut.«

»Romanistikstudium anno domini.«

»Was hältst du von dem Artikel? Also inhaltlich.«

»Ich weiß nicht. Baroli hat offenbar ausgepackt. Noch vor Prozessbeginn. Staatsanwalt Rivelli ist von Barolis Dokumenten überzeugt und schickt schon mal die Exekutive los. Damit sich die Leute nicht noch schnell vom Acker machen oder Beweismittel vernichten, bevor der Prozess beginnt. Die Exekutive macht tatsächlich kurzen Prozess. Das ist sonst nicht gerade italienische Art.«

»Ich hab mich erkundigt«, sagt Mader. »Der Staatsanwalt war vorher in Catania. Da hat er ziemlich aufgeräumt. Jede Menge Mafiosi sind dort in den Knast gewandert. Jetzt hat er es vor allem mit Wirtschaftskriminellen in Oberitalien zu tun. Es gab zahlreiche Drohungen gegen ihn in den letzten Jahren. Aber der Typ ist unerschrocken. Hat keine Familie, Eltern beide bereits verstorben. Nichts, womit die ihn unter Druck setzen können. Und er ist populär. Gilt als aussichtsreicher Bürgermeisterkandidat für Mailand bei den nächsten Kommunalwahlen. Seine harte Linie kommt bei den Wählern gut an.«

»Dann muss Rivelli aber seinen Staatsanwaltsposten abgeben.«

»Ich vermute mal, dass er als Bürgermeister erheblich mehr Einfluss auf die Zustände im Wirtschaftsraum Mailand hat. Dann kann er die ganze Stadtverwaltung neu aufstellen. Das schmeckt bestimmt nicht allen.«

Reinhard nickt. »Rivelli und Baroli riskieren viel. Der Prozess hat noch nicht mal angefangen, und die gehen schon in die Vollen. Das passt doch hinten und vorn nicht zusammen. Allein schon vom Timing. Und was ist eigentlich mit Barolis Familie?«

»Immer noch weg.«

»Hm. Und jetzt riskiert er den Zorn der Mafia?«

»Ist halt ein tougher Typ«, meint Mader achselzuckend.

Reinhard wiegt den Kopf hin und her. »Barolis Rolle in der ganzen Geschichte ist mir nicht klar. Hast du eine gute Erklärung für sein Verhalten?«

»Was er will? Was sein Ziel ist? Nein, hab ich nicht.« Mader hat nicht mal eine schlechte Erklärung für die Dinge, die da rund um Baroli passieren. Schon gar nicht dafür, dass er vor Gericht aussagt, während seine Familie noch in Händen der Entführer ist. Vielleicht ist er einfach ein kaltschnäuziger Egomane, ein verbissener Prinzipienreiter, bei dem *Wahrheit über alles* gilt.

Mader sieht aus dem Fenster des Cafés auf den Haidplatz hinaus. Ein Anflug von Nostalgie überkommt ihn. So sehr hat sich die Regensburger Innenstadt nicht verändert. Aber das gehört jetzt nicht hierher. Wie sollen sie weitermachen mit den Ereignissen, die sie in den letzten Wochen beschäftigt haben? Mafia, Korruption – alles hochkomplex. Ein klassischer Mordfall ist da eine einfache und ehrliche Sache. Na ja, oft gerade nicht.

Als Mader eine Stunde später im Zug nach München sitzt, wandert die Sache in seinem Kopf von einer Gehirnhälfte zur anderen und zurück. Reinhard hat recht, bei Baroli passt gar nichts zusammen. Das hohe Risiko. Würde er an Barolis

Stelle seine Familie gefährden? Niemals. Familie – das war ihm bis vor Kurzem noch total fremd. Jetzt nicht mehr. Nein, er würde Helene, Reinhard oder die Mädchen niemals gefährden. Warum tut Baroli das? Warum bringt er die Wirtschaftsbosse und die Mafia gegen sich auf? Will er in die Politik gehen wie dieser Staatsanwalt? Und wenn er sein Pulver jetzt schon vor Prozessbeginn verschossen hat? Oder kommen da erst die richtig großen Enthüllungen? Reinhard hat versprochen, ihn über seine Journalistenkontakte in Italien über den Prozess auf dem Laufenden zu halten. Jetzt hat er ein schlechtes Gewissen, seinen neuen Verwandten so in die Ermittlungen reinzuziehen. Nein, so war es ja gar nicht. Reinhard hat ja das Angebot für den Datenankauf bekommen. Als Journalist kann er so eine Geschichte kaum an sich vorbeiziehen lassen. Mader denkt an den jungen Mann in dem Auto im Bergwald. Kein Unfall, wie Bronner einwandfrei nachgewiesen hat. Das hat er Reinhard natürlich nicht gesagt.

Mader hat Kopfschmerzen vom vielen Denken. Durchs Zugfenster sieht er die Neonschilder von Meiler-Kipper, bald das Steinway-Haus und den Mercedes-Turm an der Donnersberger Brücke. München. Er freut sich jetzt auf Bajazzo, ein Bier und einen ruhigen Abend mit ein paar Chansons. Er wird der Nachbarin noch ein paar Blumen vom Hauptbahnhof mitbringen fürs Hundesitting. Hoffentlich versteht sie die Blumen nicht falsch. Nein, die alte Frau Schultheiß doch nicht. Na ja, so alt ist sie auch nicht. Vielleicht sechzig. Das ist er in fünf Jahren auch. Doch lieber ein paar Pralinen?

100 000

Von draußen sieht der Verlagssitz in der Bahnhofsgegend aus wie ein gewaltiges gestrandetes Raumschiff, sehr Respekt einflößend mit all dem Glas und Stahl und Sichtbeton. Andi zögert kurz, dann betritt er das Gebäude und artikuliert am Empfangstresen sein Begehr. Die Dame führt ein Telefonat und parkt ihn in einem der riesigen roten Filzsessel in Eierschalenform. Andi fühlt sich prächtig, als er in seinem maßgeschneiderten Anzug in der Begrüßungslounge im Sessel versinkt. Ja, er ist ein Businessman, der einen großen Deal einfädeln wird. Er beobachtet die Leute, die hier ein und aus gehen. Dresscode recht leger. Immer wieder junge Leute in Jeans, auch Sweatshirts und Chucks. Klar, auch ein paar Anzugherren und Kostümdamen, aber eher die Ausnahme. Jetzt tritt ein Student an den Empfangstresen, spricht mit der Dame und lacht dröhnend. Andi mustert seine Klamotten. Wäre bei ihnen im Institut undenkbar: löchrige Jeans, grobe Stiefel, Holzfällerhemd. Die Frisur ein schwarzgrauer Wischmob und ein verfilzter Vollbart. Na ja, Werkstudent, vermutlich fortgeschrittenes Semester.

Jetzt deutet die Empfangsdame auf ihn, und der Typ kommt auf ihn zu.

Soll mich wohl abholen und zu meiner Verabredung bringen, denkt Andi. Gleich gibt's voll den Styleclash. Aus dem ich als glanzvoller Sieger hervorgehe.

»Ach, da sind Sie ja«, nuschelt der Student. »Ich dachte, Sie sind jemand aus der Konzernzentrale.«

»Äh?«

»Na, der Anzug – so businessmäßig.«

»Ja, ich bin geschäftlich hier«, sagt Andi.

»There is no business like showbusiness«, sagt der Student und gibt Andi die Hand. »Mark Hammer, Programmleitung Fantasy und Hardboiled.«

Andi verdaut den Schock schnell und sagt cool: »Andreas Wohlmeier, Programmleitung Trauerhilfe Miller.«

Der Vollbärtige lacht lauthals. »Der war gut.«

»Wer?«

»Na, der Witz.«

»Das war kein Witz.«

Wieder lacht Mark Hammer dröhnend. »Kommen Sie, wir gehen in mein Büro.«

Andi folgt dem schlurfenden Programmleiter zum Lift. Sie fahren in den fünften Stock. Die Glasfront in Hammers Büro erlaubt einen weiten Blick über die Dächer der Nachbarhäuser, auf die Paulskirche und vor allem auf die Alpenkette am fernen Horizont.

»Geil!«, rutscht es Andi raus.

»Wir können auf die Terrasse gehen und eine rauchen.«

»Sehr gerne.«

Sogleich lehnen sie am Geländer der Dachterrasse und lassen den Blick schweifen.

»Schon geil, oder?«, meint Hammer.

»Ja, sehr geil.«

»Ich bin der Mark.«

»Andi.«

»So, Andi, und was machst du, wenn du keine Manuskripte verkaufst?«

»Ich bin Bestatter.«

»Jetzt im Ernst?«

»Todernst.«

»Und, wie ist das?«

»Sehr geil.«

Mark lacht dröhnend, dann verschwindet er nach drinnen. Kommt kurz darauf zurück. Mit zwei Flaschen *Giesinger Erhellung.*

»Oh, süße Heimat Giesing!«, freut sich Andi.

»Sind von der Party gestern über. Alk gibt's bei uns nur zu besonderen Anlässen. Gestern haben wir die hunderttausend gefeiert.«

»Hunderttausend was?«

»*Die kalten Zombiehände vom Ostfriedhof.* Hunderttausend verkaufte Exemplare.«

»Ist das viel?«

»In vier Monaten – das ist der Hammer! Vor allem, weil drei Monate lang fast gar nix ging. Aber jetzt stirbt der Typ, dann auch noch so bizarr, und die Leute plündern die Buchläden. Wir kommen kaum mit dem Nachdrucken hinterher. Stimmt es, dass Eigner in einem Sarg gestorben ist?«

»Ja, bei uns im Institut. Hat geschlafen wie ein Engel. Im *Eternity de luxe.* Das ist der beste Sarg, den wir im Programm haben. Der Ruppi hatte ja Schlafstörungen. Zufällig war er mal bei uns zum Probeliegen und hat gemerkt, dass er da drin super pennen kann. Aber nur bei uns im Institut. Für zu Hause hat ihn der Sarg nicht interessiert. Na ja, er hat halt auch ein bisschen Anschluss gesucht, der Gute. Wir waren voll die dicken Freunde. Dass dann unser Laden eines Nachts abbrennt, konnte ja keiner wissen.«

»Ist das dein Laden?«

»Nein, der gehört dem Miller. Aber ich bin der Kreativchef. Und mein Spezl Diego ist für die Technik zuständig. Also Special Effects, Licht, Pyrotechnik und das ganze Drumherum.«

»Pyrotechnik?«

»Na ja, so ganz nach Anlass und Klientel. Fußballfans mögen Pyrotechnik. Zum Beispiel.«

»Cool, sehr cool.«

»Und dann arbeitet bei uns noch der Wotan. Der war mal Rockerchef beim *Wotan Clan*. Jetzt sitzt er im Rollstuhl – Betriebsunfall. Aber er ist immer noch ein echter Rock 'n' Roller – hart und herzlich.«

Mark sieht ihn mit aufgelösten Gesichtszügen an und wischt sich die Lachtränen aus den Augen. »Ich hol mal noch zwei *Giesinger*, dann sprechen wir über das Geschäftliche.«

CREMA

Vor der ersten Wirtschaftsstrafkammer des Mailänder Amtsgerichts beginnt heute der Prozess gegen den Kaffeeproduzenten Carelli. Mit Spannung wird die Aussage des investigativen Journalisten Sergio Baroli erwartet, der seit Jahren den Einfluss der Mafia auf die italienische Wirtschaft untersucht. Nach dem plötzlichen Tod seines Kollegen Emanuele Riccardi und der dramatischen Entführung seiner Familie sah es lange so aus, als würde Baroli nicht vor Gericht aussagen. Aber in den letzten Tagen hat sich angekündigt, dass er sich nicht einschüchtern lässt. Der leitende Staatsanwalt Rivelli bekam von Baroli detaillierte Hinweise auf Straftaten, sodass er ohne Verzögerung aktiv wurde. Zahlreiche Unternehmen in Mailand erhielten bereits Besuch von den Steuerbehörden und der Polizei.

Beunruhigt sehen Mailänder Geschäftsführer und Unternehmensvorstände auf den heute beginnenden Prozess. Staatsanwalt Rivelli sprach in der morgendlichen Pressekonferenz von »erdrückenden Indizien«. Sollten sich diese erhärten, ist mit empfind-

lichen Strafen zu rechnen. Staatsanwalt Rivelli erhofft sich im Rahmen des Prozesses auch Erkenntnisse über die Hintergründe der Todesfälle des Journalisten Emanuele Riccardi und des Vaters und Sohns Batta von Batta Caffè, die wegen der aggressiven Expansionspolitik von Carelli Caffè massiv unter Druck standen. Rivelli drückte es so aus: »Viele Italiener fragen sich heute: Wie kann das wichtigste italienische Genussmittel so viel Schmutz und Kriminalität anziehen? Vielleicht ist es mit dem Caffè wie generell mit Italien: Unter der seidigen Crema verbirgt sich eine bittere schwarze Brühe voll dunkler Geheimnisse.«

Rivellis scharfsinniger Analyse zur oberitalienischen Wirtschaft ist wenig hinzuzufügen. Ob die Ermittlungen allerdings in seinem Sinne verlaufen, wird sich noch zeigen. Zu oft schon hat die italienische Öffentlichkeit erlebt, dass nach einem langen zermürbenden Prozess nur bescheidene Ergebnisse übrig blieben. Vielleicht gibt es diesmal aber auch ein Erdbeben, das die italienische Wirtschaft zurückholt auf den Boden von Recht und Gesetz.

Reinhard klickt den Kommentar in der Online-Ausgabe des *Corriere* weg und überlegt. Hey, die hauen wirklich auf den Putz bei der Geschichte. Aber klar, das ist ein heißes Thema für die italienische Presse. Was für eine Figur wird Baroli in dem Prozess abgeben? Wahnsinn, der macht das, obwohl seine Familie entführt wurde und immer noch in Händen der Entführer ist. Vielleicht spekuliert er, dass die Entführer mit ihren Verbindungen zur Wirtschaft sich gerade jetzt nicht trauen, den Geiseln Schaden zuzufügen. Sonst wäre der kriminelle Zusammenhang ja zu offensichtlich. Trotzdem riskant, sehr riskant. Leider ist die Verhandlung nicht öffentlich. Dafür würde sich sogar der Weg nach Italien lohnen.

Jetzt ist er doch ein wenig verunsichert. Hat er sich in Baroli getäuscht? Der scheint tatsächlich sein Ding durchzuziehen. Reinhard greift zum Telefon, um Mader anzurufen. Er hat ihm versprochen, ihn auf dem Laufenden zu halten.

TNT

Andi ist ziemlich angeschossen, als er in der U-Bahn nach Hause sitzt. So ein lustiger Nachmittag! Er lacht. Und versucht sich zu erinnern, was sie gerade im Verlag besprochen haben. Er selbst hat jedenfalls ziemlich Amok geredet. Mark Hammer allerdings auch. Aber cooler Typ. Entspricht nicht ganz seinen Vorstellungen von einem Verleger. Doch was weiß er schon? Angebot würde er per Mail bekommen. Jetzt nur nicht über den Tisch ziehen lassen! Mark will das Ganze auch noch vom Verlagsanwalt prüfen lassen – nicht, dass plötzlich doch noch irgendwelche weit entfernten Verwandten aus den Löchern kommen und Forderungen stellen. Er soll Mark eine Kopie von der Vereinbarung schicken. Kein Problem.

Andi lacht. Mark Hammer glaubt vielleicht, dass er keine Ahnung vom Verlagsgeschäft hat. Hat er auch nicht. Aber er weiß generell, was ein gutes Geschäft ist. Also hat er Mark erst mal nur drei Geschichten angeboten. Dass sich auf der Festplatte von Ruppis Laptop insgesamt 42 unveröffentlichte Geschichten befinden, hat er ihm natürlich nicht erzählt. Kein Überangebot, sonst rauscht der Kurs in den Keller – alte Börsenweisheit.

Boh, jetzt freut er sich aufs *Sixty Lions*. Die Jungs brennen sicher vor Neugier und wollen wissen, wie's gelaufen ist. Super – weil er ist ja nicht nur der *Superhacker*, sondern auch der *Superchecker*!

Als er an der Silberhornstraße aus der U-Bahn steigt, schickt der glutrote Feuerball der Abendsonne seine letzten Strahlen auf Obergiesing und taucht die Hausfassaden in brennendes Licht. Giesing leuchtet: die Tegernseer Landstraße, die rumpelnde Tram, die spiegelnden Schaufenster der Imbissläden, Schnellbäcker und anderen Kleinunternehmer – alles in Kitschrotgold. Seine Hood, seine Heimat. Noch ist Giesing nicht in Händen allgegenwärtiger Filialisten. Und die paar blöden Hipster werden sie vertreiben, falls sie es wagen sollten, ihre Stammkneipe *Sixty Lions* zu entweihen.

Dort empfängt ihn dröhnender Lärm – *TNT, I'm dynamite …* – und eine Nebelbank aus Nikotin. Rauchverbot, welches Rauchverbot? Werden ja auch keine Speisen serviert. Außer Fleischpflanzerln. Und die bekommen so erst ihr besonderes Aroma. Sagt Wirtin Herta. Andi schnappt sich ein Pflanzerl von dem Tablett auf dem Tresen und macht sich mampfend auf die Suche nach Diego und Wotan. Er findet sie im Gang zum Klo vor dem blinkenden Spielautomaten.

»Hey, Burschen, ned glei ois verzockn!«

»Hey, Andi, wie ist es gelaufen?«, begrüßt ihn Diego.

»Spitze, ich bin jetzt noch blau. Echt der Wahnsinn! Die sitzen da in ihren Designerbüros im fünften Stock, schauen in die Alpen und pfeifen sich ein *Giesinger* nach dem andern rein. Das war echt cool. Wir machen mit denen einen Dreibuchvertrag.«

»Drei, ich denk, wir haben über vierzig?«

»Immer schön langsam, Diego! Du weißt doch: den Markt nicht überhitzen!«

»Und, wie viel legen die auf den Tisch?«, fragt Wotan.

»Der Mark, also der Lektor, der macht ein Angebot, sobald er die Texte gelesen hat und der Verlagsanwalt Ruppis Vereinbarung mit uns geprüft hat. Eine Kopie davon muss ich ihm noch mailen. Nicht, dass da doch noch wer ankommt und was abhaben will.«

»Das Ding ist doch wasserfest, oder?«

»Logisch, Wotan. Bombenfest. Vier Unterschriften, drei davon echt. Drei Männer, die bezeugen, dass der Deal okay ist. Und ein vierter, der sich dazu nicht mehr äußern kann. Solange wir alle dichthalten, kann nix passieren.«

»Und wie wir dichthalten.« Diego dreht sich zum Tresen: »Herta, Obstler! Lokalrunde!«

WURM

Es ist spät am Abend, als sich Reinhard noch mal bei Mader meldet und ihn über den Prozessfortgang informiert. Es sieht nicht gut aus – aus Sicht der Staatsanwaltschaft. Offenbar ist die Beweisaufnahme schleppend verlaufen, zahllose Anträge der Verteidigung verzögern den eigentlichen Prozessbeginn. Es ist völlig unklar, wie es weitergeht, denn die Verteidigung hat gleich einen großen Trumpf aus dem Ärmel gezogen: die Dokumente, auf deren Basis die Staatsanwaltschaft die Hausdurchsuchungen und Verhaftungen hat durchführen lassen, sind offenbar nicht im Detail auf ihre Stichhaltigkeit hin geprüft worden. Die Verteidigung drängt auf eine Untersuchung der Rechtsgrundlage für das Vorgehen der Staatsanwaltschaft und der Exekutive in den letzten Tagen. »Da ist der Wurm drin«, lautet Reinhards abschließendes Urteil.

NICHT GUT

Der Prozess in Mailand verläuft tatsächlich nicht gut. Schon am zweiten Prozesstag wird die Beweisaufnahme unterbrochen, weil die Zweifel an der Echtheit der belastenden Dokumente jetzt erdrückend sind. Einige Dokumente sind offenkundige Fälschungen. Die Verteidiger und Anwälte der verhafteten Personen sorgen für deren umgehende Freilassung. Weitere Haftbefehle, die schon vorliegen, werden ausgesetzt. Der Verteidiger grillt den Hauptzeugen Baroli, der offenbar über die angezweifelten Dokumente hinaus nicht viel Handfestes zu bieten hat. Im Netz ist die Presse für Baroli und den übereifrigen Staatsanwalt hämisch. Die von den Ermittlungen betroffenen Unternehmen kündigen an, Rechtsmittel einzulegen und wegen des entstandenen wirtschaftlichen Schadens zu klagen.

Diese Informationen entnimmt Mader dem Artikel der Online-Ausgabe der *Süddeutschen Zeitung*. Sogar dort wird inzwischen über den Fall berichtet. Mader klickt den Artikel weg und kratzt sich am Kopf. Das läuft gehörig schief in Mailand. Sind die Unterlagen, wegen denen mehrere Menschen sterben mussten, am Ende nichts wert? Jetzt war es ein so kompliziertes Unterfangen, dass Baroli entgegen aller Wahrscheinlichkeit vor Gericht aussagt, und dann passiert so was. Ein Schlag ins Wasser. Warum hat Baroli die Unterlagen nicht besser geprüft? Er ist doch kein Anfänger. Ebenso der Staatsanwalt. Wenn der nicht von der Echtheit der Dokumente überzeugt gewesen wäre, hätte er seine Truppen doch gar nicht losgeschickt? Oder hat es doch an der nötigen

Sorgfalt gefehlt? Weil man schon in monatelanger Kleinarbeit alles vorbereitet hatte und nur noch auf diesen einen Tropfen gewartet hat, der das Fass zum Überlaufen bringt? Und dann ist ausgerechnet dieser Tropfen vergiftet. Mader überlegt, ob das ein zutreffendes Bild ist. Schief ist es auf alle Fälle. Jetzt läuft jedenfalls alles gegen Baroli und Rivelli. Der Verteidiger wird die Anklage zerpflücken. Sind Staatsanwalt und Baroli geleimt worden? Hat man Baroli falsche Informationen untergejubelt? Oder hat Baroli am Ende genau darauf hingearbeitet? Nein, das kann nicht sein. All die Action, die Verfolgungsjagd, die Entführung seiner Familie.

Bajazzo bellt und scharrt mit den Pfoten. »Ich komm ja schon«, sagt Mader und zieht die Jacke an, um mit Bajazzo eine Runde rauszugehen.

Draußen strahlt die Sonne am türkisen Himmel. Die Stadt brummt. Er geht über die tosende Straße am Stachus zum Neptunbrunnen, lässt Bajazzo von der Leine. Sieht zum Justizpalast. Das massive Gebäude mit der reich verzierten Fassade. Früher musste er gelegentlich dorthin, wenn in einem der kleinen Sitzungssäle der Fall eines von ihm überführten Delinquenten verhandelt wurde. Er selbst hatte sich in dem Gebäude immer winzig gefühlt, vor allem bei der Verhandlung, wenn der Staatsanwalt seine Robe aufspannte wie Batman. Komisch, in Fernsehen und Büchern ist immer der Verteidiger der Gute, denkt Mader jetzt. Der für seinen Mandanten kämpft wie David gegen Goliath. Auf der anderen Seite der große anonyme Staat, vertreten durch einen mürrisch dreinblickenden Staatsanwalt, der seine Opfer piesackt. Ist das Klischee gerecht? Natürlich nicht. Alles nur ein großes Spiel. Muss ich Mitleid haben mit Baroli und Rivelli? Nein. Offenbar haben sie im Vorfeld jegliche Sorgfalt fahren lassen.

»Könnten Sie bitte die Hinterlassenschaften Ihres Hundes entsorgen?«

Mader sieht erstaunt auf. Eine junge Frau. Sie hält zwei Roller fest. Mader sieht auf die Wiese, wo ein Mädchen und ein Junge mit Bajazzo spielen, Stöckchen für ihn werfen.

»Äh, ja, natürlich, wo denn?«

Sie deutet neben den Mülleimer, wo Bajazzo einen eindrucksvollen Haufen geparkt hat.

Mader reißt einen Beutel von der Rolle, die er stets in der Jackentasche dabeihat, und beseitigt den Haufen.

Die Frau sieht ihren Kindern zu, wie sie mit Bajazzo spielen.

»Ein Hund ist was Schönes«, sagt sie.

»Ja, ein Gefährte, der keine Fragen stellt.«

Sie lacht, er grinst unbeholfen.

»Hat er auch einen Namen?«

»Karl-Maria Mader.«

»Ich meinte den Hund.«

»Äh, ja. Bajazzo.«

»Bajazzo. Ein schöner Name. Ich hatte früher auch einen Hund. Kleiner Mischling. Strawinsky.«

»Im Ernst?«

»Ja. Wie der Komponist.«

»Und jetzt haben Sie keinen Hund mehr?«

»Nein. Kleine Wohnung, zwei Kinder. Das wäre zu viel.«

»Wo wohnen Sie denn?«

Sie sieht ihn erstaunt an.

»Entschuldigung, ich wollte Sie nicht ausfragen. Ich wohne in Neuperlach. Wenn Ihre Kinder mal mit Bajazzo im Ostpark spielen wollen?«

Sie sieht ihn misstrauisch an. Er ist verwirrt. Hat er ein unmoralisches Angebot gemacht? Hält sie ihn für einen

Päderasten? Schon allein das Wort macht ihm Gänsehaut. Er fummelt seine Visitenkarte aus dem Geldbeutel und gibt sie ihr. »Ich bin nicht, was Sie vielleicht denken. Ich bin von der anderen Seite, also … Wenn Ihre Kinder …«

»Max, Kati! Wir gehen! Lasst den Hund in Ruhe!«

Mader steht eine Minute lang perplex da. Was war das? Was hat er gemacht? Ja, ein bisschen hat er sich benommen wie ein Geisteskranker. Hat er das? Oder sind die Menschen einfach neurotisch und wittern sofort einen Angriff auf ihre Privatsphäre, wenn man mal spontan ins Gespräch kommt? Er hat die Kinder nicht mal angesprochen. Was soll das? Er ist Polizist! Steht auf seiner Visitenkarte. Na ja, dort steht Mordkommission. Mögen vielleicht nicht alle. Egal, dann bin ich eben sonderbar, denkt er und pfeift Bajazzo.

Er will zurück ins Büro, in Sicherheit. Nein, er geht noch zum *Oberpollinger*. Plötzliche Eingebung. Er fährt mit der Rolltreppe bis ganz nach oben unter die Glaskuppel. Wieder muffige Luft, Säuselmusik aus den unsichtbaren Boxen, verwaschenes Stimmengewirr und leises Klirren von Besteck und Porzellan. Tatsächlich – da sitzt Dr. Günther. Vertieft in sein iPad und ein monströses Stück Schwarzwälder Kirsch.

Er sieht auf. »Mader, Sie hier? Sind Sie auf den Geschmack gekommen?«

Mader sieht auf das Display des iPads. Ein Foto von Baroli vor dem Mailänder Gerichtsgebäude und eine Schlagzeile: *ARIA FRITTA*.

»Tja, heiße Luft. Sieht nicht gut aus«, sagt Dr. Günther.

»Das können Sie laut sagen. Das ist ein verdammtes Fiasko.«

»Wenn Sie mich fragen: Da hat jemand unseren Baroli und den Staatsanwalt verarscht. Aber so was von. Das darf eigentlich nicht passieren. Die Beweisaufnahme ist gestoppt, der Kronzeuge diskreditiert. Für Staatsanwalt Rivelli ist das der Supergau. So ein guter Mann, nach allem, was ich gelesen habe. Sein tadelloser Ruf hat jetzt Kratzer. Nein, das ist ein Totalschaden. Mader, setzen Sie sich doch, Sie machen mich ganz nervös. Warten Sie, ich hole Ihnen ein Stück Sachertorte. Das ist Ihr Gift, oder?«

Günther ist schneller weg, als Mader Einspruch erheben kann. Mader stöhnt, eingedenk der Verdauungsbelastung beim letzten Mal. Aber er kann ein bisschen Freundlichkeit vertragen nach der merkwürdigen Begegnung im Park.

»So, mein Guter, stärken Sie sich.« Günther platziert das große Tortenstück mit Sahnerosette und eine Tasse Kaffee vor Mader.

»Danke, sehr freundlich. Was ist los, Sie sind so gut gelaunt?«

»Ich bin wieder im Dienst. Ab nächsten Montag.«

»Was ist der Grund für den Sinneswandel im Innenministerium?«

»Den Grund weiß ich genauso wenig wie den für meine Suspendierung. Wissen Sie, ich hab mich schon sehr geärgert über diese Willkür, hab mir die ganze Zeit den Kopf zermartert, was da wohl gelaufen ist. Und dann hab ich es verstanden.«

»Was haben Sie verstanden?«

»Dass es Dinge gibt, Strukturen, die keiner Logik folgen, die sich unserer Kenntnis und Einflussnahme entziehen. Und schließlich habe ich einfach aufgehört, darüber nachzudenken. Das ist sehr lehrreich. Und befreiend. Ansagen von oben müssen keinen nachvollziehbaren Grund haben.«

Mader nickt zwischen zwei Bissen Sachertorte.

»Ich kann mir vorstellen, Mader, dass Ihnen diese Erkenntnis gefällt.«

Mader zuckt mit den Achseln, kann sich ein Lächeln aber nicht verkneifen.

»Grinsen Sie nur, Sie haben ja recht. Wie schon gesagt, es ist nicht schlecht, den eigenen Job mal aus der Außenperspektive zu betrachten. Was glauben Sie: Schließen wir den Fall noch ab?«

Mader schüttelt den Kopf. »Wir schließen gar nichts ab, es ist auch nicht wirklich unser Fall. Das ist Sache der italienischen Behörden. Und der Österreicher, wenn wir den mit dem Auto verunglückten jungen Mann dazuzählen. Die Ergebnisse von Bronner sind an die österreichischen Behörden gegangen. Ich konnte das nicht so stehen lassen.«

»Mader, Mader …« Günther lächelt. »Hat sich jemand von oben eingemischt?«

»Noch nicht. Mal sehen, was passiert. Sie wissen es ja: Hat man einmal Anzeige erstattet, gibt es eine Verpflichtung zu ermitteln. Automatismus. Wenn die Maschinerie anläuft, dann läuft sie. Die werden den Ball flach halten, damit keine Diskussion entsteht, warum wir das Autowrack überhaupt organisiert haben, oder wer die beiden angeblichen Zollbeamten waren, die es vermeintlich wieder abgeholt haben. Aber selbst wenn das mit den Bremsleitungen jetzt klar ist, bei dem ausgebrannten Wrack lassen sich wohl keine Spuren mehr sichern, die Auskunft über den oder die Urheber der Manipulationen geben.«

Günther nickt. »Tja. Und auf die Sachen, die da im Hintergrund von dem Prozess laufen, haben wir keinen Einfluss.«

»Trotzdem. Ich glaube, wir sind nah dran zu verstehen, was da wirklich gelaufen ist. Also bei Baroli.«

»Und, wie lautet Ihre Theorie, Mader? Hängt Baroli da auch mit drin? Ist er vielleicht sogar schuld an dem Prozessdesaster?«

»Ich bin noch unentschieden. Mein Bauch sagt ja, mein Kopf sagt nein.«

»Ich vertrau auf Ihren Bauch.«

»Ich auch«, sagt Mader und klopft sich auf selbigen. »Danke für Kaffee und Kuchen, ich muss los. Ins Büro. Und Sie?«

»Ich sitz noch ein bisschen und genieß die freie Zeit. Ist ja bald vorbei.«

ROCKY

Das Frühjahr mit all seinen Aufregungen ist vorbei. Hummel sitzt im Zug und sieht die frühsommerliche Berglandschaft vorbeiziehen. Er sieht in die Gepäckablage hoch. Dort liegt seine kleine Reisetasche. Er fährt Baroli besuchen. Warum macht er das? Die Sache ist doch durch, fast zwei Monate her. Warum hat er die Einladung angenommen? Na ja, er konnte dem Angebot nicht widerstehen, ein paar Tage auf Sergios altem Weingut in Südtirol zu verbringen. Sergio will noch mal danke sagen und sich bei ihm entschuldigen für die ganzen Irrungen und Wirrungen und natürlich für die Freiheitsberaubung. Baroli ist schwer beschädigt aus dem Prozess hervorgegangen, aber seine Familie war unmittelbar nach Abbruch des Prozesses freigekommen. Offenbar ist Baroli keine Bedrohung mehr. Oder er hat sich mit seinen Gegnern arrangiert.

Ob ihm seine Frau Vorwürfe gemacht hat?, überlegt Hummel. Sicher. Wäre ein Wunder, wenn sie sich hinterher einfach in die Arme gefallen sind. Nein, so ein Risiko geht man nicht ein, egal, worum es geht. Und am Ende ging es in diesem Fall ja um gar nichts. Keine Beweise für gar nichts. Eine

Bruchlandung für Baroli und den Staatsanwalt. Die Toten jetzt mal außen vor. Die gab es schon vor Prozessbeginn. Warum auch immer. Das alles bleibt ein Rätsel. Sergio auch. Das Hummel aber nach wie vor gerne lösen will. Das ist auch der wirkliche Grund für seine Reise. »Es ist erst vorbei, wenn es vorbei ist«, murmelt Hummel und überlegt, woher der Spruch ist. *Rocky?* Würde passen.

In Bozen steigt Hummel um in die Regionalbahn nach Meran und weiter nach Rifiano, einem kleinen Wallfahrtsort am Fuße der mächtigen Texelgruppe. Hummel atmet die frische Luft auf dem Bahnhofsvorplatz ein. Wieder in Italien. Diesmal aber als freier Mann. Er genießt den Anblick der verwitterten Fassaden und die Aussicht auf Weinberge und mächtige Berggipfel. Gegenüber dem Bahnhof ist ein kleines Café. Er setzt sich an einen der Tische auf dem Gehsteig und bestellt einen Caffè und ein Cornetto. Er hat Baroli erst einen Zug später angegeben, weil er noch ein bisschen für sich sein will, um anzukommen, nachzudenken. Was hat er gelernt aus der ganzen Geschichte? Dass die Wahrheit weit komplexer ist, als man manchmal denkt. Dass Dinge vielleicht ganz anders sind, als sie erscheinen. Wobei das nichts Neues ist. Als Kriminalbeamter hat er es oft mit komplizierten Fällen zu tun. Aber in der Regel sind es Einzelschicksale, Eifersuchtsdramen oder einfach die pure Gier, die dazu führt, dass Menschen anderen das Leben nehmen. Meistens gibt es Motive – so krude sie auch sein mögen –, die nachvollziehbar sind. Aber in diesem Fall kann er kein Motiv erkennen. Alles liegt in einem unentschiedenen Zwischenbereich – im Zwielicht. Fein verästelte kriminelle Strukturen, eine Halbwelt zwischen Mafia, Wirtschaft, Journalismus. Die Strippen werden von irgendwelchen Personen tief im Schatten gezogen. Keiner kennt sie, und sie haben sehr viel Macht. So viel, dass sie einfach so die Suspendierung von Dr. Günther veranlassen können. Und vielleicht sogar für einen tödlichen Unfall sorgen können, wie bei dem italienischen Carabiniere. Oder dem jungen Mann, der in seinem Auto verbrannt ist. Oder dem Journalisten, der von der Dachterrasse gefallen ist. Oder die Kaffeefabrikbesitzer …

Hummel rührt nachdenklich in seinem Kaffee. Die Abteilung Organisiertes Verbrechen wäre nichts für ihn. Sisyphusarbeit, und man sieht nie das Licht am Ende des Tunnels. Und was den Mailänder Kaffeekrieg betrifft – das ist jetzt schon kalter Kaffee. Manche Dinge erledigt die Globalisierung effektiver als jede Verbrecherorganisation. Hummel hat in der Zeitung gelesen, dass der amerikanische Kaffeeriese *Starcoffee* in großem Stil nach Italien kommen will, um den letzten weißen Fleck auf der weltweiten Filiallandkarte endlich zu besetzen. Das Testlabor für diese Expansion nach Italien wird Mailand sein. Da zieht vermutlich sogar der aggressiv expandierende Kaffeeproduzent Carelli den Kürzeren. Obwohl – wer weiß, vielleicht entsteht da eine neue fruchtbare internationale Kooperation? »Furchtbar« wäre natürlich das richtige Wort. Hummel sieht in das Innere der Bar – der spröde Charme von Plastik und Spiegeln, der Lottoschalter, die Vitrine mit den Cornetti, die rosa Sportzeitung auf dem Tresen und der Barista, der gerade damit beschäftigt ist, die riesige chromblitzende *Faema* mit einem Geschirrtuch zu streicheln. Nein, dieses italienische Kulturgut dürfen die Pappbecherketten nicht kaputt machen!

Als er seinen inzwischen nur noch lauwarmen Kaffee ausgetrunken hat, bestellt er sich noch einen Amaro. Ist ja nicht im Dienst. Aus der Bar tönt ein alter italienischer Schlager.

Hummel summt mit und schließt die Augen, weil die Sonne gerade in eins der Fenster der Hausfassaden auf der anderen Straßenseite fällt und ihn blendet.

»Hey, Klaus!«, erklingt plötzlich Barolis Stimme.

Hummel öffnet die Augen. »Sergio! Hallo, wie geht's?«

»Bestens. Und selbst? Machst du Dolce Vita?«

»Ich bemüh mich. Schön hast du's hier.«

Baroli setzt sich und bestellt Campari Soda. Sie stoßen an.

»Wie hast du es verkraftet«, fragt Hummel, »dass der Prozess geplatzt ist?«

»Ach, die haben uns alle verarscht. Ich sag dir eins: Das mit den gefälschten Unterlagen war von langer Hand so eingefädelt. Riccardi ist drauf reingefallen. Staatsanwalt Rivelli auch. Und ich sowieso.«

Hummel schüttelt den Kopf. »Dann hätte Riccardi nicht vom Dach stürzen müssen. Er hatte die richtigen Informationen. Jemand ist davon ausgegangen, dass die Dokumente eine ernsthafte Bedrohung sind. Sonst wäre sein Tod sinnlos gewesen. Oder? Was meinst du?«

Sergio meint gar nichts. Er sieht Hummel nachdenklich an.

»Wann hast du die Daten bekommen?«, fragt Hummel. »Wirklich erst, als du ihn gefunden hast?«

»Ich hab's dir doch erzählt. Als ich ankam, lag er unten im Hof. Ich hab die ganze Wohnung durchsucht. Jeden Zentimeter, aber die Scheißdaten waren nicht da. Dann hab ich es kapiert – ich hatte sie die ganze Zeit in der Hand, sie hingen an seinem Schlüsselbund.«

»Jaja, ein USB-Stick als Mini-Schweizer-Messer getarnt. Und da bist du nicht misstrauisch geworden? Dass das sein Mörder übersehen hat? Bist du nicht auf die Idee gekommen, dass jemand den Stick absichtlich dort deponiert hat, um dich auf eine falsche Spur zu locken?«

»Nein. Vor allem nicht, nachdem ich die Daten zu Hause gesichtet hatte. Das waren genau die Sachen, zu denen wir lange recherchiert hatten, die Belege für die Vorgänge, von denen Riccardi mir erzählt hatte: Quittungen, Transaktionen, Listen mit Bestellungen, Zuwendungen für Lieferanten.«

»Und du hast die Echtheit der Dokumente nicht infrage gestellt?«

»Das war genau das, was ich erwartet hatte.«

»Und der Staatsanwalt, warum ist der schon vor Prozessbeginn aktiv geworden?«

»Der Mailänder Kaffeekrieg, da war sehr viel Druck dahinter. Und vergiss nicht, was alles passiert ist: das Attentat, die Sache im Zirkus, die Entführung meiner Familie, die Vorverlegung des Prozesses. Rivelli hat schnell gehandelt, Fakten geschaffen.«

Hummel lässt sich die Ereignisse noch mal durch den Kopf gehen. Circus Krone, die Flucht, die Berghütte in Italien. Ja, es ist viel passiert. Es kommt ihm vor, als wäre das Jahre her. Ganz weit weg. Aber nein, das war gerade mal vor acht Wochen. Das Gefühl der Bedrohung ist bei ihm immer noch präsent – die Verfolgungsjagd, der nächtliche Sturm im Wald und dann die Zeit in der Berghütte. Wie ein schlechter Traum. Und dann war da noch was … »Was ist eigentlich mit der Geschichte, dass ich zwei Typen auf einem Autobahnparkplatz abgeknallt haben soll?«

»Was hast du?«

»Das hast du mir doch die ganze Zeit eingetrichtert. Wir haben recherchiert. Da ist nix, da war nix.«

»Klaus, du hast jede Menge Unfug gefaselt auf der Berghütte. Du hast Fieberträume gehabt, du warst ein Nervenbündel. Ja, vielleicht hab ich das Beruhigungsmittel zu stark dosiert, ich kenn mich nicht so aus mit dem Zeug. Der Arzt hatte es mir verschrieben nach dem Anschlag in München. Als Schlafmittel und zur Beruhigung. Und wie du so abgedreht bist, dachte ich, es hilft dir. Du warst komplett durch den Wind.«

»Da war also nichts auf dem Parkplatz?«

»Nein, da war nichts.«

»Wahnsinn, du bist so ein Arschloch! Wo sind meine Sachen? Die hast du doch? Handy, Papiere, Hausschlüssel?«

»Ich geb sie dir nachher.«

Hummel schüttelt genervt den Kopf. »Du wolltest mich an dich binden, als *partner in crime*. Du hast sie echt nicht alle!«

»Klaus, mach einen Haken drunter. Das war eine chaotische Geschichte. Es tut mir leid, dass ich dich da reingezogen habe. Wirklich. Ich war selbst nicht ganz bei mir. Die Angst um meine Familie hat mich aufgefressen.«

»Ja, das versteh ich nicht. Deine Familie war die ganze Zeit in Geiselhaft. Und du bist fest dabei geblieben, aussagen zu wollen?«

»Klaus, als Polizist musst du das doch wissen. Mit Entführern verhandelt man nicht. Außerdem war der Fall doch schon publik, wie hätte das ausgesehen, wenn die meiner Familie dann wirklich was angetan hätten? Das hätte Rivelli doch noch mehr Belege für die kriminelle Energie der Hintermänner in dem Fall geliefert. Klaus, hör mit dem Grübeln auf. Es ist vorbei. Komm, wir fahren zu mir. Du kriegst deine Sachen zurück. Und dann lass uns das Ganze vergessen. Es ist vorbei.«

Hummel sieht ihn nachdenklich an, dann nickt er. Sie zahlen und gehen ein paar Meter die Straße runter.

»Wow, schönes Auto!«, sagt Hummel, als sie vor Barolis

Wagen stehen. Er fährt zärtlich mit den Fingern über den geschwungenen Kotflügel des alten Alfa-Cabrios.

Baroli wirft ihm den Schlüssel zu. Hummel überlegt kurz, dann steigt er ein. Steckt den Schlüssel ins Zündschloss, dreht ihn. Der Motor röhrt heiser. Baroli lacht. »Straße runter, am Ortsende links bis zum ersten Dorf, dort rechts abbiegen.«

Auf der Landstraße jagt Hummel den Drehzahlmesser in den roten Bereich.

HOHE KUNST

Das Anwesen beeindruckt Hummel. Ein bisschen verwittert und doch prächtig. Der dezent verwilderte Garten, fast schon ein Park, die Obstbäume, die Weinreben an den Hängen.

»Ist deine Familie nicht da?«, fragt Hummel, als sie das stille Haus betreten.

»Die sind für ein paar Tage in Turin bei der Nonna. Willst du gleich dein Zimmer sehen?«

»Das eilt nicht.« Hummel stellt seine Tasche in der Garderobe ab.

Baroli deutet durch das riesige Wohnzimmer zur Terrassentür. »Geh schon mal raus, ich bin gleich bei dir.«

Hummel bestaunt die gediegene Wohnzimmereinrichtung mit den Antiquitäten und den alten Bildern an der Wand. Sehr geschmackvoll und bestimmt sehr wertvoll. Er setzt sich auf der Terrasse an den großen Tisch mit Natursteinplatte und sieht über die Felder und Weinberge. Was für ein schöner Flecken Erde. Der Swimmingpool im Garten trifft nicht ganz seinen Geschmack, wirkt ein bisschen prollig. Na ja, er würde das Haus notfalls auch mit Swimming-pool nehmen. Hummel checkt sein neues Handy.

Baroli bringt Wein. Die Gläser sind beschlagen, der Inhalt leuchtet goldgelb.

»Von hier?«, fragt Hummel.

»Natürlich.«

»Auf dich, Sergio.«

»Auf dich, Klaus!«

Hummel trinkt einen großen Schluck. Der Wein schmeckt wunderbar. Spritzig, fruchtig, ein wenig nach Haselnüssen. Hummel seufzt. »So lässt es sich aushalten.«

»Ja, nicht wahr? Deine Sachen liegen drinnen auf dem Esstisch.«

»Okay. Und du? Was machst du jetzt? Also arbeitstechnisch?«

»Als Journalist hab ich ausgedient. Das war meine zweite Bauchlandung. Aber ich bleib beim Schreiben.«

»So? Und was schreibst du jetzt?«

»Krimis. Ich hab gerade den Vertrag für meinen ersten Roman unterschrieben. Es war einfacher, als ich dachte. Ich hab ein Exposé verfasst, meinem Agenten geschickt, und der hat alles eingetütet. Klar, es hilft, dass ich bereits erfolgreiche Sachbücher über die Mafia geschrieben hab. Und wegen des spektakulären Prozesses kennt jetzt jeder in Italien meinen Namen. Jedenfalls hab ich einen guten Vorschuss für meinen Roman bekommen, also für das Exposé.«

»Wie viel?«

»Eine Seite.«

»Nein, wie viel Geld?«

»Hunderttausend.«

Hummel schluckt. »Äh, ja, Kompliment. Und über was schreibst du?«

»Dasselbe wie vorher. Mafia, ihre Geschäfte, ihre Strukturen. Nur, dass ich jetzt nichts mehr belegen muss und was dazuerfinden kann. Es muss nur halbwegs plausibel sein. Ein bisschen zuspitzen, ein bisschen Spannung und Sex. Das ist es schon. Krimis sind ja keine hohe Kunst.«

Hummel nickt stumm.

»Weißt du, Klaus, ich hab nachgedacht. Ich bin nicht derjenige, der die Welt verbessert. Ich will, dass es meiner Familie gut geht, dass es mir gut geht, dass ich erfolgreiche Bücher herausbringe. Mehr nicht.«

»Du hast gewusst, dass die Unterlagen ein Fake sind.«

»Wie meinst du das?«

»Du hast nur eine Show abgezogen, um den Staatsanwalt in Misskredit zu bringen. Ist dir auch gelungen. Der ist jetzt weg vom Fenster. Wirklich raffiniert. Und kaltblütig. Die Hintermänner haben dann noch diesen Studenten an der Pforte ausgeschaltet, weil sie befürchteten, dass er sich die echten Daten gezogen hatte. Stell dir vor, der Student hat die Daten ausgerechnet einem Bekannten von meinem Chef Mader angeboten. Und Mader war Zeuge der geplatzten Übergabe. Er hat gesehen, wie der junge Mann verunglückt ist. Das Auto wurde bereits untersucht. Die Bremsen waren manipuliert. Der Junge ist verbrannt. An der ganzen Geschichte klebt viel Blut. Auch Riccardis Blut.«

»Willst du damit sagen, dass ich was mit seinem Tod zu tun hab?«

»Ich weiß es nicht. Ja, vielleicht. Jedenfalls kauf ich dir das alles nicht ab. Du hättest doch nie vor Gericht etwas wirklich Belastendes ausgesagt, wenn deine Familie tatsächlich in Gefahr gewesen wäre. Das Ganze war eine Riesenintrige, um den unliebsamen Staatsanwalt zu Fall zu bringen. Der wollte Bürgermeister von Mailand werden. Eine Horrorvorstellung für bestimmte Geschäftsleute. Das ist das Einzige, was in dieser Geschichte Sinn macht.«

»Wunderbar, Hummel. Darf ich mir das alles notieren? Das ist ein toller Krimistoff – eine echt gute Story.«

»Ja, für eine gute Story verkaufst du deine Seele. Nein, nicht mal für eine gute Story, sondern für einen Batzen Geld. Meinst du, dein Haus hier kann mich beeindrucken? Nein, kann es nicht. Und ich will auch gar nicht wissen, woher die Kohle dafür kommt. Dafür reichen ein, zwei Bestseller nicht. Du bist korrupt, setzt das Leben anderer aufs Spiel.«

»So? Was jetzt? Ich denk, das war alles Fake, das Leben meiner Familie war nicht wirklich in Gefahr?«

»Lass doch deine Familie aus dem Spiel! Was ist mit dem Journalisten Riccardi und dem Studenten? Dafür bist du zumindest mitverantwortlich. Vielleicht auch für den plötzlichen Tod von Marcello Durelli, dem Carabiniere. Du hast dich von der Mafia missbrauchen lassen. Oder du bist selbst ein Mafioso.«

Baroli nickt langsam. »Und wenn du recht hast mit deinen Vermutungen? Was würdest du tun? Mich festnehmen?«

»Nein, das ist nicht mein Job. Das kannst du mit dir allein ausmachen.«

»Klaus, hast du schon mal überlegt, wie es wäre, wenn du genug Geld hättest, um nur noch die Sachen zu machen, die du machen möchtest? Schreiben, Musik hören, Zeit für dich haben.«

»Ich bin nicht käuflich.«

»So meine ich das nicht.«

»Doch genau so meinst du das. Das ist deine Art. Weißt du, ich seh mich hier um, und auf den ersten Blick ist alles ganz toll. Aber sobald ich anfange, darüber nachzudenken, finde ich es nicht mehr toll. Sondern hässlich.«

»Bleibst du?«

»Wo?«

»Hier. Als mein Gast.«

»Nein, ganz sicher nicht. Ich fahre wieder nach München. Für mich ist die Sache durch. Ich wollte dir nur noch einmal in die Augen schauen.«

»Und, was siehst du?«

»Deine Seele jedenfalls nicht. Denn du hast keine.«

»Uh, werden wir jetzt philosophisch?«

»Ich sehe nichts, was Bestand hat, keinen Kern. Welche Rolle du auch immer in der Geschichte hast, es ist keine ruhmreiche Rolle. Die hättest du so gerne in der Öffentlichkeit: als Held, Aufklärer, Bestsellerautor. Die Rolle wirst du nie bekommen. Du hast dich mit Betrügern und Mördern zusammengetan, dich kaufen lassen. Ich verachte dich. Du bist das Letzte.«

Baroli sieht Hummel ernst an. »Weißt du was? Du bist ein verdammt guter Polizist. Du spürst es, wenn etwas nicht stimmt, du hast ein hohes Berufsethos. Aber was so gar nicht passt: Dir fehlt die Härte, du ziehst es nicht durch, wenn du merkst, dass etwas nicht stimmt. Du bist nicht konsequent. Was machst du jetzt mit deinen ganzen Vermutungen? Weißt du, ich sag dir jetzt einfach, wie es gelaufen ist. Das Ganze hat eine tragische Dimension, aber auch eine komische. Wenn ich das in einem Krimi schreiben würde, würde der Lektor sagen, dass das reichlich unwahrscheinlich klingt. Obwohl – Krimiautoren haben ja oft eine blühende Fantasie. Deswegen kann ich es dir auch sagen. Denn niemand wird dir glauben. Die Geschichte hat einen ganz langen Vorlauf. Das mit dem Journalisten Riccardi war ein Unfall. Er war nicht einsichtig, als ihn einflussreiche Leute gebeten haben, die Nachforschungen einzustellen. Und dann gab es diesen dummen Unfall auf der Dachterrasse.«

»Das warst du?«

»Nein, das waren irgendwelche kleinen Lichter ohne Umgangsformen.«

»Aha. Und deine Rolle?«

»Man hat mich zu seiner Wohnung geschickt, um die Daten sicherzustellen. Im Hintergrund war nämlich schon der Mailänder Staatsanwalt aktiv. Er hatte bereits erste Informationen von Riccardi erhalten und wartete auf den Rest des Materials. Also mussten wir dafür sorgen, dass diese Geschichte irgendwie weiterging, in die richtige Spur kam. Die Unterlagen wurden ein bisschen frisiert, bevor ich sie als zukünftiger Kronzeuge weiterreichen durfte.«

»Ein wahnsinnig glaubwürdiger Kronzeuge.«

»Ja, da waren wir auch nicht so sicher, ob das reicht. Also haben wir noch ein bisschen gebastelt an meinem Image, an einer guten Story, die mich zum unbeugsamen Kämpfer gegen die Mafia hochstilisiert. Klar, meine zwei Sachbücher waren da hilfreich, aber da war auch die Geschichte mit dem Meineid. Also haben wir ein bisschen Theater gespielt, um meine Glaubwürdigkeit zu erhöhen. Das erste Attentat in München war inszeniert. Ein bisschen gewagt, aber sehr effektiv. Ausgerechnet du sitzt in dieser verdammten Kirche und spielst den Lebensretter. Und begleitest mich dann auch noch in den Circus Krone als Bodyguard und als Buchautor. Das ist so gut, das kann man gar nicht erfinden. Ein Kriminalbeamter, der hautnah dabei ist, als das Attentat auf den Mafiagegner passiert – so was von genial! Und es hatte auch seine komischen Momente. Ich muss jetzt noch lachen, wenn ich mich erinnere, wie du im Zirkus über die Dekofahne gefallen bist. Die Explosion im Zirkus war ein bisschen übertrieben, muss ich zugeben. Aber auch sehr eindrucksvoll. Und dann die Verfolgungsjagd! Wie in einem Actionfilm! Weißt du, warum die uns immer wieder gefunden haben? Ganz einfach: Ich habe mich peilen lassen. Wenn du auf den Stau geknallt wärst, wäre das allerdings blöd gewesen. Aber zum Glück bist du ein guter Fahrer. Und auch die Sache im Wald mit dem Baum, der auf das Auto gekracht ist – das hätte böse ausgehen können. Stell dir vor, die zwei Protagonisten sterben durch einen umstürzenden Baum oder in einem Autounfall. Lange, bevor die so perfekt eingefädelte Story fertig erzählt ist. Das wäre echt peinlich gewesen. Eine schlechte Pointe.«

»Und die Geschichte in dem Hotel, mit dem Datenstick? War das nötig?«

»Ach, es musste doch irgendwie weitergehen. Ich brauchte einen Grund zum Abhauen, um die Zeit bis zum Prozess zu überbrücken. Der Held taucht unter.«

»Der ganze Aufwand? War es das wert?«

»Oh ja, das war es wert. Es hat ja geklappt.«

»Du spinnst. Was war mit diesem Durelli?«

»Ein Motorradunfall, sonst nichts.«

»Wer's glaubt, wird selig. Und deine Familie? Die wurde nie entführt?«

»Nun ja, entführt ist ein hartes Wort. In Gewahrsam gebracht.«

»Haben sie es gewusst? Also wusste deine Frau davon?«

»Nein, meine Frau hätte das nie mitgemacht.«

Hummel lächelt. »Und jetzt hast du ein Problem. Entweder denkt sie, du hast ihr Leben und das deines Sohnes riskiert, oder sie weiß, dass du ein Verbrecher bist. Das eine ist kaum besser als das andere. Deine Frau und dein Sohn sind nicht nur kurz in Turin bei der Oma, sie wird überhaupt nicht mehr zu dir zurückkehren. Und dein Sohn ebenfalls nicht. Ich sag dir eins: Da hilft dir auch das viele Geld nicht. Familie kann man nicht kaufen.«

»Sie werden zurückkommen.«

»Das glaube ich nicht.«

»Sie haben keine Ahnung, was wirklich gelaufen ist.«

Hummel zuckt mit den Achseln. Und lässt sich noch mal durch den Kopf gehen, »was wirklich gelaufen ist«. Was für eine abgefeimte Strategie! Der Staatsanwalt, der war das eigentliche Ziel. Was wie ein gescheiterter Prozess mit Formfehlern aussieht, war von Anfang an so geplant, um den missliebigen Staatsanwalt aus dem Amt zu drängen, was über Jahre in Catania nicht gelungen war, und um ihn als zukünftigen Bürgermeister zu verhindern. Jetzt schüttelt er den Kopf. »Sergio, du bist so eine Enttäuschung. Menschlich ein Totalausfall.«

»Nimm's locker, Klaus. Du hast deine Rolle erfüllt. Als Zuschauer und Mitwirkender in meiner kleinen Komödie. Aber jetzt ist der Spaß vorbei. Ich kann dir nur einen Rat geben: Bleib weg, wenn die großen Jungs spielen. Das mach ich auch.«

»Sergio, du bist ein kleiner, mieser Handlanger von Mördern. Es sind Menschen zu Tode gekommen. Das interessiert dich nicht?«

»Nein, das interessiert mich nicht.«

»Die Polizei kriegt dich.«

»Nein, tut sie nicht, ich habe einflussreiche Freunde. Und jetzt gib mir dein Handy. Meinst du, dass ich nicht gesehen hab, wie du es angeschaltet hast, um uns hier aufzunehmen?« Er deutet nach oben. Hummel blickt hoch. Unter der Markise ist eine Kamera befestigt. Missmutig legt Hummel sein iPhone auf den Tisch.

Sergio grinst und will die Aufnahme stoppen und löschen. Er stutzt. »Du miese Ratte!«

Er drückt den roten Button. Es ist nicht der Aufnahmeknopf, sondern der Knopf zum Beenden des Telefonats. Zankls Name verschwindet vom Display.

Hummel grinst. »Na ja, Sergio, so der große Trick war das jetzt nicht. Sehr nett, dass du nicht nur mir gesagt hast, was passiert ist. Weißt du was? Wir hatten rein gar nichts gegen dich in der Hand. Aber du wolltest es ja offenbar unbedingt loswerden. Sonst hättest du mich ja nicht eingeladen. Na ja, du wolltest wohl auch wissen, ob wir immer noch komplett im Dunkeln tappen. Tun wir nicht. Jetzt sehen wir endlich klar. Was hast du dir denn für mich ausgedacht – jetzt?«

Baroli starrt ihn an.

Hummel plappert munter weiter. »Zankl und die Kollegen werden mit den örtlichen Einsatzkräften gleich hier sein. Pack schon mal deine Sachen. Ich vermute, du wirst länger weg sein.«

»Ich bring dich um.«

»Das wirst du nicht. Gib auf, du hast Frau und Kinder.«

»Die sind schon lange weg!«

Hummel wird jetzt doch ein bisschen nervös. Es stimmt also. Das bedeutet, dass Sergio nichts mehr zu verlieren hat. Das macht ihn unberechenbar. »Sergio, werde Kronzeuge, diesmal wirklich! Sag aus und geh ins Zeugenschutzprogramm!«

»Vergiss es, ich kann nicht gegen die aussagen. Nicht nach allem, was passiert ist. Und was wird dann aus meiner Familie? Klaus, lass uns einen Deal machen. Du und dein Kollege. Ihr kriegt Geld, richtig viel Geld. Die Geschichte ist doch durch!«

Hummel schüttelt den Kopf. »Kein Deal. Ich kann dich nicht laufen lassen, ich bin Polizist.«

Sergio lacht auf. »Du kannst mich nicht laufen lassen? Du Witzbold. Bist du Superman, oder was?«

»Meine Kollegen werden gleich hier sein.«

»Nein, werden sie nicht.«

»Zankl hat alles mitangehört.«

»Ja, und? In München.«

»Nein, sie sind bereits hier am Bahnhof. Sie waren im selben Zug.«

»Erzähl keinen Scheiß. Das wäre nicht dein Stil. Du planst nichts. Du hast deinen Kollegen spontan angerufen. Weil du gerade eben erst auf den Trichter gekommen bist, wie die Story geht. Man kann dir nämlich beim Denken zusehen. Das ist dein Problem. Du bist ein cleveres Kerlchen. Und auch nicht. Ein bisschen unbedarft. Du handelst intuitiv. Klar, jetzt sind die in München in Aufruhr, aber was sollen sie machen? Die deutsch-italienische Zusammenarbeit funktioniert nicht auf Zuruf – so ohne konkrete Belege. Ich hab also noch ein bisschen Zeit.«

»Was hast du vor?«

»Ich hau ab.«

»Das tust du nicht.«

»Oh doch. Und du wirst mich nicht daran hindern.« Baroli zieht eine Waffe. »Komm, mein Guter, ich zeig dir meinen Hobbykeller.«

KERNGESCHÄFT

Andi ist gerade in eine Leiche vertieft, als Diego am späten Nachmittag eintrudelt.

»Na, lässt du dich auch mal blicken, Diego?«

»Samstagsarbeit ist nicht so meins. Außerdem: Du brauchst gar nicht reden, ich war gestern bis spät in der Nacht hier.«

»Aha, warum?«

»Zeig ich dir gleich. Was ist denn mit dem Miller? Der zieht ja schon wieder so eine Lätschn.«

»Mei, dieser Italo hat sich wieder gemeldet und ihm gedroht.«

»Nach so langer Zeit?«

»Was lange währt, wird niemals gut.«

»Diego, deine Sprüche. Und?«

»Der Miller bleibt hart.«

»Echt? Cool. Ist ein harter Brocken.«

»Ich weiß nicht, ob das so cool ist. Du hast doch gesehen, dass die vor nichts zurückschrecken.«

»Meinst du echt, dass der das war mit dem Brand?«

»Na, wer denn sonst? Der Ruppi selbst bestimmt nicht.«

»Komm, das ist doch schon halb verjährt. Außerdem läuft der Laden doch viel besser, seit wir hier draußen sind. Du hast recht gehabt. Die Leute mögen das Unperforierte.«

»Das Improvisierte.«

»Meinetwegen auch das.« Diego sieht sich irritiert um. »Sag mal, stand hier nicht was rum? Eine Kiste?«

»Mit was drin?«

»Überraschung. Hast du die weggeräumt, Andi?«

»Ich hab nichts angefasst. Außer den Guten hier. Ist ganz frisch reingekommen.« Andi deutet auf die Arbeitsplatte, wo ein Dreizentnermann auf sein Make-up wartet.

»Der ist echt ein Kaliber«, staunt Diego.

»Uhrmacher«, sagt Andi.

»Echt?«

»Na ja, so einer, der dir bei Galeria Kaufhof neue Batterien reinmacht.«

»Na, dann.« Diego durchforstet die Werkstatt, findet schließlich, was er sucht. »Hab die Kiste offenbar noch weggestellt, damit du nicht vorher reinschaust.«

»Jetzt bin ich aber gespannt.«

»Schau, ich hab noch einmal scharf nachgedacht. Das mit den Zombiegeschichten ist eine gute Sache. Aber du siehst ja, dass das alles ziemlich lange dauert. Und eigentlich ist es nicht unser Kerngeschäft. Da ist mir deine Idee mit dem Tierfriedhof wieder eingefallen. Dafür war ja bisher keine Zeit. Andi, weißt du, wie viele Hunde und Katzen es allein in Deutschland gibt?«

»Viele.«

»Wie viele?«

»Sehr viele. Eine Million?«

»Woher denn! Zwanzig Millionen! Das ist doch krass, oder? Und die Leute geben für Tierartikel vier Milliarden Euro aus. Vier Milliarden! Kein Witz, das hab ich gegoogelt. Da muss doch auch was für den letzten Weg und die Ruhestätte dabei sein. Weil die Viecher leben ja nicht ewig.« Diego öffnet den Karton. »Und du hast echt noch nicht geschaut?«

»Zur Hölle, nein!«

»Komisch, dass der Karton dann da drüben … Egal.«

Er holt einen Sarg aus der Kiste. In der Größe eines Schuhkartons – Mahagoni, ein goldenes Kreuz auf dem Deckel. »Schau, das ist jetzt das Modell für Hamster und Zwergkaninchen. Ist alles drin. Die Version hier ist mit grünem Samt. Ganz kuschelig.«

»Geil! Zeig mal!« Andi beugt sich zu Diego, als dieser den Sargdeckel abhebt.

BUMMMM!

GROSSER BRAUNER

Hummel sitzt mit schmerzenden Handgelenken auf der Rückbank von Zankls Wagen. Zankl fährt, Dosi daneben auf dem Beifahrersitz.

»Mann, Hummel, deine Alleingänge kosten uns echt Nerven.«

»Sorry, Zankl, das war so nicht geplant. Ich wollte mir nur ein abschließendes Bild von Baroli machen.«

»Und, hast du es im Kasten?«

»Genauer, als mir lieb ist. Ist die Fahndung raus? Oder machen das die Italiener nicht?«

»Was haben wir in der Hand? Ein von mir mitgehörtes Gespräch. Nicht mal einen Mitschnitt.«

»Immerhin zwei Zeugen. Die beide bei der Polizei arbeiten!«

»Mader hat sich bei den italienischen Kollegen erkundigt«, sagt Dosi. »Baroli ist nach Mailand und sitzt in einer Maschine nach Belize.«

»Wo ist das?«

»Irgendwo in Mittelamerika.«

»Na toll. Er kriegt in Mailand sofort den richtigen Flieger, in ein Land, das vermutlich nicht ausliefert?«

»Ach, das kann schnell und unbürokratisch gehen, wenn du genug Kohle hast. Und die richtigen Freunde. Zumindest haben wir jetzt eine Ahnung, was da alles gelaufen ist«, meint Dosi.

»Mit einer schrägen Pointe«, meint Hummel. »Baroli hat sogar noch einen Riesenvorschuss für sein nächstes Buch bekommen, einen Krimi. Ha, zum Schreiben hat er ja jetzt genug Zeit.«

Zankl winkt ab. »Wer weiß, ob der Verlag schon gezahlt hat. Und ich sag euch eins: der kommt wieder. Was will er denn da am Ende der Welt? Er hat Frau und Kinder. Der wird ein wenig abwarten, sich einen guten Anwalt nehmen und die Bedingungen für seine Rückkehr aushandeln. Vielleicht packt er dann ja wirklich aus.«

»Da kann ich gern darauf verzichten. Der Arsch braucht nicht über andere zu urteilen. Der ist so ein falscher Fuffziger, wie es schlimmer nicht geht. Bestsellerautor? Enthüllungsjournalist? Ein windiger Papiertiger. Mehr nicht. Was für ein blöder Heini, so ein Ar…« – »Komm runter, Hummel!«, bremst ihn Dosi ein. »Das brauchst du nicht persönlich nehmen.«

»Wie denn sonst? Der hat mich die ganze Zeit nur beschissen!«

»Ruhig, großer Brauner!«

Hummel schnaubt auf. Sagt einige Zeit lang gar nichts. Sieht mit leerem Blick auf die vorbeirauschende Bergwelt. Dann fragt er: »Habt ihr eigentlich Beate Bescheid gegeben?«

»Nein, hätten wir sollen?«, fragt Zankl. »Sorry. Haben wir nicht dran gedacht. Es ging so schnell.«

»Nein. Alles gut. Zum Glück nicht. Sonst bekomm ich wieder einen langen Vortrag, dass ich verantwortungslos handle und niemanden informiere, wenn ich wegfahre.«

»Womit sie ja recht hat. Wenn du Zankl nicht angerufen hättest, hätten wir keinen Schimmer gehabt, wo du schon wieder bist. Das hätte böse ausgehen können.«

»Ist es aber nicht. Wie spät ist es?«

»Sieben durch«, sagt Dosi.

»Wann sind wir in München?«

»Vier Stunden, wenn alles gut geht.«

»Ich lad euch noch auf ein Bier in die *Blackbox* ein.«

»So spät noch?«

»Hey, morgen ist Sonntag. Ausschlafen. Du bestellst Fränki noch hin, und wir trinken was, haben ein bisschen Spaß.«

BLAUPAUSE

Buona domenica. Auch in München. Hummel ist allein, will auch allein sein. Gestern ist es spät geworden, sie haben viel getrunken, viel gelacht und viel geredet. Beate ist nach der Sperrstunde nicht mit zu ihm gekommen und er nicht mit zu ihr. Sie hat gespürt, dass er ihr etwas verheimlicht. Seinen gefährlichen Alleingang. Aber sie hat nicht gefragt. Und er wollte es ihr nicht erzählen. Mit Baroli und der ganzen Geschichte ist er durch. Sein Leben war in letzter Zeit mehrfach bedroht, er war nicht Herr der Lage gewesen, hatte jede Menge Angst gehabt und viel Zeit zum Nachdenken. Und er hat sich bei den ganzen Ereignissen in diesem Fall nie sicher gefühlt – sogar in der eigenen Wohnung nicht. Er denkt an den Abend seiner Rückkehr von der Berghütte in Italien, an die kalte Angst, die ihn erfasst hatte, als er Geräusche in der eigenen Wohnung gehört und den Lichtschein unter seiner Wohnungstür gesehen hatte. Auch deswegen wollte er gestern nicht gleich nach Hause. Später hatte er dann so viel Bier intus, dass er sich nur Gedanken machte, ob er es vom Taxi noch heil bis in seine Wohnung schafft.

Heute Mittag war das Kopfweh zum Glück weniger schlimm als erwartet. Den Nachmittag hat er mit einem langen Spaziergang an der Isar verbracht und einer Riesenportion Spareribs im *Flaucher-Biergarten.* Nebst einer Radlermaß. Er hat ein paar Zeilen aufnotiert. Mal was anderes,

ein bisschen Lyrik. Hummel grinst, als er die vorhin verfass-
ten Zeilen liest. Gar nicht so übel. München – Blaupause
südlichen Lebensstils in Deutschland.

Ich lenke meine Schritte
durch Münchens betonierte Mitte
30 Grad im Schatten
Turnschuhgummi klebt an Gehsteigplatten

Touri-Massen, viel zu viel
Japaner vor dem Glockenspiel
Ochsensemmel, Viktualienmarkt!
Schnell a Bier! Sonst Herzinfarkt!

Schau: Asamkirche, Alter Peter! Spatzerl,
sag: magst a Magentratzerl?
Hofbräuhaus und Blasmusik
in meinen Ohren klingt's wie Krieg

München, Munich, Monaco / Ekstase, Action, ho-ho-ho!
München, Munich, Monaco / manchmal wär ich gerne
    anderswo

Schnell suche ich das Weite
wechsle sie, die Isarseite
Wasser grün und Himmel blau
fast ausgestorben ist die Au

Karl Valentin verlebte seine Kindheit hier
einst braute dort Paulaner Bier
Der Mühlbach duftet nach Fäkalien
ach, ich denke an Italien

Ich träum von Gondeln auf der Isar
groß und schwarz und auch nicht mieser
singen Isarbayern Schnulzenlieder
und ewig hallt das Echo wider:

München, Munich, Monaco – o sole mio, sowieso!
München, Munich, Monaco – wenn nicht hier,
dann sag mir, wo?

Ich betret den Kiosk »Isarquelle«
hol mir Treibstoff auf die Schnelle
setz mich an den Isarstrand
Zeit wird Wachs in meiner Hand

Burschen schleppen Kisten mit dem Hellen
Mädels surfen durch die Wellen
Die einen grillen was im Isarkies
andre brutzeln selber fies

Leberkäs – das ist der Isar-Teint
wenn so krass die Sonne scheint
Und ich sitz da und trink mein Bier
erst eins, dann zwei, dann drei, dann vier

München, Munich, Monaco – wünsch mich nicht nach
*   anderswo*
München, Munich, Monaco – o sole mio, sowieso!

Eine urbane Hymne, eine Ode an seine Stadt, ein kleines
poetisches Disneyland. Klein ist natürlich relativ. Insgesamt
stellt er sich schon was Größeres vor. Also, wenn es fertig ist,
so mit Feinschliff. Jede Strophe mit vierzehn Zeilen wie ein

englisches Sonett mit drei Vierzeilern und einem Zweizeiler. Aber ohne Kreuzreim, sondern mit schlichtem Paarreim – als individuelle Note. Ja, manchmal ist es tatsächlich von Vorteil, wenn formale Vorgaben die dichterische Inspiration ein bisschen zügeln, denkt Hummel. Sonst würde ich mich wahrscheinlich zu einem endlosen Epos hinreißen lassen, in freiem Versmaß. So ein Tsunami an Bonmots ist dann auch nicht gut.

Aber Form hin oder her – das Wichtigste für Hummel ist, dass es sich reimt und gute Laune macht. Und das tut es. Ihm zumindest. Vom Feeling her Sommermärchen.

Ja, das Schreiben gefällt ihm, beruhigt ihn. Da kann er sich entfalten. Vielleicht probiert er es ja doch noch mal mit einem Krimi. Material hat er ja in letzter Zeit genug gesammelt. Er hat sich im Biergarten sogar ein paar Notizen zu der denkwürdigen Lesung im Circus Krone gemacht. Zumal dieser Auftritt ein Nachspiel hat. Ist doch über seinen Verlag per Mail eine Anfrage reingekommen, ob er eine Lesung in einem Beerdigungsinstitut machen will. Das wäre zurzeit superhip. Die Anfrage ist schon ein paar Tage alt, er hat sie jetzt erst gelesen. Die Leute, die den Laden betreiben, hätten ihn im Circus Krone gesehen und seien schwer beeindruckt gewesen von seiner Performance. Der Absender erheitert ihn. Ausgerechnet die *Trauerhilfe Miller*. Die jetzt aus bekanntem Grund umgezogen ist. In die Stadelheimer Straße 16. Sehr schön, die Justizvollzugsanstalt in Rufweite. Mann, ausgerechnet diese verrückten Typen! Vielleicht könnte er denen dann gleich mal ein bisschen auf den Zahn fühlen? Denn die Sache mit dem verbrannten Dichter ist ja weiterhin ungeklärt. Inzwischen liegt zwar ein Brandgutachten vor, doch da steht nichts von einer eindeutigen Brandursache drin oder von Brandbeschleuniger. Ob tatsächlich dieser italienische

Konkurrent dahintersteckt, wie Miller gesagt hatte? Rausgekommen ist bei den Ermittlungen zu diesem Fabrizio Cuore nichts, selbst wenn Zankl den Mann persönlich mit Miller in der *Osteria Centrale* gesehen hat.

In der *Trauerhilfe Miller* eine Lesung machen und nebenbei ein bisschen ermitteln? Hummel schüttelt den Kopf. Nein, das ist nicht gut, wenn Privates und Berufliches durcheinandergeraten. Oder? Er hätte nicht seine Agentin Gerlinde von Kaltern anrufen und um Rat fragen sollen. Denn die hat ihn nachdrücklich darauf hingewiesen, dass das doch die »geilen« Typen sind, die die Buchrechte von Rupert Eigner vertreten, dem »megaerfolgreichen« Zombie-Autor. Ob er denn nicht auch mal so eine Zombiegeschichte schreiben könnte, möglichst mit lokalem Touch? Ja, klar, *Zombiewahn in Haidhausen* würde er nächste Woche schnell in den PC klopfen und dann die Riesenkohle damit verdienen. Wer weiß? Kann man ja mal drüber nachdenken. Ja, eventuell macht er die Lesung in dem Laden. Vielleicht bekommt er statt Gage ja Rabatt auf einen ihrer Särge? Wäre doch eine gute Vorsorgemaßnahme für einen lebensgefährlichen Beruf wie den seinen. Er wird sich nachher mal die Homepage von dem Laden genauer ansehen. Hummel lacht. Und zieht die Schuhe an. Eine Runde durch sein Viertel.

Die Blumenbeete am Weißenburger Platz quellen über. Bunt wie Knallbonbons. Er hört das Klickern der Bierflaschen, die sich Studenten und ein paar andere Müßiggänger hierher mitgenommen haben. Er sieht ein älteres Pärchen in weißer Leinenkleidung, das den diskreten Charme des Chichi spielt, und kein Bier dabeihat, sondern Rotwein und Baguette. Haidhausen ist ja schließlich das »Franzosenviertel«. Zwei große Hunde tappen durchs flache Brunnenwasser, schütteln sich, Wasserperlen blitzen in der orangen Abendluft. Von der Ecke Metzstraße erklingt eine Gitarre und eine Stimme. Oasis. Hört sich fantastisch an – der Sound des Sommers: »I said maybe / You're gonna be the one that saves me / And after all / You're my wonderwall …«

Hummel geht die Weißenburger Straße hoch in Richtung Ostbahnhof. Kauft sich ein Eis in der kleinen Eisdiele gegenüber dem hässlichen Kaufring-Hochbunker. Auf dem Orleansplatz mal wieder der schäbige Rummel: *Hamburger Fischmarkt – das Original*. Wahnsinn! Hummel dreht bei zum Bordeauxplatz, setzt sich auf eine Bank, schleckt sein Eis. Schoko und Pistazie. Eine Tram rumpelt vorbei. Er sieht die nächsten Stationen vor sich. Wo die Stadt am schönsten ist: Wörthstraße, Max-Weber-Platz, Maximilianeum, Max-II-Denkmal, Schauspielhaus, Theatinerstraße.

Ein Junge sitzt am Brunnenrand und lässt seinen ferngesteuerten Geländewagen über die Wege flitzen, weicht elegant den Hundehaufen aus.

»Levin!«, ruft eine Frauenstimme scharf.

Der Pilot sieht nach oben, und der Wagen knallt an die Brunnenumrandung. »Mann! Mama!«, flucht der Junge und schaut wieder nach oben. Hummel auch. Da ist niemand.

So viele Fenster, so viele Menschen dahinter, so viele Geschichten. Und die gehen nie aus, werden immer neu erzählt. Hummel weiß genau: Wenn er jetzt noch ins *Johannis Café* auf ein Bier geht, wird er jemanden kennenlernen, der ihm seine Lebensgeschichte erzählt – ob er will oder nicht. Will er das? Oh ja, natürlich will er das. Er steht auf und geht los.